日本住友財団　二〇〇七年度「亞洲諸國日本相關研究奨助」項目
日本住友財団　二〇〇七年度「アジア諸國における日本関連研究助成」項目

張斐 著
劉玉才 稻畑耕一郎 編纂

鳳凰出版傳媒集團
鳳 凰 出 版 社

圖書在版編目（CIP）數據

莽蒼園稿 / 張斐著 ; 劉玉才， 稻畑耕一郎編纂.
-- 南京 : 鳳凰出版社，2010.10
ISBN 978-7-80729-990-5

Ⅰ. ①莽… Ⅱ. ①張… ②劉… ③稻… Ⅲ. ①古典文學－作品集－中國－清代 Ⅳ. ①I214.92

中國版本圖書館CIP數據核字(2010)第200591號

書　　名	莽蒼園稿
著　　者	張 斐　著　劉玉才　稻畑耕一郎　編纂
責任編輯	樊　昕
出版發行	鳳凰出版傳媒集團 鳳凰出版社(原江蘇古籍出版社) 南京市中央路165號　郵編 210009 發行部電話 025—83223462
集團網址	鳳凰出版傳媒網　http://www.ppm.cn
照　　排	江蘇鳳凰製版有限公司
印　　刷	江蘇鳳凰通達印刷有限公司 南京市六合區冶山鎮　郵編:211523
開　　本	880×1230毫米　1/32
印　　張	10.875
字　　數	231千字
版　　次	2010年10月第1版　2010年10月第1次印刷
標準書號	ISBN 978-7-80729-990-5
定　　價	38.00圓

(本書凡印裝錯誤可向承印廠調換,電話:025—57572508)

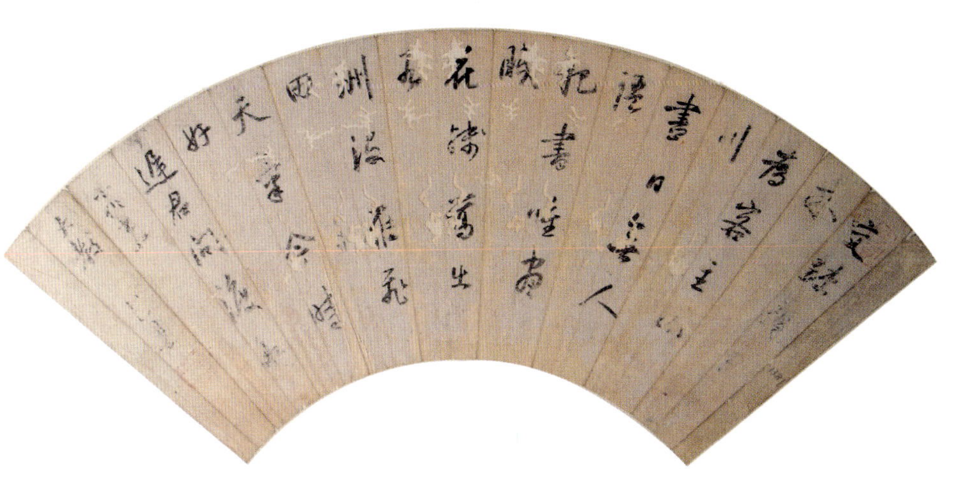

張斐扇面題詩　柳川古文書館藏

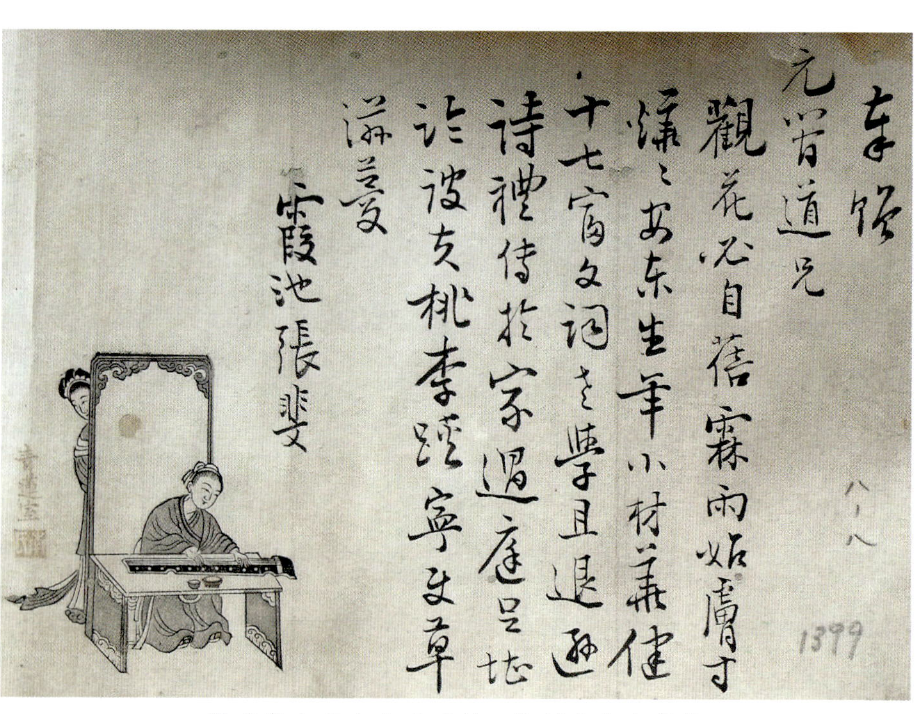

張斐寄安東守直書殘件　柳川古文書館藏

安東省庵墓 稻畑耕一郎 攝

柳川古文書館 稻畑耕一郎 攝

目録

前言

劉玉才

張斐，字非文，初名宗升，號霞池，浙江餘姚人。約生於明崇禎八年（一六三五），卒於清康熙二十六年（一六八七）之後，具體年月不詳。明亡之後，張斐捨棄舉業，絕意仕進，浪跡江湖，自號客星山人，四處交結遺民志士，圖謀反清復明。據其詩文記載，曾與屈大均、李清、魏禧、費密、顧祖禹頗多交往。康熙二十五年（一六八六），張斐經朱舜水孫朱毓仁的引薦，搭商賈船舶至日本長崎，應水戸藩主德川光圀求奇士之聘。德川氏命儒臣大串元善至長崎測其才學，二人數度會晤，留有筆談記録《張斐筆語》。據《筆語》所記，張斐在家鄉隱匿明崇禎帝三子定王慈炤，此行日本有效同鄉朱舜水乞師德川幕府之意。因恰值日本海禁嚴厲，不令招聘外人，張斐蹇延數月，未得赴江戶面見幕府將軍，快快回國。次年正月，張斐再次搭商船遠赴長崎，然滯留數月，仍未能獲准赴江戶，遂決意回國，其後不知所終。張斐兩次登陸長崎，與日人大串元善、今井弘濟（水戸藩士，朱舜水門人）、安東守約（號省庵，朱舜水門人）、安東守直（安東守約之子）、武岡素軒（唐通事之後，安東守約門人）或晤談，或詩文唱和，結下深厚的友誼。其間安東守約父子對張斐才學甚爲仰慕，雖然限於國禁始終未能謀面，但頗有文字交往，并結集爲《霞池省庵手簡》。

在中國國内，張斐因爲特殊的身份，事跡長期湮沒不顯，直至清光緒末年，《國粹學報》始刊發荀任撰寫的《朱張二先生傳》，附有鄧實跋語，予以彰表〔一〕。旅居日本的章炳麟則將張斐的文稿作爲《民報》增刊發行，在留學生和革命党人中引起强烈反響，張斐被視爲反清復明的先驅。阿英撰文甚至將其作爲革命文學的組成部分〔二〕。反觀在日本，張斐被視爲繼朱舜水之後具有代表性的中國士人，相關文字頗受珍視。日本有多位學者述及張斐行事，如後藤肅堂撰有《省庵與獨立及張非文》、《明末乞師的張非文》等文〔三〕，今關天彭著《近代支那の學藝》，闢有《明末潛渡日本之張非文》專章。他們根據日本所藏相關文獻及《張斐筆語》片段，鈎稽張斐的行事。遺憾的是都因掌握文獻不够充分，語焉不詳，且有錯訛之處。我們近年留意張斐文獻，在日本國立公文書館、國會圖書館、早稻田大學圖書館、柳川古文書館等處覓得部分材料，均爲今關天彭等學者的研究論著所未曾引述。而據其内容，可以大大豐富有關張斐國内外行歷部分的考察。

一

張斐的事跡在中國地方史志和各類遺民録中均未見記載，詩文作品亦鮮有流傳。

清末民初李放撰《皇清書史》卷十五有張斐小傳：「張斐，字非文，初名宗升，號霞池，別號客星散人，餘姚人。明亡陰結奇士，欲再造明室，曾兩至日本乞師，卒無成，後莫知所終。」傳後引述清丁敬《飛白録》云：「飛白歌『空庭映竹繞奇花』云云，在鬻古肆中鈔得於册子者，綾書以空心行草代飛白，殊謬。書者姓張，名斐，字非文，歌豈此人所作耶。」〔四〕清商寶意乾隆年間編選《越風》，録張斐《島中坐雨》一首，詩曰：「海暗沈秋雨，林迴偃夕風。寒花欹絶岸，獨鳥匿深叢。漂泊應吾道，蹉跎已老翁。極西鄉國在，萬里正空濛。」（清阮元輯《兩浙輶軒録》卷十三）然作者小傳僅有「字非文，會稽人」寥寥數語。作品評語云：張翁坐雨一詩，能狀凄慘之色，讀罷冷氣逼人。

日本方面，關於張斐的詩文和文獻記載，頗有流傳。德川幕府儒臣大串元善與張斐數度晤談，并將雙方筆談記録及往來書簡結集，題曰《續西遊手録》，藏於水戶藩府。安東省庵父子也將與張斐交往的文字妥善保存，且至今仍收藏在福岡縣柳川市柳川古文書館，其間有張斐手書的《東遊稿》、致安東省庵父子信函、贈答墨跡、明人詩文雜抄等內容，頗爲豐富。安東省庵還將雙方往來信函結集，題曰《霞池省庵手簡》。日本享保五年（一七二〇），安東省庵之孫安東守經刊刻行世，今有平安書林柳枝軒本流傳。在水戶藩府彰考館，還曾藏有張斐遺墨三卷、筆語原件及詩文作品。日本文政年間（一八一八—一八二九），曾刊刻張斐飛白書及文一篇，題曰《非文真跡》，有宇佐美充氏跋語。日本嘉永年間（一八四八——一八五三），會澤安纂輯張斐流傳日本的文章，題名《莽蒼園文稿餘》，安政年間（一八五四——一八五九）愛風書屋用活字出版。會澤安有序文云：「非文所稿莽蒼園文者，藏在彰考館，世無之知焉。乃與同社謀膳寫一本。而如非文事跡，則亡友宇佐美公實嘗書刻非文真跡後，詳其顛末，故亦以附卷尾，將俟他日公於世，是亦區區犬馬心。竊恐明季賢豪之正氣，不啻埋沒於草野，而雖其存於滄海波濤間者，亦澌滅將盡爾。」清光緒年間，旅居日本的章炳麟通過友人館森袖海借閱到愛風書屋本《莽蒼園文稿餘》，抄録一冊，并附加跋語，作爲《民報》一九〇七年夏期增刊發行，書前録有青山延光撰《明遺民張非文傳》。章炳麟跋語稱《莽蒼園文稿餘》在日本已鮮有留存，并以未見張斐筆語和詩稿爲憾。一九一二年，日人於東京第一高等學校舉行朱舜水到達日本二百五十年祭，展出水戶藩府和安東家族的相關藏品，其中包括張斐詩六首〔五〕。水戶彰考館（德川文獻館）收藏的張斐筆語、詩文、書簡等項文獻的稿抄本，在關東大地震及二戰期間毀損嚴重，根據昭和五十二年增補影印的《彰考館圖書目録》，目前均已不存〔六〕。大串元善彙編《續西遊手録》，曾撰題記置諸卷首，手稿藏於安東氏，後藤肅堂《明末乞師的張非文》有録文：

寬文甲辰歲，先輩小宅順奉使崎港，始見我文恭先生，歸報上公，遂言之幕下，辟致江府。頃録其在崎筆語，名曰《西遊手録》，今藏在彰考館。爾後卑禮厚給，備極恩眷，及其沒，建祠奉祀，編集行世，薄海傳唱，嘆其奇遇，誠百世之美談也，何其盛也。先生沒後數年，善復使崎港，偶遇先生鄉人張斐非文者。其學問議論，雖不可與先生同日而語，又間有可愛者。因借其行橐前稿，以呈上公。上公大喜，欲復召致爲鄒枚，事已就緒，有故而止，上公遺憾特甚。凡事之濟否，雖有人力不可强者，又奉使之不良也。善每思之，深以自歉。而安知無今日之塞再通，得遂上公之志，不使斐膺厚寵，享盛禮，襲先生之芳躅哉？其能如此，而他日爲斐編集，則必取此稿冠之集首。故不敢棄擲，又并其在崎往來書簡及一時筆語等，以爲三册，名之《續西遊手録》，以藏館中云。

貞享丁卯春　　常陽府學生大串元善謹書

據後藤肅堂文記載，朱舜水紀念會一九一二年春在東京舉辦紀念活動時，曾將《張斐筆語》與水戸藩府、安東家族其他藏品共同展出，他借擔任活動幹事之便，得以仔細觀覽。今關天彭自後藤肅堂處獲悉《筆語》的部分内容，但無緣閲覽原稿，後經過安東氏引介，才從水戸藩府録出《筆語》片段，附載其《近代支那の學藝》書中。此後，再未見有人引述《筆語》。其實，日本國立公文書館尚存有《張斐筆語》的傳抄本，該抄本結尾處題有「明治十三年（一八八〇）十月以德川昭武藏本謄寫　校合已」字樣，内容正爲下川三省、大串元善與張斐的問答筆録。根據筆録，雙方會晤共有四次，前三次沒有注明時間，内容多是有關學問、制度和山川草木方面的問答，第四次會晤記爲九月八日，内容則是透露隱匿定王慈炤的驚天秘密。張斐對此事頗爲慎重，追問再三，方和盤托出。會晤之後，還特意致書下川三省、大串元善，索取筆談原稿，曰：「前與二兄問答之詞，共有九紙，遣使既回，想復帶至，望擲還。」實際雙方的筆談内容，應該還不只《筆語》所録。張斐在致下川三省、大串元善的信中，有云：「吾鄉先輩有誡遊客一條，謂不可與人政事。昨筆談過多，遂及諸商苦情，深悔饒舌。兄既席捲而回，幸爲我付之祖龍，以掩其過。望望。」此類内容，即未見諸《筆語》。

根據《霞池省庵手簡》和《非文真跡》宇佐美充跋語，張斐曾將詩稿結集抄示日人，然不聞有具體收藏記録，也未見刊刻流傳。今關天彭及至當代學者關於張斐的研究論著，均未引述張斐的詩稿結集。其實，早稻田大學中央圖書館尚存有兩部《莽蒼園稿》鈔本，一部原爲水府森氏所藏，係森鴻次郎氏於明治三十五年十一月二十七日寄贈；另一部則是用國書刊行會的稿紙謄録，文字與森氏本完全一致，應是準備出版而未果。兩部鈔本均分爲上、中、下三部，上爲《莽蒼園文稿餘》，與愛風書屋本内容相同，只是文章排序有所不同，間有文字校訂；中、下爲《莽蒼園詩稿餘》，收録張斐各體詩作三百餘首，并附録《東國紀行》二十一首及補遺一首。詩文稿間有張斐自題，據之可以判斷原稿當是他在日期間抄示友人的。如《登高賦》自跋：「賦自揚馬而外，并駕而齊驅者，難其人矣。此後唯少陵三《大禮》，猶有骨氣可觀，差與古辭奥衍之才可敵。蘇子瞻《赤壁》，則創體也。其氣蕭瑟，其情曠放，讀之使人有遺世之想。《秋聲》步而超之，又瞠乎後矣。斐本非作家，而漫爲之，所謂跛鱉之望騏驥，更不及蠅之附尾而行也。可笑可笑！作文作字，須得筆墨精良，窗几明浄，而神思又復瀟灑。斐於此數者，一無所有，故益形其醜態矣。」詩稿結尾處有注云：「詩中有數人作虜宦者，多弟之親戚。在外遊行，未免偶藉其資斧，故不能絶，聊亦從俗，與之往還。弟詩只取其一味真了，若謂作家則未也。」張斐并不以詩文見長，但是通過這些作品，我們可以深入瞭解其浪跡江湖、交結志士、流亡海外的傳奇經歷，和國破家亡之後的心路歷程，進而勾勒清初東南地區遺民群體的衆生相。作品中涉及與屈大均、李清、魏禧、費密、顧祖禹、張肩三（張煌言之弟）交往的内容，則可以補充清初史事記載的不足。

二

由於文獻的闕失，有關張斐的身世行歷，記述頗爲混亂。以出生之年爲例，後藤肅堂定爲日本寬永元年（一六二四），今關天彭文定爲明天啓五年（一六二五），柯愈春《清人詩文集總目提要》則題爲明崇禎五年（一六三二）〔七〕，前後相差八年。而據張斐的《守歲贈友》、《元日酬招飲》詩，甲子年（康熙二十三年，一六八四）恰值五十歲，丙寅年（一六八六）渡日，在致安東省庵信中自言「今年五十二」〔八〕，照此推算，當出生於明崇禎八年（一六三五）。柯書還稱張斐「赴日本長崎，與朱之瑜交」，「集中多記追從朱之瑜復明活動」，顯然也失於查考，因朱舜水在張斐渡日前四年既已辭世。

青山延光撰《明遺民張非文傳》，係摭拾彰考館藏《張斐筆語》、《莽蒼園集》等文字資料連綴而成，內容較爲可靠。傳云：「斐幼孤，年十一遭國變，猶習舉業。父執見而誡之，乃棄舉業，從明遺老張一麟學。」（《筆語》）張斐的岳父爲姚江李安世，字泰若，明崇禎十六年進士，官至尚寶卿，明亡後隱居不仕。張斐在寫給岳父同榜進士呂潛（號半隱）的詩中，有云：「姚江李尚寶，與君同榜友。榜中數大公，皆已列朝右。棄絕舊君恩，可憐若敝帚。尚寶既隱居，頗學彭澤叟。溪上自築室，門前自栽柳。豈無豪貴族，薰天可炙手。嫁女與寒家，充作糟糠婦。」張斐有兄名宗觀，字用賓，號朗屋，雅擅樂府歌詩，事跡散見清初載籍，爲當時頗負盛名的遺民。他與同縣朱士稚（字朗詣）并稱「山陰二朗」，常自比管仲、樂毅，陳子龍詩詠二人有「越國山川出霸才」句。全祖望《鮚埼亭集》所載張近道事，「好黃老管商之術，以王霸才自命，見詩人則唾之曰：雕蟲之徒也」〔九〕，亦指張宗觀。張宗觀與朱士稚、魏耕、山陰祁氏兄弟經常密會，共謀反清復明。朱士稚涉嫌入獄，宗觀奔走營救，因聞士稚出獄，星夜渡江往迎，途中遇盜身亡。事見朱彝尊撰《朱士稚墓表》。

在父執兄輩的影響之下，張斐絕意仕進，慨然以遺民自許。自言嘗夜讀《楚辭》，聲氣激烈，聞者隕涕。（《秋夜讀〈楚辭〉，李太守恕聞之泣，復起飲酒達旦，明日作詩十韻請和》）張斐爲人卓犖不羈，「慨然慕魯仲連之爲人」，高言「丈夫會有事，誰當私此身」（《春日偶歸，贈阮與宜、何見公、鄭孟周，鄭復出送偏門，記別》）。據《筆語》自述，他因在家鄉結識并隱匿明崇禎帝三子定王慈炤，自康熙初年起，棄家不顧，長年浪跡江湖，陰結遺民志士，密謀恢復。撰於康熙二十年（一六八一）的《陳孝明墓誌銘》云：「山陰張斐棄其家七年，走四方求友，得八人焉。」其中，有姓名者爲江寧陳孝明（名鈐）、濟寧劉禦龍、徽州王次峰、陝西謝殷南、山陰徐身先、六合李儀及六人。陳孝明、李儀及年齡均少於張斐，却先他去世，令其悲痛不已。《莽蒼園集》載有不少紀念二人的詩文，如《哭李儀及》：「年來頻失友，老去哭他鄉。舊識多新鬼，先衰却後亡。淚痕映死睫，墨漬盡枯腸。苦憶平生好，何時得暫忘。」張斐所交友人都以反清作爲共同志向，友人黄咸士遠遊燕趙，張斐有贈詩云：「燕地常苦寒，束裝宜早爲。驅車過易水，勿爲荆卿悲。秦王天未絕，志士徒取危。子房天下才，猶試博浪椎。絕關燒棧道，何如下邳時。」（《黄咸士來吴門，將之燕，於其歸，泣送以詩》）「飲恨化爲血，碧色照吴鈎。奉身向知己，日與浮雲遊。笑談帝王略，開口取封侯。人盡自豪傑，腐儒甘蒙羞。拂衣從此去，長嘯凌幽州。」（《辱黄咸士贈詩，三年不能和，今將有燕趙之遊，追感舊事，書懷寄之》《秦人謝殷男于吴市買得寶刀，作寶刀歌贈之》則云：「吴中有寶刀，秦中有壯士。一朝相配合，各自增意氣。壯士年今三十强，風塵已静一日閑。囑君佩此莫輕試，時至還看牛鬥間。」伺機而起、反清復明的志向昭然若揭，故詩稿中有自注云：「大抵稿中之人皆吾同心膽者，其有名字者，則未嘗有事故，而可以不隱，故直書之；其曰友人或故人者，皆有事故，而不可明言，故隱之。」

張斐交結廣泛，「吴三桂舉兵，有廖精忠者爲三桂將，頗與弟同志，惜其人庸懦不足倚，故遂别之」（《九日岳陽懷李白》自注）。他甚至對民間俠客頗致禮敬，「平生慕俠烈，作事寡躊躇。出門身許人，掉頭别妻孥。最苦頭上冠，束縛成腐儒。短衣事侯嬴，長嘯覓專諸」（《贈方若水》）。詩稿中有《贈俠客》詩，稱譽其「勝却吾儒萬卷書」，詩序曰：「此俠客自是奇人，善劍術，隨行挾兩大鐵椎，人皆呼爲大鐵椎。問其名，則曰：人只爲一名字壞了多少事，我却不用此也。亦無妻子無家，曰：人只爲妻子家累壞了多少事，我却不用此也。專取響馬銀子濟貧人，響馬甚畏之。魏叔子（禧）爲作《大鐵椎傳》，可與史遷相上下。」另有《青州壯士寶刀歌》：「青州壯士不著冠，狐裘蒙茸踏步寬。長揖上階據案坐，口道殺人如草菅。匣裏一條清秋水，當軒拔出白日寒。誰人心有不平事，十年摩挲未曾安。」大概張斐網羅了不少此類人物，以備揭竿起事之用。基於强烈的遺民心態，張斐對於晚明抗清志士、清初不與清廷合作的遺民，非常崇敬，爲他們寫了不少傳記文字，而且與他們的後人保持密切的交往。如《皮太師傳》記明末將領皮熊轉戰南北，最後爲吴三桂所擒，絶食而死。張斐因與曾在獄中接觸皮熊的鄭之僑結交，具聞其事。《小腆紀傳》僅有皮熊之名，缺傳，張斐之傳正可補其不足。晚明重臣吕大器，史書有傳，但張斐所撰《吕文肅公傳》資料源自吕大器之子，可以補史書記載的不足。張斐在傳後有「野史氏曰：公之諸子，皆與予善。長曰潛，癸未進士，官太常博士，國變不出，浮沉吴越間，號半隱。次曰泌、曰澈」。張煌言有弟名肩三，與張斐頗多過從，張斐在贈詩的小注中説：「肩三今改姓李氏，即所謂秋水也。兄煌言字玄著，嘗在海上聚義，後事敗，爲虜所捕，故肩三改姓，逃之内地。」透露出張煌言起義失敗後的些許信息。《題劉雪舫》詩記明新樂侯劉文炳幼弟落難事，朱彝尊《明詩綜》、魏禧《魏叔子集》都有記載，吴梅村有《吴門遇劉雪舫》詩，可以互相參證。《吊草屋先生胡星卿，歸途述哀》詩序則記述了一個不爲人所知的遺民，「草屋先生姓胡，字星卿，其先海尚太平公主。先生苦節，國變後不肯貶服，終身著白衣巾。所居貼近城下，四十年不出户。虜亦敬之，曾易服而往，訪者再四」。張斐的這些文字，無疑可以豐富我們對清初遺民群體的認識。

張斐雖然志慕賢豪，不以腐儒爲意，自言「才卑而志遠。每忽尋常，少作而寡思。尤苦四六，直寫胸期。本非著作之偉士，屬詞比對，敢同呫嗶之小儒」〔十〕。但是仍與江南許多遺民文人交往密切，經常詩酒過從。如《答廣州屈翁山》：「千金懸詞賦，一飯起悲歌。共是他鄉客，相思幸屢過。」《南北史合注序》記李清七十壽辰，與張斐攜酒避客東皋，縱論古今世道之變，表露注釋南、北史的志向。《南史》部分原約張天如（名溥，明末復社領袖），不幸張故去，遂約張斐共襄其舉。張斐因奔走四方，未能履約，最後是李清獨立完成，請張斐校讎并作序。此事說明張斐頗具學術根基，然未見他書記載，張序也未載入《南北史合注》刊本。明崇禎進士許承欽，明亡後隱居泰州，肆力古文詩詞，與冒襄、孔尚任等人唱和。張斐客居泰州期間，每每造訪許承欽，并撰有《農部許公傳》。張斐還與顧祖禹以及客遊江南的魏禧、費密、唐甄等文士往來。《贈顧景範》詩注：「舊名成疇，今名祖禹，此人嘗著《皇輿紀要》。」詩云：「君才超什佰，秉貞從所好。著書包六合，古今滿懷抱。僕亦歷落人，足跡遍海嶠。徒然汗漫遊，作事苦無要。」關於魏禧的詩，有《懷翠微峰，寄魏叔子》、《魏叔子客死儀真，哭六絕》諸首，感情真摯。蜀人費密「避地淹吴楚，飄零四十載」，與張斐同病相憐，也互有致贈。唐甄晚年寓居蘇州，張斐有《讀唐鑄萬〈衡書〉，因贈》詩，注云：「鑄萬名大陶，本夔州人，今住蘇州，年六十五，嘗著《衡書》。」張斐的記述文字，涉及友人姓名、字號、生平、著述，頗有與他書相異之處，可備參考。

張斐的活動範圍號稱「周遊天下，足跡幾遍」，今關天彭認爲是故作大言，并根據其掌握的資料，推斷未出江浙兩省。我們根據《莽蒼園詩稿餘》詩題分析，張斐主要活動是在南京、蘇州、揚州、泰州、紹興等地，但也數度往返於今江西、安徽、湖北的部分地區。《筆語》則記載云：

問：承示三省放浪十年餘，其間經歷何地乎？

答：南北之地，所歷頗多，唯雲貴并兩廣未曾到，然終日鞭馬，久居之郡邑無幾。不過尋覓好友，與弟合志而有才者，則安其家，或旬日，或月餘，不久又別有所往。就今日而思，究竟無益，是以浩然有海外之觀。

張斐心存革命動機的浪跡生涯，充滿兇險與艱辛，自言「身從刀槍叢裏歷過」，「潛邳先椎秦（自注：此斐實事，非借用也）」，大概確有其事。《莽蒼園詩稿餘》中載有許多描摹經歷心境的詩句，個中悲苦，可見一斑。「丈夫生斯世，思保千金軀。無事只浪遊，窮年向江湖。問今是何日，雨雪已載塗。道遠足偃蹇，囊空品囁嚅。强笑一爲別，無勞問所如」（《留別吴門諸人》），「低頭向時輩，混跡客殊方。不知情獨苦，怪我空持觴。開口聊自哂，徙倚庭樹傍」（《彈琴、飲酒二詩，贈迂客，兼述鄙懷》）。張斐四方奔走，棄置家人不顧，坐令其忍饑受寒，内心頗受折磨。「一人不戒，左右皆賊。離絕妻子，不見三年。妻啼子號，隆冬饑寒」（《四言詩寄友》），「十年作客心，風雨不安室。念切妻在房，無兒又無食。入門方躊躇，不忍問相識」，「我非遊蕩子，空有閨中婦。臨行所生女，長大已及時。問父知何如，嬌啼不離母。計拙困風塵，縱橫皆不就。狼藉暮歸來，淚盡空搔首」（《歸二首》），「人生事錯料，年今過半百。妻孥寄在人，縱歸猶似客。嫁女已生男，我婿尚未識」（《五舍弟領胡氏婿吴門相見，愴然别去，有詩》）。張斐妻子是明崇禎十六年進士李安世的女兒，但因爲丈夫的原因，長年過著孤獨清貧的生活。張斐有《慰内人病》詩：「弧矢空在把，不如棄道旁。丈夫不得志，枉言遊四方。辟纑共笑語，舉案勞耕桑。念我結髮婦，十年厭糟糠。少時矜弱質，宛轉多在床。一月數呻吟，春日不理妝。形容漸衰苦，饑寒迫中腸。膝下又無子，誰能慰獨傷。齋食返素心，静室對妙香。知爾具佛性，□爾試藥王。懺悔或有悟，及情安可忘。」表達出深深的内疚之意。

三

明朝滅亡之後，明遺臣退居東南沿海組織抗清，其間與日本頗有海上往來。鄭芝龍、鄭成功父子即多次遣使赴日，請求德川幕府出兵援助。清順治十六年（一六五九），鄭成功、張煌言策劃的北伐戰敗，參與其事的東南遺民紛紛渡海，著名的如朱舜水，逃亡日本乞師，并寓居終老。康熙二十二年（一六八三），清兵攻入臺灣，東南局勢趨於穩定。清廷隨後宣佈解除海禁，東南沿海與日本列島之間的商貿活動及人員往來再度活躍。中國船隻由南京、寧波、温州、廈門、漳州、廣東等口岸啓航，經舟山群島，横斷東海，直駛長崎。往來的人員主要有商人、僧侣和不食清粟的遺民。日本方面，由於顧慮貿易不平衡及國家安全，對於中日商貿和人員往來多方限制，只開放長崎一處口岸，且令中方人員集中居住，不得深入日本列島。張斐就是在這一背景下，效仿鄉賢朱舜水，搭商船到達長崎。據中村久四郎氏統計，這是明末以來中國人第十六次到日本乞師，也是最後一次〔十一〕。

根據《筆語》和詩稿文字，張斐其實早有渡日乞師的打算。《筆語》中有云：「弟之欲至貴邦經營，蓋非一日，在未開禁之前，已有其念。而數年來，又以奔赴道路，不遑寧處，雖有估舶之來，竟不能附。」詩稿有《遺鑾奴之日本》詩，聲言自己百計無施，只好遣此僕涉險渡海，行前叮嚀再三，寄予殷切期望。此行既是探路，大概也負有具體任務。不過，張斐本人最後渡海成行，還是得力於朱毓仁、姚江的招引與幫助。朱毓仁，字天生，朱舜水之孫。康熙十八年（一六七九），得到祖父家信，遂趕至長崎，欲赴水戶探望，礙於日本國禁，未能成行。德川光圀特意派儒臣今井弘濟赴長崎會見朱毓仁，并轉告朱舜水在水戶的生活情形。大概就是在雙方會見中，今井弘濟轉達了德川光圀覓求賢才的用意，故時隔數年之後，朱毓仁推薦張斐前來。據日人《文苑遺談》卷一記載：「貞享中，毓仁、姚江與張斐來崎陽，毓仁與弘濟書曰：昔者得捧玉，知上公招儒納賢，誠甚美舉，故與表兄虞山（姚江）諮之，訪求博雅，得同里張斐先生者，因舍親任邃庵（元衡）求見，請其東來。」與朱毓仁同行的姻戚姚江，爲往返中日間之商人，頗嗜文學，也貽書今井弘濟推薦張斐，其書曰：

向承台諭，延一人以爲王之左右，此誠好賢盛意也。然其事至難，大概有學問者，未必有曠然域外之想，而聞聲附影者，扣其中又恐如枵腹之夫，徒以利動，則有負重委，未必有功，反以開罪。以是與天生慎之又慎，既久而後，方報台命。自號客星山人，周遊天下，足跡幾遍。抱不事之志，故不用於世。前海禁未弛，已欲遨遊海上。顧其人多不家居，四處邀之未得。今春幸道遇吴興，述王求賢盛典，欣然就行，亦不歸一别妻孥兄弟，竟自同來。蓋其人囂囂有古狂士風，不可拘以常調。今已至長崎，專人奉聞。至其學問之淵源，一席之談，自能得其深淺，可不贅。仰祈詳達，臨書不勝翹企之至。〔十二〕

張斐啓程赴日的時間爲康熙二十五年（一六八六）五月，《筆語》自云：「今歲五月，適至蕪湖至吴門，有姚、朱二君之便，不勝狂喜。」「吾國之興，必有藉於日本。今水戶侯好義，舍此安適乎！遂奮不辭家而航長崎」〔十三〕。張斐有《東國紀行》詩，述其行歷。記有作别吴門友人，女婿胡氏送至上海，停泊黄浦，然後搭乘商舶出吴淞口，途經鹿徑頭、雙洞島，并在海上度過七夕和中元節。船到達長崎的時間大約在七月下旬。該船同行者除姚江、朱毓仁、張斐之外，還有蔣尚卿、黄士美、任元衡諸人。蔣尚卿是著名旅日高僧東皋心越的胞兄，東皋心越俗名興疇，浙江浦江人，曹洞宗高僧，曾參加反清活動，失敗後東渡日本，傳揚佛法。蔣尚卿隨船抵達長崎後，姚江寄書駐錫江戶（今東京）的東皋心越〔十四〕。東皋心越自江戶至長崎，作有《至崎得晤家兄》詩，「憶別鄉心幾斷魂，思親夢裏淚添痕。今朝兄弟重相聚，盡感上公高厚恩」〔十五〕。詩題下注有「貞享三年八月」，即康熙二十五年八月。東皋心越還有《拙懷賦謝非文居士》詩，似作於既將分別之際：

悲昔雁離行，頻年徒皓首。窮途鬱未伸，所遇皆賢友。壯志多磊落，廓廟心俱朽。覓弟泛重溟，意氣何高厚。把臂訴衷腸，無分卯與酉。弟當返祇林，兄自歸田畝。指日促行程，漫折長亭柳。清河張徵君，良會知難否。〔十六〕

同船的黄士美抵達長崎後，也有書信致東皋心越，且載明七月到長崎：

歲内一帆西歸，幸托和尚盛德，幸獲平安。今春得與二令兄老先生同舟過海，於七月到長崎，專候法駕早臨，深成二令兄之望，并成餘輩渴□。佇望一葦之來，鵠立以待。專此□上心越大和尚座前。弟子黄士美頓首。〔十七〕

任元衡是張斐的姻戚，號穆讶居士。東皋心越詩文集中有「穆讶居士與家兄同舟抵崎，俄經半載有餘，其叨庇之情，勝於至戚」之語。任元衡曾以《鷓鴣天》詞贈東皋兄弟，大概也是位遺民文士。

張斐抵達長崎後，德川光圀派遣儒臣大串元善與之接洽，根據《張斐筆語》的記録，兩人至少有四次密會。張斐有云：「放廢之夫非求用於貴國，心中之事欲一謁尊王而後決留者。」「我朝必有復興之日，我朝之興，必有藉於貴邦，挺生尊王之好義，欲舍之而他適，其可得乎？」在致今井弘濟的信中，張斐把自己的心志與此行目的表述得更爲清楚，充篇洋溢著悲壯激烈忠憤之氣。「將偕隱以入山，嗟無寸土之乾净。聊抗懷而蹈海，視同尺水之波濤。袖匕而入函關，身脱虎狼之地。提椎而潛下邳，淚濕犬羊之天」，「蓋四十國之管寧。席帽而歷險阻，傷去載之經營，既多義士；三百年之德澤，尚有曾孫。夏有一成，已賴斟鄩之定亂；楚雖三戶，欲效包胥之乞師」。

張斐在與大串元善的密會中，還透露了自己隱匿定王慈炤的驚天秘密。大串元善對此極爲關注，追問再三，把細節都核實得很清楚。據張斐的描述，定王慈炤爲崇禎帝第三子，明亡之後遭李自成部下毛貞生挾持，擬投奔吴三桂，聞知吴降清，毛貞生將定王托給巢縣葉五羑。葉五羑與廬州李應生盡力保護，爲防止事情洩漏，相攜遠遊。不久，葉五羙遇害，定王又先後投奔到蕭山張斐家和南京王俊公家。王俊公之子伊其，待定王甚厚。鄭成功伐清失敗，清廷搜求明室遺族風緊，王伊其又打發定王投奔張斐。張斐遂將其隱匿在蕭山，并爲之娶妻，九年育有三子。此事極蹊蹺，且多有與史書記載矛盾之處，清初此類故事屢見不鮮，吴三桂叛清，也曾擁立所謂定王起事，故只能作爲野史來看。大串元善初聞此事，頗表懷疑，但聽過張斐似能自圓其說的解釋，將信將疑，并報告德川幕府。章炳麟查考《明史》諸王傳，崇禎帝第三子封定王，名慈烔，第四子封永王，名慈炤，京師陷落後，俱不知所終。遂推斷張斐所奉爲慈烔而非慈炤，至於年齡方面的矛盾，屬一時誤記，無害事實。今關天彭贊同章說，認爲奉戴之事可信。他還舉出《明州系年録》所載康熙四十六年浙江慈溪葉伯玉奉朱三起義事，懷疑與張斐所奉定王有關。

經過大串元善的考察，德川光圀雖無法實現張斐的願望，但對其才華還是頗爲賞識。青山延光所撰傳記云：「海禁甚嚴，不得招聘，非文怏怏去，義公深惜之。」宇佐美充的跋語有相同的記載。今關天彭搜輯日本文獻，引述大串元善的記載，「上公大喜，後欲召爲鄒枚，事既就緒，但因故而止。上公遺憾特甚」。《耆舊得聞》引中村良直雜記，「先年，張斐來崎山，一二人接洽畢，大串平五郎赴崎山定約，交待不明，後具呈其事，西山公痛惜，不發一語」。朱毓仁寄安東省庵書亦云：「斐先生上公已聞，甚喜。

但扼之當道，嚴于國禁，是杜賢之路，恐有損君子之邦，徒費毓仁之一片苦心也。」〔十八〕張斐蹇延數月，多方設法，未得赴江戶面見德川光圀，怏怏回國。根據張斐致安東省庵書信附詩，冬至日尚在長崎，見早梅開放，故歸程應是在冬至以後。行前賦排律一首贈大串元善，有「吾越仇能報，維周命尚新。渡遼非避漢，潛邳先椎秦」之句。另有寄安東省庵書，曰：「弟行矣，老涉風波，一年兩度，志衰氣餒，憂懼交并，遥想中流，回首崎陽，慘目傷心，情可知矣。來春雖期復至，人事變態，夫豈有常。……」翌年正月，張斐再次抵達長崎〔十九〕，旅途碌碌，除夕竟是在海上度過，賦有《除夕渡海作夜如何歌》。正月初一，船至長崎，因未得登岸許可，滯留船中長達二十日。張斐致安東省庵書有「驚濤萬里，以衰年病肺之夫當之，此行大不如前，睡若魘魅，醒若醉癡，矇朧恍惚，耳目俱欲無矣」、「斐抵崎在元日，時已暮矣，關門嚴峻，不得上岸，屈指舟中，鎮鎮閱二旬日。比離舟頭，風驟作，復生嘔眩」等語，其中艱辛，可以想見。因時值德川光圀六十壽辰，張斐特意囑友人湯來賀作壽序進呈。湯是晚明著名遺民人物，《明史》有傳。然張斐此行仍未有結果，於是決意回國，此後不知所終。

張斐兩度赴長崎，與大串元善、安東省庵、今井弘濟諸文士頗爲契合，屢有詩文過從，學問切磋。其間，安東省庵父子對張斐最爲欽敬，所有往來文字，均妥善珍藏，并集爲《霞池省庵書簡》，傳之後代。安東省庵是朱舜水的門人，日本近代儒學的重要代表人物。朱舜水初至日本，生活困頓，難以爲繼，安東省庵拿出自己一半俸禄，供養老師，成爲衆人樂道的義舉。張斐奉同鄉前輩朱舜水爲楷模，初至長崎，即撰有兩篇祭告文字，表達自己的追慕痛悼之意。張斐通過朱毓仁的介紹，與安東省庵建立起書信聯繫，短短數月，二人雖然礙於國禁，始終未能見面，但有六度書信往還，内容涉及互贈禮物，致送著作，品評詩文，請教學術，結下深厚的情誼。安東省庵欽敬張斐的才學，欲拜其爲師，張斐堅拒不允，只願以兄弟相稱。當時，日本學人非常看重中華儒士的評價，安東省庵在致學生武岡素軒的信中稱：「先生初賜之書與佳制傳播四出，京江戶無貴賤，僉曰省庵得中國大儒之稱許，是稀有之事。雖登瀛洲之榮，蔑以加焉。」〔二十〕安東省庵對於張斐寄贈的詩文，極爲珍視，不但結集抄寫保存，還作爲自己學習的範本，甚至專門致書大串元善，請其疏解張斐詩文的典故詞語。安東省庵在《霞池省庵書簡》的自敘中，頗爲感慨地説：「前年張先生來長崎，往來之簡札，積而爲卷，不幸雖不得相見，而展玩此書，則宛如對榻聆謦咳也。嗚呼！先生清風峻節，以仕虜爲耻，博學文章，卓越當時，詩文集有若干卷。守約何人，得知於斯人，銜戴弗諼，死亦不朽。」張斐赴長崎本爲乞師，然而無心插柳，竟造就出一段中日文人交流的佳話。故他在臨别寄贈安東省庵及日本友人的詩中，不無自嘲地説：

吾道東矣東復東，海門大唤乘長風。身爲魯連不得志，翻作教化成文翁。眼前弟子森玉樹，後來領袖紛無數。儼如絕壑起清風，萬里青天撥雲霧。雖未相見心相知，寄書行人兼寄詩。寒天朔吹今如此，何似當年立雪時。〔二十一〕

張斐歸國之後，不知所終。據宇佐美充跋語記載，張斐的姻戚任元衡（邃庵），此後又兩次到長崎，求見德川光圀，并向大串元善吐露隱情，有致今井將興書云：「值中土世衰，腥淪九鼎。幸白水尚存，爰整一旅，率土皆仇。無他邦之可泣，仰瞻鄰德，思繼絕之可施。是以三涉危波，念舊德之難忘，必欲報以國士；兩受大命，慚爲使之多愆，實難效包胥。」顯然是受到張斐的感召，「兩受大命」，似指明室遺孤。任元衡此行大概是清初赴日乞師活動的最後一次記載。任元衡歸國時，德川光圀賞賜豐厚，且致贈白鑞予張斐。據宇佐美充引述，「公每談及非文之事，愀然不樂，侍臣亦不忍言此，以沒公之世」。宇佐美充還提及當時有張斐死節的傳言。安東省庵後人對於張斐的後事也頗爲關注，直至清雍正年間，杭州人沈丙到長崎，安東省庵孫安東守經還向他打聽朱舜水、張斐後人的下落，但沒有結果〔二十二〕。

二〇〇九年五月於北京大學中國古文獻研究中心

〔一〕荀任《朱張二先生傳》，《國粹學報》第一年第十二號，清光緒三十一年刊。

〔二〕阿英《革命的文學——辛亥革命文談一》，《人民日報》一九六一年十月九日。

〔三〕《省庵與獨立及張非文》，刊載安東省庵紀念會編《安東省庵紀念集》，一九一三年出版。《明末乞師的張非文》，連載於《東洋文化》一九二五年五—六月號。

〔四〕《莽蒼園詩稿餘》正收有此詩，題曰《寫飛白歌》：「空庭映竹饒奇花，石上芭蕉弄春色。呼童關門謝人客，自愛臨池寫飛白。由來妙跡傳蔡邕，後人繼起誰與同。羲之腕力通造化，不覺此書不易工。野人一日掃一束，六幅長箋秋水濯。乘興更拂窗前几，笑對山花倚山閣。」

〔五〕李大釗《朱舜水之海天鴻爪》，《制言》第一年第一期，一九一三年刊，署名李釗。

〔六〕呂玉新氏懷疑彰考館在美軍轟炸之後，仍存有不少原始文獻，只是因各種原因未能公佈於世。見氏著《有關朱舜水研究的原始文獻》，《漢學研究通訊》第二十三卷第四期，二〇〇四年十一月刊。

〔七〕柯愈春《清人詩文集總目提要》上册第二三五頁，北京古籍出版社，二〇〇二年。

〔八〕小宮山昌秀《西州投化記》引《史館舊記》，記載張斐與大串元善會晤時年五十一歲，且隸於貞享四年（一六八七），應屬誤記。《張斐筆語》記載「斐幼孤，年十一遭國變」，或屬記憶不實。

〔九〕全祖望《雪竇山人墳版文》，《鮚埼亭集》卷八。

〔十〕張斐《復大串元善啓》，《張非文莽蒼園文稿餘》，科學出版社影印本，一九五八年。

〔十一〕中村久四郎《明末的日本乞師及乞資》，《史學雜誌》第二十六編第五號，日本大正四年五月出版。

〔十二〕引自今關天彭文，羅霈霖譯，載《國立中山大學文史學研究所月刊》第三卷第二期，一九三四年十二月刊。

〔十三〕荀任《朱張二先生傳》，《國粹學報》第一年第十二號，清光緒三十一年刊。

〔十四〕姚江書云：「從法駕去京，數載於茲，止可修候，會晤實難，懷念懷念。今者與雲伯兄得邀二令兄來崎，此骨肉之至情，仰祈和尚速降以慰懸懸。佇望飛舄，罄聆大教有期。臨楮瞻切。心越老禪師法座。弟子姚江頓首。」據陳智超編《旅日高僧東皋心越詩文集》卷五《姚江來書》第一七〇頁，中國社會科學出版社，一九九四年。

〔十五〕陳智超編《旅日高僧東皋心越詩文集》卷五，第一四八頁。

〔十六〕陳智超編《旅日高僧東皋心越詩文集》卷五，第一四八頁。

〔十七〕陳智超編《旅日高僧東皋心越詩文集》卷五《黄士美來書》，第一七〇頁。

〔十八〕徐興慶編注《朱舜水集補遺》，第一四〇頁，臺灣學生書局，一九九二年。

〔十九〕徐興慶撰有《鎖國後長崎來航の明人について——張斐を中心に》（《九州史學》第九十五號，九州史學研究會，一九八九年八月），考訂張斐第二次赴日時間爲日本元禄十一年（一六九八）。然證據并不充分，且與現存文獻記載頗相矛盾，故不予采納。

〔二十〕《霞池省庵書簡》，第三十頁。

〔二十一〕《寄贈安東先生并貽今井氏弘濟及諸同人》，録自《霞池省庵書簡》。

〔二十二〕據《安東家藏名賢詩文手抄》，安東守經致書沈氏問曰：「明季朱魯璵、張非文兩先生，吾先子之所師事者也。其子孫之存亡，不知先生知之否？知則幸示之。」沈氏答書有云：「朱、張兩先生里居以錢江間阻，未悉後嗣音耗。」

莽蒼園詩稿餘

據水府森氏抄本録文，部分詩作校以柳川古文書館藏作者手書。

目録

莽蒼園詩稿餘卷上

書感以下四言

馬上雞鳴，夜以爲旦。晨逐徒旅，暮不能飯。斷絕中腸，懷念故鄉。弧矢脫手，何爲四方。嘆息中逵，行路實難。欲覓一人，河限水寬。我生不臧，逢此强梁。不云肯救，反用毁傷。卵生在巢，未辨雄雌。兩心不見，故云相知。

山則有高二章留別

山則有高，水則有深。悠悠道路，誰知我心。
人生聚散，飄若浮雲。今我此別，慨獨在君。

公無渡河

公無渡河，河水成冰。前途戒旅，車折馬傾。我具一言，請公静聽。春雨載膏，舟楫始盛。魚龍在下，人則在上，此時告公，唯公所嚮。

四言詩寄友

頭毛縱縱，霜雪來積。嘆彼日月，棄我如擲。嗛嗛小智，既不足語。獨念一人，并我辛苦。孤視四海，遠騖千秋。疑默相尋，莫跡其由。鸞梟并栖，防致彈射。一人不戒，左右皆賊。離絶妻子，不見三年。妻啼子號，隆冬饑寒。

泊采石以下五言古

斗落江水影，波光撼突兀。力豎南都險，勢敵東海碣。鴻雁從西來，遥空漸滅沒。動我萬古情，仰視見新月。此地昔戰場，江沙漫白骨。鬼火自潏蕩，蕭蕭漁燈揭。相對孤舟時，寒風吹毛髮。

潯陽江舟中夜聽吴劉二子論劉項滎陽之戰

世亂醜斯文，儒冠不足惜。老夫已倦遊，揚帆更何適。蓬頭下江船，累月髮不櫛。擁被日思臥，客情但蕭瑟。二子鼓我氣，口如懸河直。四顧餘無聲，沙際動寒色。

虎踞關觀徐、謝二子較射桃林樹下

海風吹江潮，千里矚遐甸。古來芒碭人，畢死不得見。吾民亦饑疲，濡首供賦歛。徒知西南隅，年來更苦戰。白骨凄風雨，朱門爗雷電。肆赦及奸徒，殺戮到良善。村墟鷄狗盡，人肉羅飲宴。謝生行四方，風塵滿頭面。同心得徐子，落落皆英彦。江城坐無事，青春自貪賤。空却挽强手，奮袖登絕巘。昔聞技穿楊，今落桃花片。石虎吼風林，沒羽不足羨。

逸圃詩，贈顧迂客

勞生滿乾坤，嗟爾好逸圃。花竹隨所好，自然遠辛苦。前軒羅詩書，偃息啓後戶。讀罷呼酒來，清琴時一撫。賤子倦行役，窮年悲逆旅。徒然挈衣被，長途走風雨。浮雲憶故居，蕭條委環堵。浩蕩江海中，寧知老漁父。

彈琴、飲酒二詩，贈迂客，兼述鄙懷

洞房白日静，拂袖春風起。泠泠十指間，七絃化爲水。對君生隱心，興遠江湖裹。何處弄扁舟，散髮從知己。鳳凰不復來，德衰悲孔子。哀雁滿雪霜，平沙幾萬里。

杯酒入天地，醉來中清狂。中，去聲。長歌激空外，飛塵墜屋梁。脫略裘馬性，厭絕富貴場。堂中有貧士，益見座生光。平生亦爲此，頗遭薄俗傷。低頭向時輩，混跡客殊方。不知情獨苦，怪我空持觴。開口聊自哂，徒倚庭樹傍。

舟中讀魏處士季子詩三首翠微、石上皆處士居處，處士有時命詩，傷朋友作也。

吟詩當落日，秋風栩然來。一篇一叫絕，蓬窗四面開。不知舟行處，倏忽泊林隈。今夜有清夢，應繞翠微迴。

客行客所苦，無以破心胸。手持一編詩，突出百丈虹。老眼翳以明，秋顏晬如童。神物易變化，乾死哂雕蟲。

蜀道不爲難，南粤復西秦。挈身報知己，四海茫無垠。歸來栖石上，但多佳句新。私心亦爲此，時命傷我神。

自九江至蘄州，半途而返

手空膽不決，徒矜壯士名。臨欲上馬時，迴頭使心驚。指鞭暮雲合，彈劍秋風鳴。蘄州百里地，難於千萬程。

送友人歸山陰

可觀潯陽水，東流到浙潮。送君從此去，不得暫停橈。敢以妻孥托，君歸即我歸。肝膽非楚越，萬里猶相依。

澄泥硯詩有序

如皋薛君木庵有此硯，嘗贈其死友真州王君咸吉，曰：我心許之，而未與也。陳於墓前而去。徵詩甚多，予亦繼此篇。

石波蕩層紋，沙蟲噆深窟。不知誰氏製，更是何代物。非關禹鑿餘，恐出古陶穴。洗作水之精，千年同山骨。其潤時疑雨，其光或如月。蓄墨故中坳，止水仍旁突。堅質類君子，薛君固所悦。持奉地下交，心諾不敢忽。此身有生死，此心無存歿。庶幾延陵子，千載名同揭。

題崔氏玉山草堂壁

愛汝玉山静，日暮可怡老。溪聲枕簟清，林影窗戶杳。襟帶拂竹花，屐齒没苔草。尤足醒睡眠，時時聞山鳥。

春日金陵寓中鐏白，喜王次峰至

二月春光繁，叢花半已落。人生無百年，衰老忽如昨。朝來清鏡裹，形影殊蕭索。不知鬚髮枯，摘之欲盈握。石城六代餘，清夜聞遼鶴。登高望三山，遥情接廬霍。故人遠方至，喜遂前時諾。洗君面上塵，勿嫌清酒薄。醉歌曲未終，悲懷滿寥廓。健翮凌高天，長鱗縱遠壑。安能日共憂，得意且爲樂。

贈别黄叔威

分手亦何恨，感激懷寸心。失意路傍時，一言直千金。伊昔白門下，唯君知我深。錯料平生崎嶔。晨興每多慮，夜眠悉不禁。安得栖止地，偃息披胸襟。當別且莫嘆，爲我求知音。

中秋小酌，贈職方張肩三

夜凉秋雨霽，月色空庭新。人生歡會少，有酒莫辭頻。酣歌蕩竹露，鳴蟲通四鄰。物性各有適，天心寧不仁。與君異地好，比於骨肉親。生死相爲言，無爲徒傷神。

酬别肩三

放船慘别顔，蒿師且停楫。耿耿欲有語，到口不能説。寒日覆重雲，秋風捲落葉。含悲向東去，笑言何時接。

醉歌，爲金陵樊翁壽意

鄭虔曳杖翁，劉伶荷鍤老。金陵有酒人，庶足共潦倒。少時黄公壚，徹夜相叫呼。獨酌不盡興，還復邀里閭。自謂終生樂，對酒當長歌。陋哉平原飲，十日忽爲多。詎知家易落，歷歷宛如昨。還問舊酒徒，視我何寂寞。座上暗塵滿，門前秋草長。頹坐孤影中，但聞鄰槽響。富日自多親，貧日惟一身。勿言此酒薄，猶及生我辰。此時不爲樂，百歲將何如。老彭今安在，況復計陶朱。

淮上口占，贈同旅豐縣人

阮藉登廣武，嘆時無劉項。君今豐沛間，何如昔芒碭。亦有偉丈夫，掩跡風塵上。乞食淮陰來，相悲時忽往。

酬別柳生

小時敬尊輩，既老愛少年。我家在海曲，君住長江邊。浮雲千里合，相遇非徒然。可嘆秋江上，沙頭繫客船。

酬別王生

秋風吹行李，晨光慘沙際。頃刻千里人，佇立傷君意。臥痾海陵日，日夕忙死事。自作輓詩成，擲筆未云既。驪歌又在途，人生真顩頳。

酬別呂半隱先生

呂前癸未進士，官太常博士，畫秋江圖贈予別，故未及，與尚寳卿李泰若同榜，李蓋予内父也。

姚江李尚寳，先岳，名安世，字泰若，曾爲尚寳卿。與君同榜友。榜中數大公，皆已列朝右。棄絕舊君恩，可憐若敝帚。尚寳既隱居，頗學彭澤叟。溪上自築室，門前自栽柳。豈無豪貴族，薰天可炙手。嫁女與寒家，充作糟糠婦。鄙也磊落人，倏忽已老醜。種田不得稻，所獲皆稂莠。空抱千秋傷，未知有濟否。適來海陵地，自春涉秋後。沈痾頻枉顧，嗟嘆爲之父。從古名節士，懷義終不苟。峻逸秋岳尖，卑瑣培塿。避地吳越鄉，轉徙常不偶。亦知大海波，遠接瞿塘口。峨嵋隔天半，故國空迴首。干戈莽未定，杜門亦何有。草堂殘暑退，雜花映戶牖。屢過接談笑，座中每善誘。浮踪今欲歸，向來情未剖。駑馬混麒麟，黄鐘雜瓦缶。細大響不分，誰能外牝牡。以兹愧名義，括囊庶無咎。貽我秋江圖，取別見情厚。風帆天際落，洪波勢絕陡。蒼山夾兩厓，中有雲氣走。歸懸草屋壯，光輝動林藪。

山　行

雨歇山既清，訪古曳我杖。遲日延幽思，停雲駐遐想。行逢餘花落，坐聞流水響。誰知暮□

時，無人自來往。

雷雨不絕嘆戊子十月十五

山雲出山屋，濕雷搖湫林。雨點過頭面，身如緣堵牆。客愁晴不徹，猶勝陰氣傷。天時與人事，嘆息苦夜長。

苦　雨

旱久思一雨，既雨凄旅況。衆流無所歸，滮滮階除上。壞衣色不暖，借日神始旺。嘆息巾履痕，仰穿屋漏嚮。愁目窺高鳥，窘迫寒鶵狀。丹黄泛楓柏，青翠流篠簜。我生非草木，安得根株暢。

秋　懷

凉月落人影，虚堂并一秋。萬竅幽鬼入，林木生夜愁。敗葉墜梁隙，鳴蟲跳牀頭。我生已如此，於世將何求。

中秋有懷故人

四更月欲落，披衣出前庭。獨立倚秋花，滅燭視空冥。真色天宇潔，列宿如寒螢。照我心炯白，使我眼自青。故人渺何許，漂泊隨浮萍。朝臨大河口，既暮入秦涇。有書不能達，鴻雁空沙汀。

病中示僕

臥病人事絕，作詩呻吟時。蟣虱生頭面，髮落如亂絲。一身苦反仄，百骸痛不支。刻劃到花鳥，翻覺人清怡。東鄰歌未既，哭聲已相隨。彭殤理則一，蓋棺事何知。癡僕見不大，乃用涕泣爲。塵埃沒襪履，蟲鼠嚙裳衣。狼藉几案上，筆墨久不施。呼僕且整拂，空自代我悲。扣牀發長謠，嘆息聊贈醫。

病起，撿病中作，聊存之

文采豈自炫，孔雀愛其尾。羈人臥病久，豈意今日起。扶力須藤杖，隱身待竹几。秋窗澹容與，秋花色如喜。白日下頹檐，鳴蟲出草底。偶撿病中作，一笑長已矣。

歸，二首

十年作客心，風雨不安室。念切妻在房，無兒又無食。入門方躊躇，不忍問相識。父老幾人來，慰言敘疇昔。遊子乍得歸，人情自喜色。愴懷何獨予，徒傷故鄉跡。

客子雜殊方，不習鄉語久。問人知姓名，格格難出口。況涉衰病餘，忽已成老叟。平生知己恩，不落侯嬴後。堂堂魏公子，甘爲屠肆友。車馬入窮巷，執轡恭在手。感懷獻奇計，破秦垂不朽。志士各有懷，聲名豈云偶。我非遊蕩子，空有閨中婦。臨行所生女，長大已及時。問父知何如，嬌啼不離母。計拙困風塵，縱横皆不就。狼藉暮歸來，淚盡空搔首。

還家，示胡氏女，二首

爾父生命薄，念爾同一天。本根既枯瘁，枝葉那得鮮。浪遊離爾輩，轉盼八九年。今時已成人，孩幼忽如昨。歸來拜房中，低頭淚猶落。頭上荆枝簪，玳瑁亦不如。貧家婦易爲，作意事孀姑。

汝啼猶昨日，已抱懷中兒。我年日以老，膝下遂遠離。血屬關兩家，外孫聊哺飴。婿本儒家子，棄儒營銖錙。汝父不得力，讀書亦何爲。

辱黄咸士贈詩，三年不能和，今將有燕趙之遊，追感舊事，書懷寄之

開篋見君詩，淚落不能收。未用二四讀，對之堪白頭。飄蕭逐行李，忽及三載秋。飲恨化爲血，碧色照吴鈎。奉身向知己，日與浮雲遊。笑談帝王略，開口取封侯。人盡自豪傑，腐儒甘蒙羞。拂衣從此去，長嘯凌幽州。可嘆世上兒，相見徒悠悠。

寄蜀人費此度費號燕峰

獨處憐古寺，弟在天寧寺寓，彼來見顧。志士徒忼慨。木魚醒我耳，天曉不能待。本是鷄狗人，香厨斷葷薤。悲來還自歌，鬱抱誰能解。昨枉高人駕，叩門驚始駭。延坐洗荒蕪，屐齒破蒼靄。避地淹吴楚，飄零四十載。野田歲不收，野田，費所居村也。橡栗恒自采。悵望春時天，知爾今何在。

送友人歸成都省試

停舟莫遽發，惜别坐須臾。人生會面難，况涉萬里途。酒傾各以醉，壺盡當再沽。鳴蟲出石

底，白月輝中衢。顧影起獨舞，悲歌向秋蕪。鄙人戴華髮，局促老江湖。藉子數晨夕，數，入聲。今去益愁予。憶昔父老言，舊日好成都。蜀王天下秀，蜀王好讀書，太祖嘗呼爲蜀秀才。書籍汗牛車。士子被文學，臺閣多名儒。至今戎馬地，蕭條爲丘墟。乍歸迷所適，何處尋故廬。同學幾人在，偕子登賢書。子行日以高，我終困泥塗。莫將緩帶手，執我被衣裾。雪涕住江上，遠札寄蒙愚。

亂後送蜀人歸省

赤日燒大野，獸伏鳥不飛。火雲隔危棧，遊子萬里歸。揮汗馬鞭落，山暮行人稀。幾年初罷兵，黎庶猶無依。蜀江錦雖好，蠶絲未上機。何當施刀尺，製汝老萊衣。

鐘聲

古寺相鄰并，日夕聞鐘聲。出谷無近響，繞牀有餘清。何必更滌耳〔一〕，自然無俗情〔二〕。夢回見夜氣，忽覺負生平。

〔一〕滌，《東遊稿》作「洗」。
〔二〕無，《東遊稿》作「少」。

贈江南錢老

落日懸前程，疲馬嘶無力。茫然風塵中，久矣悵睽隔。今朝向知己，一笑方未畢。呼樽藉芳草，東山月又出。微光入楊柳，照見清池碧。窮年文字飲，不必羅炰炙。人情若川流，世路如荊棘。我勞未云已，明發還相憶。

懷翠微峰，寄魏叔子魏名禧，江西寧都人

昔年走冰雪，躡壁凌高峰。下問采樵子，上指避世翁。歲時或一出，親故亦少逢。入洞殊天地，登崖疑雨風。層岌天路近，舉手接飛鴻。兩峰日月鬥，倏覺身在空。桃花吸澗水，倒挂懸岩重。金精閟陰火，煮石流泉紅。對坐松根下，目視契予衷。月明照私語，仍見大道公。揭來別已久，音訊杳莫通。崎嶇蕩魂魄，所向途必窮。此山有仙女，倘不鄙塵容。優遊托千載，攜家誓相從。峰有金精洞，漢張麗英得道處。

寄彭中叔

高齊臨疊巘，四壁入山青。絕壑風倒吹，空階雲所停。連山蔽空闊，兩曜不相經。外途了莫

涉，二三同心盟。歷落聚籬屋，山田春共耕。餘暇課兒業，讀書豈取名。睟然霜雪姿，寡欲道自生。堯舜不再出，世路多平傾。荆棘嗟東洛，禾黍悲西京。好古信莫與，嘆息我老彭。

入蟠龍山，奉贈謝秋水先生，并貽山中諸子

山在江西建昌府，秋水先生即所謂程山夫子，弟未執贄之前到蟠龍山，故止稱先生。

歲除徒旅稀，路險冰雪攢。我行適地底，曲折上高盤。手持青柄蓋，掩互衣裳單。迴風轉仄徑，驚魂墮飛湍。突兀前山來，夭矯若龍蟠。逃亂新塹起，防兵舊壘殘。石門深洞入，流泉聲潺湲。伊人直居此，秉節在巘端。列屋素心友，猶著舊衣冠。琴書通笑語，鷄黍共盤餐。山中少曆日，東西指月看。不知隔明旦，春氣迴江干。却問人間事，忽令情悲酸。

九日岳陽懷李白

昔時李謫仙，九日巴陵上。置酒臨洞庭，水軍遥相嚮。意氣高雲夢，洪濤空秋漲。譏訕陶淵明，東籬不足尚。今日廣漢間，烽煙列亭障。樓船蔽天闊，殺氣殊莽块。烏飛驚欲墜，健兒慘不壯。我來適搆兵，投書與主將。奇謀却不用，前軍倏已喪。吴三桂舉兵，有廖精忠者爲三桂將，頗與弟同志，惜其人庸懦不足倚，故遂别之。偶逢泛菊辰，登高聊一望。古人不可見，千載徒惆悵。

吊草屋先生胡星卿，歸途述哀，二首

草屋先生姓胡，字星卿，其先海尚太平公主。先生苦節，國變後不肯貶服，終身着白衣巾。所居貼近城下，四十年不出戶。虜亦敬之，曾易服而往，訪者再四。

城南有高士，往吊夙所欽。朔風結寒雲，白日忽爲陰。雨霰亦颯至，慘烈愁人心。惡波吹地轉，丘岳爲陸沉。所嗟一砥石，中流横古今。置此勿復道，涕下沾衣襟。

白馬一匹練，遠從吴門來。白馬是用徐孺子弔死事，一匹練遠從吴門來，是用孔子登魯門事，二事紐合而用之，蓋是時弟適從吴門往也。其人信如玉，束芻盡一哀。哭聲感鄰里，吁嗟滿路隈。斂猶前朝制，舉魄仍麻縗。衣冠終古閉，杳杳入泉臺。生時眼未乾，死淚終滿腮。

相揖衡門下，吊客亦旅進。題銘當何人，千載將取信。嶢嶢泰山尖，去天復幾仞。昔也願隨鞭，今則徒執靷。我寧愛一死，於義不能殉。欲歸有餘哀，灑淚向遺胤。

立春

林鵲動晨光，日氣謝簾幕。時和力亦蘇，早起事盥滌。蹉跎感新春，嘆息念舊曆。夜來心未老，佳夢破愁寂。夢與友人搜輯監屯諸書。

題劉雪舫雪舫，名文曜，新樂侯劉文炳幼弟也。

勺庭魏禧叔子。有遺傳，慘烈不可讀。思君隔江水，夢懷結幽獨。忍淚直至今，放聲乃一哭。漢將威匈奴，霍氏盛天禄。緬彼椒房親，流聲在簡竹。君家鼎食榮，遭世忽反覆。幼罹禍難餘，竄身雜耕牧。人疑胯下夫，或訝傭舂僕。惜哉閣上姿，麒麟遭屈辱。相看不忍言，詩罷空三復。〔一〕

〔一〕天頭題注：「朱竹垞《明詩綜》：劉文炤，字雪舫，新樂侯文炳弟。《魏叔子集》同。按《明史·外戚傳》，文炳二弟，文燿、文照，文燿同兄殉難，文照逃去。則此集所載，當是文炤。《吴梅村集》亦有吴門遇劉雪舫詩。」

贈胡士弢

十年不相見，見日已爲官。功曹亦政府，無如終日閑。大椿蔭庭樹，一鳥鳴花間。相逢思道故，樽酒惜盤桓。明日仍鞍馬，迴首空自嘆。

淮上與友别

炎蟬急高樹，日正帆影直。停船分江水，送爾南歸客。昨日舊歡并，今朝新愁集。客中復作別，離思倍疇昔。人事屢錯誤，臨風一嘆息。

贈顧景範舊名成疇，今名祖禹，此人嘗著《皇輿紀要》。

罄折上君堂，扶病相慰勞。對君心地明，朗如秋月照。君才超什佰，秉貞從所好。著書包六合，古今滿懷抱。僕亦歷落人，足跡遍海嶠。徒然汗漫遊，作事苦無要。廣庭坐梧陰，彈琴發長嘯。寸心不盡言，千里悲同調。

秋日過訪吴門張老

吾宗有老子，退居婁門東。小築傍村落，緑陰秋尚濃。夕陽翻葉底，一蟬號西風。白髮映檐花，衣冠睟古容。示我往哲圖，略見露心胸。煮茗泛素甌，焚香剥老松。脩竹藏寒聲，蕭蕭滿庭空。

題張老所畫吴中往哲圖

吴中多往哲，張老能寫生。一一森在目，或坐或起行。舉手欲酬酢，静聽如聞聲。衣冠儼文武，劍珮相崢嶸。恍若立盛朝，厠身列群英。就中有處士，別見骨氣清。鬚眉皆世外，紙上猶逃名。翁也即其流，避跡在郊垧。屏居寡嗜好，搜羅費心精。堂皇洪武初，蕭條啓與禎。掩卷嘆息罷，知爾具深情。

聽張老彈高山引

白髮照金徽，鳴琴清晝閑。寥寥太古意，忽覺在空山。坐聽巫峽曉，深林愁哀猿。手揮意不盡，目送飛鴻還。

過馮履中野居

森然此丈夫，四十强不仕。身與秋蓬轉，數年凡幾徙。入浦問所居，野翁笑相指。雄心伏草間，樵牧混奇士。應門無尺童，職作唯妻子。客來奉盤罍，相好唤鄰里。屋上樹枝低，門前瓜藤圮。寒日下西山，返照蓬門裏。暝色候蘿徑，望久墟煙起。

贈吴惟人

種竹繞牀舍，門前自見山。秋草没人徑，日暮飛鳥還。讀書不暇輟，童子有餘閑。相對生静理，愧我風塵顔。江東敝廬在，何時亦閉關。

雜興二首

好馬不受羈，脱轡走危岡。青芻一時盡，詎知道里長。安步無傾側，崎嶇猶康莊。願與子一心，德音烏可忘。

良材中繩墨，大匠嗟不休。體重舉匪易，雙駕必用牛。蓬麻不相值，用蓬生麻中不扶自直意。蔓草滋予憂。君看棟梁器，依倚各有由。此二詩皆屬興比。此人濫交，故及此，蓋惜其不就尺繩，故諷之也。

山寺看月，題暉上人壁

月出楚山曉，薜蘿翳清光。潭潭霜溪影，冷然幌一牀。唐人雪後早朝，「色借玉珂迷曉騎，光添銀燭幌朝衣」，亦用此「幌」字。幌，元是一件器服，如此用，則是爲用字了，此謂實字虚用。吾師方誦偈，童子罷焚香。此時林栖定，我意猶迴翔。

虎山橋看落照，贈友

秋野動逸興，步出虎山路。攜手上河橋，夕陽滿西漵。萬彙欲向寂，倏忽自散聚。水凉呈雲英，魚鳥亦遊鶩。白石氣親人，微風蔭高樹。與子久塵鞅，及此討幽趣。

訪周勿庵

寒塘無七里，客居艱來往。今晨舴艋舟，隨風不用槳。秋郊一何曠，秋聲樹頭響。鬱紆入深林，所居又高爽。牀頭見海色，雲氣來惝怳。幽人腹中奇，山水不外廣。終日坐清聽，無勞更目賞。薄暮遲獨歸，東皋月已上。

久雨，寄馮履中

積雨冒寒城，泥水爛街石。連巷苦往來，況能度阡陌。子無騎馬資，我無傭船力。眼中徒相望，寸步限咫尺。念子身枉長，索居同落魄。門前富家田，不救子困厄。今年歲收熟，徒聞倉廩實。四十已過强，十日九空食。鄰厨或通米，無薪拔牀簀。昔在京都時，得錢猶揮擲。豪情習妻孥，中厨留辦客。每夜月當頭，相攜旁草隙。屢赴村翁酌，歌酣罷中席。野性無拘束，快意八九日。自從入城居，揵戶不妄出。秋天未易曉，雨中聞柝擊。

九日，同人登彌羅閣

盤空出虚閣，翼瓦曠搏扶。直上元氣合，晴光超天衢。襟帶飄三江，指掌收五湖。言是重九日，因高幻此軀。朋輩且可樂，仙曹亦易呼。笙鶴遺餘響，耳根鳴虚無。俯視憫群動，芸芸各有趨。予亦不自辨，默焉空躊躕。

遊積山

叠石上青天，奔觸如駭鹿。石根露松梢，飛泉捲林屋。木葉無時乾，微光媚幽獨。有僧住岩下，不記年代速。煮藥留寒鐺，補牀餘敗竹。數莖髪未盡，赤身白雙足。冬夏一草衣，視客始開目。我問爾何修，伸手指深谷。涓涓不盡言，溪風捎林木。

雪蘐齋詩，爲吴縣小吏作

北堂有萱草，絶勝一縣花。忘憂兼忘樂，宜男并宜家。少時遺腹子，今已長過肩。孺乳不識父，能并阿兄賢。莫謂霜雪苦，薫和種自天。但看萱草色，常在春風前。百草唯萱萌芽獨早。

虎山曉望山去蘇州六十里，在太湖傍。

雲根曳日出，白氣亘青松。微寒起蘋末，有風來自東。水波斂不興，影入雙飛鴻。亭亭孤峰石，迥立上寒空。深山寺何處，此時正梵鐘。聞音礙棘路，坐嘆菊花叢。

失　題

堂堂謀國士，不如厮養卒。萬里今蕭條，黄蒿撑白骨。我登夷陵山，廣場照明月。陰風鬼火動，爲君空凄絕。

黄咸士來吴門，將之燕，於其歸，泣送以詩

千里遠枉駕，一朝忽欲歸。今人知予者，如君良亦稀。連宵苦語盡，所樂感心微。欲留則不可，各自有奔馳。燕地常苦寒，束裝宜早爲。驅車過易水，勿爲荆卿悲。秦王天未絕，志士徒取危。子房天下才，猶試博浪椎。絕關燒棧道，何如下邳時。蕭蕭暮雨急，鴻雁銜風飛。失群聲易哀，爲君一沾衣。

獨馬行西山作詩不但煉詩句，兼要煉題，故時加點。

疲馬不肯行，心悲失徒御。夕陽下西嶺，回瞻侵宵路。壞月移空山，荒鷄出遠樹。人命煩忠信，前行撥恐懼。

贈秦嗣惟

麗眉如許長，日秋唯覺短。感嘆四十年，時去亦何緩。朝來問世事，心中殊不滿。乃知隱居者，與人情匪遠。茅檐日色低，偃臥唯書卷。布衣綻不縫，經年未曾澣。一身了無事，半生只憒濍。

贈管文懿三首

抱著叩吾疑，寂寞神來告。吾人去天近，白日應回照。掉手看時輩，悠悠誰可道。相逢感意氣，悲風助長嘯。

我昔居江上，子昔家海隅。江海去不返，人今老客途。寸心所向盡，結交多丈夫。時來未可料，各願愛此軀。伏櫪馬不言，衆中誰見奇。一日逞蹄鬣，倏若長飈吹。朝秣天山草，暮飲昆明池。賢達貴自識，安用旁人知。

僦居不寐

牀釜兀相對，盥漱老瓦盆。僦居方湫隘，市闤又夜喧。高眠羨童僕，獨坐開北軒。城烏啼向我，未曉思出門。

留别吴門諸人

丈夫生斯世，思保千金軀。無事只浪遊，窮年向江湖。問今是何日，雨雪已載塗。道遠足偃蹇，囊空品囁嚅。强笑一爲别，無勞問所如。

春日偶歸，贈阮與宜、何見公、鄭孟周，鄭復出送偏門，記别

去鄉既已久，所見無親人。川途浩莫辨，山色如舊鄰。昨登越王臺，緬懷思瞻薪。海東雲氣

至，萬物皆知春。蹉跎一遺老，乍歸獨苦辛。新交得爾輩，鬱鬱懷抱伸。似爾壯於我，不愧頭上巾。好花須時發，詎憂風雨頻。征鴻起北渚，飛鳴過城闉。鄭子不忍別，相攜守河津。門前萬里道，瞬眼隨行塵。丈夫會有事，誰當私此身。

贈以息

吾師儒家子，出家雲水鄉。青年白雙足，行遊遍諸方。經書涉萬卷，坐臥繞一牀。春風自來往，但聞藥草香。

讀書

聖賢何寂寞，萬族紛其類。吾意聊自然，適與古人會。心知不可求，虛室時相對。所悲老眼枯，掩卷起長喟。

五舍弟領胡氏婿吳門相見，愴然別去，有詩

人生事錯料，年今過半百。妻孥寄在人，縱歸猶似客。嫁女已生男，我婿尚未識。吳門適停

棹，秋熱怕日色。思就高樹蔭，涼風助休息。入門驚問誰，有弟顧在側。一笑淚迸發，悲來知喜極。念我老無子，向晚安枕席。長興鵲屢噪，夜語間促織。剖瓜沽濁醪，連日罷嘆息。拜手告辭去，至今時勤憶。

夢霞池有序

甲午秋，夢霞池，一夕三至其地，怪而作記一篇，久之稿失。今年乙丑秋，憶其事作是詩，蓋傷人之老也。

霞池爾何許，夢我昔曾到。初入緣溪源，繁花倚孤櫂。禽魚自飛躍，猿鼠相叫嘯。日星顧在旁，河漢流已倒。空行不見人，下視生悲悼。清氣開廣庭，仙客迎予笑。碧書兩大字，鬱鬱照秋旲。少時一室内，意氣凌海嶠。精神四飛揚，雲鶴可同調。誤落塵鞅中，十年傷遠道。已矣吾既衰，徒此悲懷抱。

遣蠻奴之日本

臨歧如失子，遠去事堪吁。昔從西蠻來，今極東海隅。我行計已拙，爲生用爾愚。朴野僕夫内，忠信頗有餘。以此涉艱險，波濤亦坦衢。波方日出所，明明照其軀。莫與異類争，使性勿任粗。恕爾我則可，他人易爲狙。向也乘安瀾，相隨適江湖。念茲孑身往，惻焉心躊躕。

送熊永侯

鼓吹連江風，喧填下京口。平時缺來往，臨行聊執手。追送不覺遠，贈言恐已後。風雲隨壯往，川澤容衰朽。窮達各安命，但保故所有。

送友歸重慶

久客同巷陌，但覺來往疏。私謂心見好，不在形跡拘。今晨忽欲歸，騎馬叩吾廬。貧居多愧事，欲語口囁嚅。川東昔遭亂，城郭無完居。去鄉三十載，爲問今何如。

黄咸士北行，經蘇州覓余，余時之松江矣。承留書道別，詩以答之

江水不由人，風帆若相避。待子適未來，我已去吴市。吴市寂無人，狙詐非我鄰。鐵笛吹已破，孤鶴下雲津。華亭千年久，鶴鳴裂山岫。聞者更有誰，令我空回首。子行何時歸，燕臺今已非。黄金堆坑圍，駿骨翳荒陂。肥馬輝人眼，蹇驢遭訶譏。鑑湖一曲水，賀家爲鄉里。尚餘詩酒徒，歸來速料理。

得六舍弟書

老來愛骨肉，眷爾非一時。我如浮空雲，行止未有期。江湖無情物，流落失所依。爾方操仁術，山村爲人醫。持藥救多病，荒歲沾窮黎。慚愧讀書子，束手無可爲。

慰内人病

弧矢空在把，不如棄道旁。丈夫不得志，枉言遊四方。辟纑共笑語，舉案勞耕桑。念我結髮婦，十年厭糟糠。少時矜弱質，宛轉多在牀。一月數呻吟，春日不理妝。形容漸衰苦，饑寒迫中腸。膝下又無子，誰能慰獨傷。齋食返素心，靜室對妙香。知爾具佛性，□爾試藥王。懺悔或有悟，及情安可忘。

縣官謡

勸儂勿種田，勸儂勿養蠶。儂有粟千斛，便可作縣官。縣官當中坐，書吏兩旁立。本是農家人，一朝虎生翼。縣官説儂聽，京師我曾至。有錢官得大，强於作農事。農伴叉手笑，不識縣官言。昨日虎被殺，其毛誠斑斑。

之袁浦，早發瀫山湖，贈馮履中

舉篙鷄正鳴，殘月猶在樹。白氣亘湖光，漾漾東方曙。曲港潮暗滿，漁人已喧渡。仰愧飛鳥群，先我孤舟去。故人在海岸，遥情狎鷗鷺。向時風雨心，掉頭不迴顧。我亦倦行役，窮年悲道路。鹿門諒不遠，攜家未云暮。

袁浦

支水如亂田，草上行篙櫓。縱横路多歧，日沒迷處所。岸逢荷蓧翁，借問入袁浦。已及四五轉，未能一里許。漸見燈火微，茅屋稀可數。天黑步履艱，裂竹還把炬。入門不暇言，但道來辛苦。左右漁樵鄰，見客立滿戶。拱揖略不施，歡然相爾汝。

北之蚊

北地平常無蚊，因非水鄉也。乙丑歲，連京齊魯更甚，人死數十萬。此災異也，故作詩記之。

嗟爾蜉蝣族，薨薨亦何爲。物微關天意，氣先容有知。乙丑秋七月，大雨浹旬期。河海相戰鬥，百川汩雲泥。白波天上來，齊魯不可支。城頭過舟楫，樹杪懸死屍。居者無完屋，行人山上棲。水日相蒸鬱，此物易生滋。群飛晝欲晦，轟若雷聲馳。不獨昏夜行，潛簇咂膚肌。哀號良可憫，筋出誰不悲。用露筋事。

贈方若水正學族人

平生慕俠烈，作事寡躊躇。出門身許人，掉頭別妻孥。最苦頭上冠，束縛成腐儒。短衣事佚羸，長嘯覓專諸。末路無所就，垂老空江湖。近復思向道，默然將守愚。天地理則一，萬象何紛殊。靜中觀元化，生死事猶粗。若水修仙，故詩未及之。

蕪湖別若水

吴蜀空江水，隔浦望塌磯。劉先主之後，孫權之妹，死此地，有祠在其上。此磯上往時相傳有孽龍作祟，名之爲塌石，即磯也。磯者，石臨水而善激者也。千年一片石，路旁人共知。丈夫多隱忍，婦人唯死爲。漢業雖已改，芳名至今垂。努力各分手，無爲愧男兒。

別妻生

江喧新雨漲，日動初晴暉。與子將遠別，復出步郊圻。積陰傷旅思，望遠空懷歸。今日曠人眼，樽酒聊相依。林花半已落，湖鳥多群飛。觸物自生感，攬涕不能揮。

贈徐徵士昭法 徵士四十年不出戶。

吁嗟此遺老，蕭條作逋客。城郭非故鄉，山川如異域。饑來畫換米，既飽不可得。冠蓋及松門，濇如麋鹿跡。削發露其頂，方袍跡非釋。斷肉緣無錢，秋蔬自堪摘。譬彼首陽薇，夷齊猶采食。

遊仙詩，贈友人，三首

大抵稿中之人皆吾同心膽者，其有名字者，則未嘗有事故，而可以不隱，故直書之；其曰友人或故人者，皆有事故，而不可明言，故隱之。

宵中華表鶴，月露洗毛衣。昔瞻城郭是，今來人民非。人間不可留，三山雲共歸。

海樹名三珠，照耀扶桑根。圓缺天上月，修鑿見斧痕。易生亦易死，爲人安足論。拱手謝時輩，傷哉無與言。神仙古忠孝，非獨餌金丹。小過時見謫，大節容未安。夜半天鷄鳴，恐懼浮雲端。

贈澹然

黄金開浄地，潔宇勤灑掃。抱痾沉肺氣，咳唾不能了。深恐汙佛界，愁人嫌我老。軒前兩海棠，鬱鬱來青鳥。花開惜未過，及此豈云早。

送雲濤歸烏山精舍

左手擲戒刀，右手持戒珠。昔時横海上，何如今山居。儼然繼南宗，高座示門徒。浮雲自爲侶，踪跡不可拘。袈裟非鐵甲，身輕越江湖。悵矣風塵隔，遥望空踟躇。

宿知果禪寺

鐘静泉獨響，暗芳集餘春。高樓宿天半，佛外見空真。捲幔入河漢，滅燭延星辰。月出潭影上，風起鳥聲頻。晏坐萬象息，人生苦勞身。奔足向不住，及此收心神。

同友人遊全真宫

清晨出北郭，散慮遊仙宫。鳥鳴深樹裏，牆出桃花紅。小池明石髓，靈草春已叢。空懷無餘思，適與道士逢。門寂鈴鐸響，香飄階下風。三清閟白日，華殿照雲中。鳴鶴在何處，長嘯視天空。自悔學道遲，已成衰鬢翁。際晚忽不樂，此情誰與同。

贈徐去非

客居寡所歡，屢過爲心好。往來日夕勤，已熟門前道。稚子笑相迎，花間吠犬少。白日静琴書，清齋事幽討。聰明晚更出，智巧鏤象表。藝多不自有，唤予飛白老。

古松行以下七言古

禹王廟前多古松，千年百年號天風。陰色遥連秦嶺北，寒聲直繞越溪東。精靈入地神鬼至，膏液夜騰琥珀紅。不獨竽籟供清聽，長見霜雪灑炎空。邊海羽書星火急，督催戰船官印封。

刮書大字委道旁，至今枝葉如飄蓬。君不見禹昔定貢分州土，楩楠杞梓輸公宮。爾分自宜供國用，運夫路死哀老翁。

詈神鴉辭

大江疾浪走龍坪，龍坪，地名。駕船挾水愁伏鯨。有鴉膽雄帆上鳴，銜飈立竿口崢嶸。舟人指語鴉甚靈，分部四出甘將軍。甘寧。攫肉搏黍神所憑，人一犯之防禍萌。嗟汝爲鴉梟同聲，不如梟鳴當夜分。遮日如烏雲沙崩，側飛低趠晝晦冥（瞑）。嗟汝爲鴉鴟爲鄰，不如鴟吻啄魅精。頭肉炙炮供使令，汝鴉自矜羽翼成。踞巢跕樹百鳥憎，竊神之靈物不寧。我怒欲殺拳空撑，氣所奮加臂脱鷹。將軍正直人莫京，胡爲縱使恐下民。

贈吴季六，青原山開瀑布歌

青原山頭有瀑布，自古蒼茫虎盤踞。亂石争回遊子踪，荒茅隔斷樵人路。六月風寒虎嘯谷，天陰雨多倀鬼哭。青原壯士獨雄豪，直上層崖看飛瀑。虎被驅急空徘徊，斬山伐木揚爲灰。須臾一洗青天出，斛斛泉聲樹杪來。人言壯士何魁奇，壯士有心人不知。天生男兒果何用，白晝空閑徒爾爲。

贈徐生之金陵

徐生壯年思遠遊，索我特爲好詩句。老夫東從錢塘來，飄若浮雲如君遇。家在江東未得歸，君今又向金陵去。金陵自古帝王都，虎踞龍盤天下無。郭外山川千里秀，城中歌舞六朝餘。鳳凰不復來，青天留古臺。紫袍換酒當年事，至今明月照秦淮。秦淮不盡新亭淚，楚囚對泣非壯士。何人更起濟蒼生，舉目曾悲風景異。白日旌旗隱絳岩，清波湛湛流遠山。感時恨別渺無極，花鳥生憎顦顇顏。君去應上石頭城，景陽鐘漏幾時鳴。可憐小兒騎白馬，手自提戈横泰清。

贈別徐生

昨日江上來，風逆船不開。蒙頭但思睡，空腹時鳴雷。翻然成一笑，回思亦哀哉。非爾清心愛人客，誰能茅齋破愁寂。春風花前花戞鬢，敝裘擁花花傾側。可憐邂逅見君心，未動杯筵已喜色。巡檐索句不成詩，竹垣嬌鳥亦清啼。烽煙萬里外，遊子行獨悲。隻身浮如雲，此會寧再期。不恨我衰子賤時，千金懷報未可知。人生但管一醉飽，七尺長軀安用之。

送人之山陰

日暮群鴉噪古城，澄江送客獨含情。丈夫飄蕩今如此，短褐芒鞋空爾行。我從山陰來，君向山陰去。山陰我故鄉，一一告君路。莫出東門謁宋陵，此行最是傷心處。

春蘭曲，贈黄山人

春蘭當陽崖，秋蘭當陰谷。陰陽固無私，蘭亦信幽獨。不出山中秋復春，年年蘭根依山人。莫言小草無性氣，桃李可以摧爲薪。

贈來敘

金谷如山成荒丘，胯下餓夫終封侯。人生盛衰不可料，何用終朝煎百憂。我今與汝指青天，白日皎皎在上頭。會將心隨泛海鷗，斷却勞勞萬古愁。晝時歌笑未云已，不妨秉燭更夜遊。漆園秋爲水，以身爲虚舟。今者不能樂，恐貽達士羞。

寫飛白歌

空庭映竹饒奇花，石上芭蕉弄春色。呼童闢門謝人客，自愛臨池寫飛白。由來妙跡傳蔡邕，後人繼起誰與同。羲之腕力通造化，不覺此書不易工。野人一日掃一束，六幅長箋秋水濯。乘興更拂窗前几，笑對山花倚山閣。

贈陸縣圃

旌頭夜落不化石，天地黯慘日無色。浮雲一去四十年，志士狂歌淚滿臆。先生遁跡人皆羨，先生著書高於案。可惜相逢皆老翁，嚮時意氣今誰見。

渡揚子江

中流擊楫風起寒，白浪如山走石湍。客子慘憺急沙漵，漁人歌笑輕波瀾。兩岸千艘萬艘泊，月明江上拾遺鏃。當時戰骨歸何處，二十年來轉眄速。可憐旌旆閃霞光，居人指點立岸傍。日暮買船更東去，馬鳴一聲空斷腸。

青州壯士寶刀歌

青州壯士不著冠，狐裘蒙茸踏步寬。長揖上階據案坐，口道殺人如草菅。匣裏一條清秋水，當軒拔出白日寒。誰人心有不平事，十年摩挲未曾安。

尹丘席上歌舞行

錦堂良夜花暖春，列客醉酒出美人。歌喉未轉遊雲止，妙舞翻飛不動塵。初來蹩躠門風蝶，燭光遥迸紛如雪。欲停不停總在空，顧影低鬟驕明月。酒近衣香醉復醒，座中有老獨傷情。人生歡會何終極，庭樹栖鴉已亂鳴。

燕來巢二首，贈張職方肩三

張寓室有舊巢，新燕來止，諸人皆有詩，故予繼此篇。

燕來巢，爲覓主人恩，銜泥不憚勞。去年主人渺何處，今年主人逢歧路。主人飄泊無寧居，何怪曾經栖林樹。

燕來巢，一年一度來，城上栖烏夜夜號。何似辛勤葺舊壘，不愁風雨嘆飄摇。

海陵諸公請喫蟹，作蟹歌

秋風瑟瑟吹鹽場，淮人捕蟹必滿筐。蟹肥正在八九月，江田稻黄蟹亦黄。遊子蕩未歸，觸物思故鄉。鑑湖夜篝火，劈竹作魚梁。截流務盡取，村村漁父忙。諸公知餘愛此物，家家置蟹許傳食。大盤魚肉不下箸，况乃有酒飲涓滴。膏液淋漓滿几案，細剥爪嘴明可惜。忽憶少年湖上時，湖波倒吹添酒巵。酒酣大嚼吃不得，即今齒落令人悲。

九日雨對菊

蕭蕭江雨閉茅屋，苦吟兀坐頭顱秃。愁窺天井暗復低，登高何處堪極目。囊無餘錢瓶無酒，主人爲折鄰園菊。孤城野老獨耐看，數枝冷禁開未足。

秦人謝殷男，於吴市買得寶刀，作寶刀歌贈之

吴中有寶刀，秦中有壯士。一朝相配合，各自增意氣。壯士年今三十强，風塵已静一日閑。

囑君佩此莫輕試，時至還看牛門間。

悲故侯

悲故侯，故侯忠節莫與侔。三十登朝著兜鍪，提錘欲碎奸臣頭。奸臣跳躑如老酋，百官歡呼天子愁。爲降玉階乞且留，故侯伏地氣塞喉。泣言臣寔貽聖憂，竊恐濺血汙冕旒。此賊不誅國事休，嗚呼壯志卒不酬。不能同縛作楚囚，脱身避地居山陬。衣換襏襫馬耕牛，耒耜在把擲戈矛，野夫牧豎爲吾儔。老農没身無所求，故人想訪不輟耰。歲時斗酒發清謳，忽憶故君淚莫收。

贈匡山僧遥羽

笑問山花石不語，山花開落自今古。夜深清磬出雲中，白晝堦前臥猛虎。留滯江州歷歲年，春山獨坐思悄然。香厨有飯時同吃，日暮多愁空近禪。

題畫鶻，贈李按察融

秋來山野闊，日出煙雲空。有鶻生堂上，無聲在樹中。李侯多恩門高大，黄雀銜珠莫驚怕。

戒塗行

日出曈曈陷海中，東方雲氣腥魚龍。戒塗欲行無人從，出門回顧立秋風。平郊狼藉荒草色，馬蹄轡擊路旁石。丈夫置身何處所，空有平生舊相識。

在湘潭，夜思江寧徐東長已故，揮淚成詩

愛子好軀貌，其長八尺餘。天不使有用，何爲生此夫。仳脅板板肉不掩，高顴突兀捲虬鬚。日頹山下走風雨，室裏無人自嘆苦。昂然堵立向我語，我昔曾聞鄧伯翊。劈拳一揮牛脊折，手提石鼓箸作鐵。自傷槁死黄蒿下，身入王屋卧冰雪。念子平生猶在目，夢迴缺月照梁屋。山頭猿嘯淚斑斑，夜半風折楚江竹。

讀唐鑄萬《衡書》，因贈

鑄萬，名大陶，本夔州人，今住蘇州，年六十五，嘗著《衡書》。

日出萬象見真氣，江河滔滔只東逝。子爲巨靈劈華峰，海門迴波蛟龍沸。文章道衰天地屯，

坊市剞劂供米薪。山頭棗栗忽欲盡，兩漢既沒況周秦。洗手披讀明老眼，晨光照壁精神遠。右文天子更何時，楊雄好奇今偃蹇。

金陵聞畫角喚青角聲名。

五更畫角名喚青，吹之一聲驚落星。城門城門忽盡開，朝朝喚青青不來。牧馬嚙盡根株死，角聲空散長飈裏。可憐滿眼皆黄沙，何處春城是帝家。

何見公北來訪余，飯後有詩

不識何生面，聲名滿越州。積年勞夢想，今日接風流。翩翩北來何所事，肯到蓬門却我愁。君在故京誰最厚，擊築聲中凡幾秋。一言投合感意氣，兩人羅拜交牀頭。蓬門草樹銜凍色，小童汲井泛茶甌。厨中粗糲不自堪，將出高盤供客饈。看我顛毛已如此，我心愛君不可留。

東海打魚歌

春海茫茫魚起口，魚有聲，土人謂之起口。漁人千帆出海走。捋柁欹檣雜蛟螭，撑突波濤取石首。

憶昔海徼承平日，十家九家多富室。天下魚鹽流泉通，不獨網罟縱出入。一朝法令禁莫施，白日不敢潛捕爲。暮夜赤脚苦沙礫，掇拾蝦蛤沾妻兒。今年船船尾相銜，大魚小魚百丈牽。漁人氣猛提網急，一呼船集争各先。魚竭水渾吁可怪，群龍怒搏船幾壞。黑風白浪慟鬼神，迴船入島呼老大。掌船者之稱。不見公家賦稅頻，簿書不遺鬐與鱗。嗟爾冒險亦何苦，慎勿貪得厭清貧。

送友還蜀

客中送客倍傷情，萬里攜家羨爾行。屈指到時春已半，錦官花發滿江城。我已飄零隨落葉，一身漸老眼流血。更爲後會知何期，人事蕭條便永訣。

蜀人南康同知趙芙溪，未之官，客死揚州。其妻太倉沈豹文妹也，將歸旅櫬，豹文往經紀其事，詩代之悲

君家孀妹苦仳離，君復家貧無可爲。嘹嘹鴻雁風中急，日落郊原使人悲。人情自愛爲官好，詎識罷官事已早。舉家飄泊無處所，荒殯寥寥沒秋草。奴僕散盡諸孤癡，昔時親戚今見欺。高倉朽麥各有主，君行躊躇心獨苦。

暮經古槐巷，咏古槐

古槐巷口有古槐，半死半生積蒼苔。數枝殘葉螢不定，飄蕭秋風待烏迴。樹底茅屋煙突兀，荒城猶自撑明月。不知經歷幾戰場，鬼火千年燒未絕。

送別友人後偶作

故交已零落，復送新交行。一身愁坐復長嘆，十日不聞語笑聲。空階鳥影白日静，深院花香清風生。留滯江東一遺老，遊絲百丈牽予情。

題蔡子扇頭鄱陽山水歌

蔡子雙瞳清，生有山水癖。毫毛入心孔，萬里不盈尺。昨日意想匡廬峰，五老嶎然來掌中。松間茅屋知誰是，細聽如聞寒濤松。半邊純是鄱陽色，伸手已見雙飛鴻。江流九派匯其下，一掬便可洗心胸。感君出入懷袖裏，不覺兩腋生清風。

蕪湖遇王暉吉，頃又之揚州，志別

赤鑄山前朝煙起，鳩茲江上送行了。行人日夜自往來，江水年年只如此。不記別時年，相逢空泫然。憶汝童稚日，嬉戲如眼前。春風誤人不肯待，短鬢蕭條空四海。幾迴熟視非昔顔，對面心驚我猶在。我婦汝母呼爲姑，汝家孝友兄弟俱。有言倉卒不能盡，悵望更寄揚州書。

贈方士豫歸金陵

新安大族世多賢，方氏之子才尤傑。一生笑人空讀書，用心只要明如雪。自古將相起草莽，隱跡何妨賤自處。景略曾爲賣畚人，樊噲亦是屠狗伍。君家宗老若水隱者流，已於時事無所求。梁甫高吟出金石，草廬避世臨江洲。桑枯海竭事反覆，南和勛業更誰續。六代繁華非昔時，舊遊處處傷人目。

贈孫乘六

昔日蕭曹未得志，曾親刀筆爲小吏。一朝身從隆準去，仗劍出門不復顧。龍吟虎嘯瞬息間，人生際遇非等閑。風雲各有期，丈夫當自知。低頭向時輩，令我心中悲。一言投分即知己，况復與君同鄉里。音語易曉情易憐，相逢相識詎徒然。春江茫茫空煙樹，他日難忘别君處。

莽蒼園詩稿餘卷下

聞磬以下五言律

下山聞秋磬，落日臨荒臺。孤響出林表，餘音度水來。草根鳴蟲止，樹頭落葉摧。寥寥人境外，何事使心哀。

和員外張虹美姬題畫眉詩有序

張置有美姬，不容於妻，屏居外室，怨形詩詠，戲爲和此篇。

春日洞房曉，深籠鎖畫眉。玉臺人不見，金屋鳥曾知。枕畔啼聲切，花間羽色宜。何當共張敞，雙笑倚闌時。

答馮使君賀生子

朝來門巷寂，來使遠驚鄰。生子呼豚犬，多君擬鳳麟。尚孩啼更切，垂老愛彌真。剩有殘書在，他時免贈人。

過范叔平園亭

溪館緣沙圃，山橋過野亭。雪殘梅際白，煙亂竹間青。愛客憐騏驥，逢人傷鶺鴒。范初喪弟。招邀時到我，林下媿飄零。

范祖禹招餞

獨客相依日，群公若聚星。樓臺秋水白，島嶼暮烟青。花暗眠馴鹿，谿長溺漫螢。歌酣我已醉，世上忌偏醒。

舟中雪

霰雪初來聽，孤蓬聲尚稀。漸分沙影亂，復近水痕微。花綴飄衰鬢，珠圓濺客衣。晚時寒更重，故傍釣魚磯。

和雲濤上人宿長干報恩禪房夜話

古寺延僧法，前朝拱帝都。香中餘劫火，雲外耀浮圖。已離塵千界，相悲天一隅。不堪重話舊，坐覺客情孤。

報恩寺浮圖

絕頂凌蒼蒼，香飄雲氣傍。金銀上空色，丹碧照諸方。年老疲登眺，時移增感傷。晚來燈火外，風散鐸聲長。

訪徐亮公

秋風吹茅屋，落日照漁磯。處士猶傳井，處士井在溧陽，相傳王埜所開之井。荒山獨叩扉。鳥隨落葉度，潮帶斷萍移〔一〕。意欲延高賞，從君論息機。

〔一〕移，《東遊稿》作「歸」。

送人之睢陽

送爾睢陽去，維舟出郭遲。別多顔屢改，愁極病相隨。鄉井歸無日，親朋戀此時。應爲吊張許，暇日自吟詩。

晚過徐村姚若士家

渡口春雲滿，城頭夕照分。沙喧漁網集，風起雁聲群。倚杖柴門見，吟詩草閣聞。東山殘月上，歸路已醺醺。

謁正學祠，贈方若水

人俗猶祠廟，前朝無復存。衣冠肅瞻拜，日月見精魂。直爲一家事，誰憐九族冤。至今吴越地，方氏世堪論。

謁景先生祠景清，與方正學同被慘者。

正學祠堂在，空山有比鄰。英靈白日下，想像緋衣辰。志屈天移命，家殘帝不仁。寧知時代易，俎豆尚如新。

西陵贈别

落日銜城迥，澄江繞舍紆。樹稀沙鳥亂，帆盡海雲孤。生事隨寥廓，交情迫向隅。爲思此别久，歧路立須臾。

送友歸省

人情老念子，况復久離居。扶力全須杖，逢人數寄書。及歸十月後，相對一燈初。寒色兼行况，凄涼語夜餘。

喜五舍弟至

曉起情無賴，夜來正憶君。入門驚乍見，坐語喜多聞。一夕林中鳥，三年水上雲。故交零落盡，清涕欲紛紛。

送五舍弟

長愁病即死，非爾孰招魂。黑到暮江路，黄隨秋葉村。弟兄老又别，書札去猶存。雙淚同時下，歸來獨掩門。

逢故人，率和奉酬

屬君當歲暮，念遠一題詩。零雨拈新句，浮雲憶故知。金陵回首地，玉壘傷心時。深負江湖裏，三年鬢已衰。

過張職方肩三寓齋，因贈

肩三今改姓李氏，即所謂秋水也。兄煌言字玄著，嘗在海上聚義，後事敗，爲虜所捕，故肩三改姓，逃之內地。

灌園不灌蔬，避跡與花俱。白日消閑事，清齋伴索居。引客看扶架，呼童欲把鋤。當時橫海上，心事豈關渠。

寄黄叔威

一身信孤往，萬里日無依。江漢終吾老，乾坤何處歸。寒波魚豈躍，落日鳥還飛。爲我營安土，關門欲息機。

別叔威後聞笛

送別已傷意，況聞秋笛聲。關山自迢遞，風露轉凄清。曲裏如相怨，愁中不甚明。泊船何處宿，應見此時情。

登泰州岳祠

曠野登高盡，孤城入望低。浮雲滄海北，落日大江西。荒蘚侵堦合，歸鴉滿樹啼。昔時戎馬地，今日草萋萋。

春日和友人登泰州岳祠有懷

昔聞岳忠武，此地破金人。高築横雲壘，遥連入海津。荒臺出古樹，深殿瞰晴春。日暮江東客，臨風獨愴神。有墩相傳爲飛所築，土人謂之泰山，祠在其上。

銀杏啼鶯篇，和揚州榷使

闗署雙銀杏，啼鶯何處來。春聲每自動，曉色未曾開。寵奪軒墀鶴，陰分官閣梅。覊人詩少興，有愧使君才。

天寧寺看小沙彌放風箏，贈雪公

風箏高閣前，遊戲古堂偏。氣直冲千界，聲高落九天。耽空不礙俗，觀幻欲參禪。行樂難乘興，飄蓬愧汝賢。

睡起即事

白髮方晏起，春殘樂自餘。汲泉洗茗椀，刈草闢花除。避網蜂投幕，争枝鵲汙書。坐看日影過，隨意不關渠。

聞沈長明過揚州，竟不枉顧，却寄

策馬前期急，功名事若何。竟知百里近，不肯一相過。老去交遊盡，年來跋涉多。異鄉思故舊，情竭爲蹉跎。

與任來敘別

貧老江湖裏，殘年雨雪稠。故鄉總逆旅，別路偶同舟。莽莽天涯闊，蕭蕭人事愁。衝寒聊此去，何處更追遊。

小至泊儀真，憶與陳孝明同舟宿此，泫然有作冬至前一日謂小至

野泊孤燈宿，遥聞戍鼓傳。江湖逢至日，雨雪逼殘年。不復同姜被，空停訪戴船。尋思歡會極，吟罷淚潸然。

渡　江

白浪群鷗戲，青天一雁飛。潮來遠浦入，風至便帆歸。行李經時盡，浮萍著處稀。渡江思擊楫，日暮壯心違。

重過黄氏園林

到門不憶是，入徑稍知分。客子十年興，主人三尺墳。陰崖蛇自伏，虚室鬼如聞。晚色衝寒路，銜悲空爲君。

贈東林寺僧

山僻無人到，山房滿樹梢。階前縈鳥跡，牀上著蜂巢。何處堪披棘，此身如繫匏。息機甘向佛，即爾是知交。

贈蓮華洞蕭道士

春日喧桃李，煙霞此地偏。紅塵遮斷壁，白石瀉清泉。麋鹿行窺客，兒童解學仙。時因采藥去，歸趁釣魚船。

山前寺

落葉依山寺，清風滿寺門。鳥窺鳴磬下，花折浄瓶翻。刻竹題詩句，尋僧問水源。到來秋已暮，隨喜給孤園。

風箏

春風吹不斷，裊裊上層霄。落日低相近，孤雲去并遥。天邊鶴舞曲，月下鳳吹簫。老去兒童興，因君破寂寥。

來隱居園梅

屋角梅初放，騎驢空却尋。自栽供老眼，相對助孤吟。枝暖鄰山竈，花寒覆竹陰。晚來瓶蔭裏，小摘駐閑心。

畫眉

素質非時染，雙眉傅粉乾。白頭憐汝在，青眼乞人看。拘縛成何益，開籠放始安。美人終朽骨，況此羽毛殘。

鷗

江湖無日静，天地此生浮。不見雲中鳳，宜隨水上鷗。身輕每自得，機息更何求。怪汝三年裏，時能伴客舟。

雛鷄

雛鷄十一隻，一隻動天機。側眼防鷹過，藏身嗔鵲飛。階除時得食，蟲蟻日增肥。欲學尸鄉老，呼名各自依。

雁

何事南飛雁，方秋必欲來。年年關客恨，日日向人哀。有弟初歸去，無書可寄回。翻因時聽汝，懷抱不能開。

孤雁

萬里孤飛雁，哀鳴何所之。聲隨秋野斷，力到暮江遲。落日照猶見，寒風吹更悲。他鄉多旅思，爲爾益凄其。

一雁

一雁愁中過，羈人不可聞。荒荒南北路，落落往來群。片影隨秋月，餘哀入暮雲。此時清涕隕，總向嶺猿分。

百舌

百舌一隻好，無群聲已多。聰明觀物態，感激會天和。忽向花間去，還從竹裏過。春風吹汝到，其奈客愁何。

和友人聞百舌

自在藏深碧，相將啼落紅。一聲破曉日，無數亂春風。氣候轉相異，聰明迥不同。朝朝庭樹裏，愁殺白頭翁。

送張肩三

此去投何處，江城復送君。異鄉人意盡，別路客情分。落日懸秋浦，征帆隔暮雲。艱難成獨往，愁語不堪聞。

哭李儀及

年來頻失友，老去哭他鄉。舊識多新鬼，先衰却後亡。淚痕映死睫，墨漬盡枯腸。有絕筆詩，不成而逝。苦憶平生好，何時得暫忘。

遣　興

懶惰逢人久，村居頗自宜。茅齋閑少客，秋日病多詩。籬菊披荒徑，亭荷倒涸池。朝來清鏡裏，蕭颯更添絲。

友人餞別金華杜明府，與席，分星字

老去耽歌舞，誰憐髮半星。異鄉聞折柳，獨客嘆浮萍。水竹分鄉縣，岩花滿驛亭。他時如相見，未必眼終青。

中秋汪氏園平臺小酌玩月，贈友

洗眼看明月，平臺出樹梢。蟾蜍高并窟，鳥鵲近低巢。白髮羞懸鏡，清樽覺遠庖。不知天地闊，能盡幾人交。

送人從軍

秋風吹匹馬，壯士出邊城。一戰收天地，三軍托死生。弓開月影動，劍倚斗光傾。寂寞張騫意，無因問海程。

九日

留滯江南老，傷心獨上臺。淚從霜落盡，愁與雁飛來。度日唯詩句，歸時無酒杯。不知籬下菊，侵曉爲誰開。

陳氏園鶴

老困江邊鶴，清霄獨唳空。名園依舊主，野屋傍衰翁。影静兼栖月，聲高會入風。何當華表外，更向白雲中。

向友覓何首烏

首烏堪漬髮，憑汝入山求。客路無青眼，愁時盡白頭。數莖憐我在，屢握向人羞。尚欲供驅使，幅巾汗漫遊。

冬至

至日江南老，思家一倍愁。書雲瞻雁信，添綫憶貂裘。雪動晨光下，河分凍色流。茅茨堪炙背，何事只淹留。

酬周幼孺春餞，得金字，留別

春餞爾年少，自憐垂老心。緑樽傾鳥語，白髮戲花簪。人近温如玉，詩成愧擲金。明朝分手路，江上獨沾襟。

贈蔡子

蔡子元臣後，相逢白下時。小山秋桂落，大樹朔風吹。曬藥安童子，栽蘭買少兒。猶矜舊家譜，指點漢官儀。

守歲贈友

五十飛騰至，杜詩：四十明朝是，飛騰暮景斜。年華倍惜人。無將今夜酒，更憶少時春。壯志憐君在，他鄉就我親。燈花殊太喜，白髮照相新。

元日酬招飲

甲子今年曆，人傳是上元。離家淹歲月，作客信乾坤。雲樹連滄海，江城繞白門。語深感意氣，不覺倒清樽。

題友人小像

呂尚周時佐，嚴陵漢室賓。出當徵夢卜，處亦應星辰。白露蒹葭闊，滄波鷗鳥馴。綸綸終在手，未是五湖人。

寄莊雲秋

淮南憶莊叟，老在漆園中。客至青精飯，人親白髮翁。花時誰共賞，酒處未應空。慚愧窮途者，年年逐轉蓬。

同王使君遊山觀，訪道士陸象九，分來字

何處堪乘興，前村古栢臺。山麋雜曉騎，洞液泛春醅。皂蓋隨林轉，黄冠渡水來。傍人歌山簡，似向習池迴。

汪明府遊山觀，得功字

春雲滿谷中，鳧舄躡仙宫。溪草映袍緑，山花拂綬紅。人吏橋邊散，村家竹外通。莫言驚父老，及此問田功。

馬少府署縣事視農，諸公有詩，余續此篇

昨聞馬少府，出舍視耕耘。駟馬侵牛徑，雙鳧入鷺群。鷄豚散林薄，桑柘滿河漬。應見武城樂，絃歌處處聞。

贈王中齋父子

昨夜滄江上，淮陽見德星。攀龍争共御，趨鯉儼分庭。二子眉皆白，一時眼共青。今朝喜相得，各自慰飄萍。

題石帆處士山居并簡端上人

山居鄰精舍，花氣日氤氲。檐際千峰出，林中一徑分。木魚醒曉睡，金磬遞空聞。支許時來往，應非世上群。

感懷

徒步來齊境，高門謁故人。千金殊少諾，一飯始憐貧。遠樹迴晴照，長河隔暮津。踟躕栖鳥定，獨立暗傷神。

送友

入秋心易感，惜別更傷情。白髮憐誰在，青山送獨行。雲凝沙雁起，風急草蟲鳴。迢遞長安道，愁君去馬輕。

七里瀧釣臺

艇子乘春進，江流曲曲迴。青山相對出，白鳥自飛來。谷暗花初放，林深猿獨哀。往來多少客，不上子陵臺。

元宵二首

月色明如水，燈光燦若花。春風香一道，夜酒醉千家。歌吹騰空闊，人聲隘狹斜。羈愁不可度，吟罷獨長嗟。

顧影憐誰在，傷時白髪新。他鄉愁裏月，故國少時春。覓睡思歸夢，呼樽慰老身。城南車馬地，燈火暗飛塵。

元夕贈友

月色含愁思，燈花底事紅。一樽忘老大，百戲看兒童。隔屋時相喚，故園歸不同。形骸苟拘束，那得慰飄蓬。

元夕登清凉山

清宵臨月嶠，故國渺星河。客夢頻年有，鄉心此夕多。六朝空勝跡，千古遂悲歌。莫倚繁華地，燈光徹綺羅。

送友

落日送君行，離亭柳暗青。傷心聞子夜，迴首見参星。老樹柴門僻，孤舟野岸停。男兒四方志，莫自苦飄零。

自丹陽別丁平建，至烏鎮夜泊，尋周青士，仍寄平陽

侵曉就君別，乘春送我歸。陽烏空際出，江雁斷行飛。風捲兼程疾，月臨孤艇微。隔林見燈火，夜久未關扉。

江上逢僧石暞

禪客飄零久，相逢雲水鄉。殘經雜詩卷，破納裹行裝。沙上鷗鳧静，江間波浪長。風塵我已老，回首兩茫茫。

遊鄧尉山寺

松栝夾林篠，湖山一徑分。清風激澗水，微雨落岩雲。幢影緣峰見，鐘聲出谷聞。偶來此地坐，已覺離塵氛。

中秋千人石賞月

虎丘一片石，秋月更相宜。空色飄香界，寒光溢劍池。聽歌延兔魄，扶醉要蛾眉。莫笑老夫老，樽前鬢已絲。

咏陸將軍壁上畫鷄

高齋畫赤幘，白壁氣崢嶸。草伏隱相鬥，風來勢欲鳴。將軍堪走敵，野老待呼名。出處將無似，思君物外情。

寄史華青

華青、赤蓮，共今在虜酋之長兄家，所謂大王子是也，常以書來招弟，可□。

縱酒王門裏，今時旦曳裾。應知多作賦，不見有來書。歲月窮愁盡，風塵老病餘。嗟君猶未達，誰與共吹噓。

寄金赤蓮

長安古燕地，夙昔聞昭王。市駿驚天下，築臺遺道旁。千年嘆寂寞，一日有輝光。守拙無與適，平生羨爾狂。

題張老水竹居

爲園築室幽，種竹滿山頭，陰色寧知曉，塞聲不待秋。迸筝延僧飯，垂竿繫釣舟。門旁向山路，直到水泉流。

中秋虎山寺樓置酒遇雨，酬主人

簫管雜風雨，樓頭夜已分。張燈代明月，列座出浮雲。寒氣酒邊覺，波聲樹底聞。翻嫌桂花濕，香氣不氤氳。

送郭起聞

送爾長安去，心知書少來。幾年更把袂，今日且銜盃。白璧初登席，黄金舊築臺。不聞遭按劍，郭隗有奇才。

友人有之濠上者，值九日，載酒送之河滸

今日乃送别，前山風雨來。村中萸酒薄，林下菊籬摧。解纜不成醉，懸裝忽起哀。徒聞濠北路，戲馬有荒臺。

招野田費此度

交疏親草木，爲客主山川。盡日無人語，把書唯晝眠。花殘鶯出谷，洲没雁飛田。天氣今時好，遲君問渡船。

螢　火

螢火風方熾，輝輝過水亭。花間兼露白，草際帶煙青。體弱乘殘葉，光寒錯列星。九秋霜氣重，愁汝尚飄零。

雨後螢，和友

濕螢殊不定，暗裏滅還明。雨後光逾潔，霄中飛漸輕。琴書驚室冷，苔石喜花清。煩爾時相見，應知旅客情。

促織

促織知寒到，鳴聲達故鄉。老妻罷刀尺，遊子急衣裳。地迥看唯月，天空愁是霜。草根聞已切，莫更近人牀。

聞蛩

入夜何親切，初來牀下鳴。天心爾最苦，人事我頻驚。月色况兼白，燈光又復清。誰憐助嘆息，唧唧向離情。

萱草

萱草色殊衆，分栽小逕幽。正當女貞樹，却爲宜男留。白髮憐花近，清樽映葉稠。如何朝暮裏，不見解人憂。

過沈豹文所居，兼酬見贈飛白之作

巷裏秋風滿，城隅夕照低。候門諸子出，避俗古人齊。宅相曾依玉，家風仍佩觿。老夫不足貴，看取舊書題。

高郵一日之丹徒，贈友

朝發楚江口，日暮到東吳。驛樹秋風落，津亭海氣孤。偃帆橋下泊，借馬府中趨。不是君貪客，誰能慰阮途。

雨中送友泛太湖

客處不堪别，况君猶未歸。坐懸鄉思切，立見故人違。萬物傷陰氣，四方觸險機。湖中適理棹，莫共此心微。

雨不絕，寄友

虚窗寒響入，空屋水光浮。老眼看書誤，覊情愧客留。虎山憶眺月，魚箔記回舟。湖上今何似，相遲汗漫遊。

贈秦嗣惟

城西荒草路，僻巷似村居。盡日不關事，老年唯課書。花根餘盆盎，鳥羽落階除。猶有滄桑感，悲來情未舒。

戲贈鄉人從軍者

昨日閶門道，相逢不記名。承君恕老鈍，向我語平生。腰下青翎箭，馬前紅絡纓。翩翩異儒者，鞭指入重城。

贈蜀人費此度

去國今垂老，他鄉即故鄉。蜀川亂已定，春日意初長。八口俱爲客，一身縱自狂。野田無田種，那更屬年荒。

送費厚蕃并貽乃翁此度先生，代書西湖訂遊

我行滯閶闔，子自武林迴。聞説西湖上，新將桃柳栽。盛時已不見，明歲可能來。寄語蜀川老，及春且舉杯。

贈别趙生

臘盡閶門柳，萌芽帶雪生。未堪折相贈，其奈遠初行。留爾亦無謂，悵餘空此情。少年愼意氣，緩緩即江城。

柘林曉望

柘林蒙曉色，海氣逼城牆。萬里銜虛島，千帆出大洋。窮途堪極目，春日幾回腸。不及沙中鳥，群飛憶故鄉。

入雲岩，寄在燕諸公

共說金臺勝，翩翩盡入燕。苦心忽漸老，得意定何年。曉入煙霞地，秋登雁鶩天。吾生足可已，長嘯在林泉。

將之江北，寄家信

思家屬秋夜，客裏復長征。總是狂奔走，能無損性情。雨中遥雁過，燈下暗蛩鳴。寄書恐不達，惆悵出東城。

春日偶吟

懶性故成癖，春風益困人。經旬不出戶，繞屋似無鄰。喜病多違客，假眠時息神。牀頭一書卷，聊用樂吾真。

答張式甫

與君兄弟好，先世如一家。遭亂苦相失，爲貧未有涯。稚年不可憶，衰病已堪嗟。惆悵江關遠，城中噪暮鴉。

代友九日留客，戲贈

魚龍積水氣，風雨暗江城。遊子貪歸早，故人空待晴。布帆自無恙，萸酒會多情。不肯從容別，留君惱欲生。

九日雨花臺送人之江右

送別臨高臺，勸君飲此杯。柳枝不堪折，菊蕊猶自開。秋遠浮雲暮，寒空飛鳥回。經過問彭澤，尚有白衣來。

赤石避暑，雨後與簡上人松間坐月

赤石高樓上，滄江急雨來。奔雷纏谷去，驚電入檐回。鳥雀投深樹，溪流沒淺苔。一時煩暑盡，明月又徘徊。

在泰州時過陳氏園亭，朝往暮歸，獨咏爲樂，亦不必見主人也以下五言排律

地僻登臨少，名園恣我遊。無人信獨往，每日上高樓。門設常無閉，堂虛差可留。平山遥入戶，邗水曲通流。雲日依人近，禽魚傍竹幽。柏脂金鼎歇，松韻玉琴收。童子驚頻見，鄰翁嘆未休。禰衡狂故在，懷刺不輕投。

孤　燕

自語梁間久，旋從樹裏迴。故巢何處所，此地屢徘徊。檐雀誠非類，林鶯必見猜。入群知不亂，憶侶思應哀。絶島歸相失，空堂影獨摧。離人方寂寞，憐爾日飛來。

秋夜讀楚詞，李太守怨聞之泣，復起飲酒達旦，明日作詩十韻請和

蒹葭渺何處，蟋蟀鳴林皋。托足真無地，浮生此太勞。中宵欲慟哭，孤坐讀離騷。思遠隨寥廓，聲悲散鬱陶。魂歸知路險，天問悵秋高。雲動湘娥滅，風來山鬼號。東皇虛撫劍，南楚正飛鏕。小子時雙淚，先生日二毛。相逢雖異域，猶幸竊同袍。誰識獨醒意，含悽把濁醪。

哭陳孝明旅櫬二十四韻

浩蕩風塵裏，悲來不可輕。如何亡執友，獨使哭餘生。心弱容多感，腸枯易失聲。空林人寂寞，遠嶠雪峥嶸。再過金陵寺，初逢鐵甕城。久要兩地別，凶訃一時驚。雕鶚因風折，麒麟至死鳴。奔騰終不見，搏擊有誰争。勛業時難轉，男兒志未成。長江浮旅櫬，落日照銘旌。簡

札縈衣帶，衰麻刺眼睛。無兒傳嗣續，有女泣孤嫈。秦贅遲佳婿，劉牢急外甥。柴門未少喜，泉路尚銜情。書積塵埋暗，丹銷火蝕明。開緗收白蠹，撿藥剩黄精。多病憐同汝，無才忝似兄。十年浮梗意，千里束芻誠。當代孤奇士，前朝一廢氓。楚鄉非舊土，吴地即新塋。梁月疑顏色，碑文誌姓名。摧車纏腹痛，懸劍著心盟。此後荒郊遠，移時宿草萌。誰言情乃見，不復淚如傾。用翟公語。

五日贈莊雲秋

令節催人老，天涯又此時。不愁無地主，莫問有歸期。去歲憂多病，經旬臥欲癡。滌腸因怕酒，繫命却拈絲。花照鬢莖白，風含面色緇。即今驚骨瘦，賴爾得肩隨。出入雖相問，居遊轉獨悲。靈均如可吊，吾意欲投詩。

天寧寺寺故謝安宅

丞相留遺墅，空王開法堂。尋僧問古跡，引客到斜陽。荼罷木魚動，風來金磬長。空檐鐵馬繫，邃閣鉢龍藏。碧海窗中見，銀河階下涼。高枝靜鳥影，疏竹點螢光。遣興酬花偈，療愁叩藥王。向來塵土裏，一夜得聞香。

代書答故人

書來常抆淚，別久易驚心。況值三秋暮，俄通千里音。泣麟悲魯地，栖鳳止河陰。愁眼看迷字，窮途苦捉襟。轉樞望北斗，懷寶媿南金。家遠歸魂切，年衰旅病侵。一身怯壯往，十載費沉吟。漢史闕司馬，周公繫伯禽。襄陽雖籍在，耆舊莫追尋。龍去空留鼎，人亡并及琴。碔砆雜敗瓦，荆棘遍荒岑。摻器思班斧，掄材想鄧林。虹隨燕匕滅，日抗魯戈沉。怕學初飛鷇，甘爲老蠹蟫。腐儒聲咄咄，豪傑義森森。何處非嚴瀨，垂竿事莫禁。

送人北行

揚鞭争北道，遠送出城西。曉日分山色，秋風快馬蹄。少年憑氣俠，久客恐情攜。亂世輕儒術，全身傍滑稽。剸奇懸拂麈，灼怪佩然犀。莫學老夫計，終年守故畦。

六舍弟入會稽山采藥

遥聞舍弟信，采藥入山中。隱吏無梅福，尋仙有葛洪。石帆吹大海，玉笥落秋風。茯苓松間白，茱萸霜際紅。擔歸藤拄杖，收貯竹編籠。短褐爲生拙，長鑱托命同。齒訛艱笑語，心閉若童蒙。二竪欺成祟，三尸憎作蟲。窮愁常草草，歸計祇匆匆。應念衰時老，憑書寄北鴻。

示蠻奴阿進

客路蠻奴久，相依愧主人。風塵老盡力，海國病傷神。賴爾兼扶杖，感時亦拭巾。許身薄世態，秉性嗜天真。斷酒因防誤，輕錢不顧貧。憐才甘笞駡，佞佛少貪嗔。聞及古忠孝，情如今比鄰。士夫空覺貴，朋舊未加親。少小遭離亂，艱難備苦辛。思歸迷失路，被掠苟全身。骨肉知誰在，存亡未卜因。爨寒長乞米，雪重遠擔薪。志屈寧辭賤，心冤猶待伸。尋常已孱弱，三十未婚姻。自適江湖久，能爲禮法馴。百年均造化，一物荷陶甄。痛哭天爲夢，虚疑帝不仁。乾坤終浩蕩，理數自難陳。

傷春五首時在潯陽作

愁眼看春去，蕭條不當春。百年無好日，萬事總傷神。楚水潮聲斷，海潮至九江止。吴山客夢頻。天高私擬問，地闊苦容身。嬌鳥偏啼樹，殘花故著巾。風光如有意，何惜共逡巡。

流水如此急，浮雲還未歸。客情連舊雨，草色鬥新衣。眼睫淚常滿，頭顱髮漸稀。炫妝嫌女伴，枯坐學禪機。不死憐春在，此生誤昨非。今朝豁所見，悔失釣魚磯。

花蔽煙塵裏，鳥驚戎馬間。氣分大庾嶺，人隔小孤山。水暖魚龍喜，風多虎豹還。地危舟泊險，心遠客途艱。五老怪相指，九谿擬絕攀。錦屏春好處，不見客情閑。五老、九谿、錦屏皆廬山峰名。

更欲投南楚，巖關咫尺遥。雲迷一柱觀，春滿九江潮。利涉翻淹泊，端居但寂寥。撿刀心更躍，懸釜腹常枵。平緑空如染，落紅還自驕。百年春已半，徒使憶童髫。

忘憂思佩草，扶老欲還丹。直覺謀生拙，空悲行路難。艱虞蹈箕斗，局促度支干。燕壘依茅近，鶯歌出樹殘。酒杯心共冷，花事意俱闌。賴有耽詩興，吟成客思寬。

藜園 有序

徐檗庵，吾鄉人也。于江南植有新園，蹊徑稍除，條枚不翦，布衆蔬於壠畝，羅群果於庭階，池滿不涸之魚，籬長自生之竹，理無傷物，事皆用天，題曰「藜園」，昭静儉也。静則辭勞，儉則節費，不勞不費，於斯時也尤宜。因使作詩，得二首。

買園爲隱淪，築室四無鄰。蔬葉堪供客，禽魚不畏人。罷官耕代禄，扶老藥隨身。日涉自成趣，時移或愴神。不知栖息地，曾憶亂離辰。月出清池曉，花飛滿院春。銷閑雙蠟屐，倚醉小烏巾。感難横今古，還應出世塵。

江畔雖爲客，山陰終屬君。鏡湖千頃雪，剡棹一谿雲。履仗南州見，弓裘東海聞。攜家長兒子，避俗去人群。卜室園林好，開門竹樹紛。應爲常置酒，且得細論文。檻柳垂清沼，檐花映夕曛。辟疆無限意，知向此中分。

寄題藁園

頗怪趨塵鞅，空煩遠寄書。囑人須好看，作客未寧居。竹折沙崩嶼，冰開石塌渠。殘花猶自落，荒逕不堪鋤。穴鼠窺朝棟，山禽下瞑除。一身千里外，爲恨幾踟躇。

吉祥寺梅有序

梅故寺所有。萬曆年間，歙人鮑元則，感觸母諱，伏地再拜而哭，加闌石護焉，梅之名始盛。昔人有父名石，遂終身不履石者。今元則以母名梅，乃致一日之拜，是亦孝子之用心也。至謂母死之秋，此梅始茁，則好事者神其說。凡本紀所載，皆不可信。又壁間黃汝亨、董其昌、顧起元輩皆有詩，予嫌其詞膚薄，更爲續韻，得百字。

梅老空山裏，能令遊子悲。傷心抱孤幹，拭淚濺寒枝。蝶夢羅浮境，霓裳姑射姿。臨軒獨挺秀，倚石自矜奇。詎訝多神怪，永言惟孝思。根盤歷歲久，花發見春遲。漢女珠同蕊，湘妃竹并蕤。高能居物外，清更畏人知。草藉樽中酒，苔侵壁上詩。祇園托地好，風雨免離披。

泰和蕭氏園林，贈孟昉

高賢蓄山水，創物必争奇。峰翠階前立，江清門外移。園林皆疏鑿真山水爲之。小池淡鶴影，疊石濃花枝。買妓憎珠賤，邀賓送馬騎。從容許屢過，磊落付相知。啅雀銜飛毳，遊蜂罥斷絲。開渠戲泛酒，鑿石笑題詩。豪邁存天性，蕭疏去物疑。書來常累月，語坐必移時。世態嫌今薄，交情恨昔遲。十年空遠道，三徑失荒籬。飄泊成吾老，因君豁所思。

代人贈貴要

大雅何人繼，聯翩有弟昆。起衰混海岳，輝赫照乾坤。繡榜同看虎，雲程先化鵾。神仙通御座，星宿列清垣。儒術由來貴，師資及此尊。擊蒙私自淑，履坎道多蹇。垂老雙蓬鬢，窮年一敝緼。匡衡傭懶作，班掾筆猶存。隨駿來燕市，傷麟過魯門。恭惟新執法，盡洗舊銜冤。柏署生春草，霜臺向日暄。驄行須不避，豸觸總能言。白簡天顔喜，黄麻衆口喧。直聲推汲黯，高義動陳蕃。歸士如流水，羈人似觸藩。天寒迴悵望，地遠絶攀援。知己龜從卜，逢人虱欲捫。縱心觀魏闕，逐伴到華軒。巨眼看誰舉，長髯笑獨掀。不成終脱穎，歸臥故山園。

贈前進士吕半隱先生以下七言律

乾坤萬事足悲歌，錦里先生奈老何。江上幾經淹歲月，蜀中已是屢兵戈。白頭悵望峨嵋雪，清淚愁深灩滪波。聞説傅巖曾有夢，不妨公望隱漁蓑。

和顧迂客依園述懷，分得雕字

館娃宫地草蕭蕭，梁主孤墳卧寂寥。園在蘇州，有梁公主墳，其跡尚存。池上采蓮空響屧，雲中跨鳳失吹簫。古時歌舞同杯酒，今日功名莫射雕。是處黄塵迷戰伐，衹應白髮老漁樵。

九江五日，送别五舍弟

湓城競渡傍歸船，廬岳雲峰照客筵。寥落江州逢五日，迢遥海國别三年。蒲觴近淚清俱滴，榴火當風紅欲然。苦憶閨中小兒女，綵絲雙繫臂環邊。

九日赤壁瑞昌縣

何處登高銷客愁，興來扶病出同遊。荒村雨少黄花晚，古木風多赤壁秋。破帽不嫌吹短髮，敝衣尤欲稱科頭。江天萬里羈離日，身似飄飄一水鷗。

九日忠武祠登高

晶晶白日散林光，忠武祠前菊未黄。天際孤雲連雁鶩，江中高浪失帆檣。久隨薄俗翻成笑，老向窮途只自狂。幼弟藥囊多病後，茱萸難得寄來嘗。

贈徐七來

魏國開疆冊府勛，眼前非復舊中原。不知天地存忠孝，尚覺公侯有子孫。老樹空江唯白雪，朔雲寒雁向黄昏。羇離千里過逢地，相對茅齋一酒樽。

蟋蟀

秋館初寒夜復深，繞牀蟋蟀向人吟。衰年已怯多愁病，遊子况經長別心。萬籟無聲餘獨響，五更有夢斷凄音。霜天吹汝時時急，不覺傷神淚滿衾。

答廣州屈翁山以下五言絕句

千金懸詞賦，一飯起悲歌。共是他鄉客，相思幸屢過。

逢建昌湯給事來賀來賀號惕庵，先帝時爲給事官，永曆上擢用爲兵部左侍郎。

白髮驚人眼，青山見汝心。相逢湖畔路，未面早虛襟。

和友鄧尉山看桂值花未開之作

脱衣桂樵路，欲臥叩僧關。白日石門静，清風桂樹閑。

秋懷

風高木葉落，江上獨登臺。向晚途窮客，誰令懷抱開。

琵琶亭懷古

不見古時亭，猶見古時月。琵琶已流水，空照江花發。

雷港聞歌

戰哭今如此，聞歌雷港邊。蠻童應不識，猶似太平年。

登天門山

直上叩天門，天門阻九閽。我欲騎鯨去，湖中日月翻。

江　灘

晚泊滄江上，歸心萬里遥。夜聞灘水急，疑是浙江潮。

晚泊口號

露下鳴蜚急，沙中宿雁稀。泊船風力止，缺月已生輝。

五日病中作

一病月有餘，淹淹不可除。五絲能續命，看取病何如。

寓齋移竹，贈主人

叢竹性所好，因君今日移。蕭蕭暮風雨，偏與客相宜。

贈友人小姬琴聲

隱隱洞房静，春風響碧除。堂中有狂客，莫訝是相如。

渡江二絶句

淺水泊牛車，晨光開凍沙。行人憐宿雁，自在啄蘆花。

可嘆錢塘水，何時斷此流。寒天風浪息，不載客行舟。

雪中歸途口號

今日明人眼，銀鐙照雪花。尋梅如有約，乘興到誰家。

齒落二首

作客十年興，風沙碎馬蹄。即今齒已落，留舌示山妻。

當食罷長嘆，投箸一問君。請纓誰不爾，何必定終軍。

讀孫太白詩太白，宣宗時人，本陝西籍。詩甚好，浪遊天下，以神仙自名。

秦中有狂客，名高太白山。神仙空浪跡，詩酒落人寰。

黄鸝

衆鳥喧春樹，黄鸝最出群。柳藏深不見，花落始相聞。

題竹

看竹何須主，園扉偶繫船。碧雲垂滿地，赤日不行天。

夢回

林風出石壁，江月到山扉。莽莽十年事，夢回知昨非。

過來壁清隱居

暇日邀人醉，空庭待月凉。從容尋隱跡，北牖近羲皇。

負暄

寒日亦自暖，相親如故衣。把書老眼困，欲臥掩荆扉。

舟過宜陵，見桃花盛開，二首

花發舟行處，風帆眼一新。飄飄愁已暮，汨没楚江春。

隔塢雲霞色，桃花二月繁。焉知澗泉裏，不作武陵源。

魏叔子客死儀真，哭六絶

豈賣文爲活，迢迢作遠遊。他年訪遺跡，應盡海西頭。

遠遊不可道，身死客他鄉。魂依陵寢近，先得見高皇。
應逢賢父兄，相語夜臺中。死淚猶含睫，何時遺恨終。杜詩：「淚痕映死睫。」
却聘書休作，遺文抵六經。然虛太乙火，占失少微星。
山中足傲世，詔辟亦何榮。不愛爲官去，空懸徵士名。
設位僅一哭，高高望翠微。遥想水莊上，松間空月輝。水莊，叔子所居。

元夕書所見

車騎聯巷陌，燈火接樓臺。如在星河上，夜看牛女來。

九日與友以下七言絶句

比來作賦屬悲秋，白日黄花又欲秋。安得茱萸酒百斛，相携一醉北山頭。

依園詩二首

城中甲第起名園，白日陰陰敞洞門。已訝雲林通豁谷，忽疑風磴絕郊原。

幽花欹竹滿斜陽，清篳疏簾風過香。聊欲從君同隱跡，茅齋小築近池塘。

過蔡友二首

二阮風流今尚新，閑居曲巷自相鄰。樽前雪後深慚我，未是山陰乘興人。

堂懸綉佛自長齋，蘇晉前身只酒盃。凍雪未消人跡斷，持錢出市去沽來。

逢故將軍子

灞上相逢各嘆貧，五陵年少不勝春。無錢沽酒邀同醉，手解刀環賣與人。

魏季子五十詩

平生湖海共稱賢，卧向山中又幾年。回首風光荏苒去，不知鬢髮已蒼然。

與魏氏餕

漢臈猶存此几筵，傷心客淚獨潸然。飄零海畔家何在，春祭無人到墓田。

贈俠客

此俠客自是奇人，善劍術，隨行挾两大鐵椎，人皆呼爲大鐵椎。問其名，則曰：人只爲一名字壞了多少事，我却不用此也。亦無妻子無家，曰：人只爲妻子家累壞了多少事，我却不用此也。專取響馬銀子濟貧人，響馬甚畏之。魏叔子爲作《大鐵椎傳》，可與史遷相上下。響馬，北方强盗之别名，單用一人騎馬取財物者。

大帶寬衣較不如，指天劃日笑粗疏。一生只博纖毫義，勝却吾儒萬卷書。

酬僧雪珂惠茶

喝道年年着處家，今來初試虎丘茶。色空一縷塵堪洗，直作龕前供佛花。

雪晴詩，和友

漸聞鳥雀逐檐來，寂寂柴門今始開。當徑倩人扶折竹，隔籬呼老指寒梅。

燕來巢二絶句，贈肩三

戰鷁横行滄海東，也知燕頷舊邊功。雄飛雌伏尋常事，莫笑曾巢軍幕中。

會向岐山朝鳳皇，秋風有待逐鷹揚。盧家少婦空愁思，却怨雙栖玳瑁梁。

將歸口號

揚子江頭欲到家，晶晶雲日照晴沙。歸時屈指重陽近，正及登高泛菊花。

歸聞湖上采菱歌者

故國歸來城下過，正逢湖上采菱多。高秋八月堪愁思，一片歌聲奈爾何。

元日四首

客子自吟坐草堂，主人喚客勸持觴。縱心寒雨摧梅白，着意春風待柳黄。

愁來準擬穿花屐，興到還乘下水船。却怪兒童歌獻歲，不知老大怯流年。
爆竹聲乾和雨濕，椒花香暖帶風寒。經時濁酒須長啜，盡日閑門只自關。
作客從教拜客無，新交難得舊交疏。世途長怪出門險，吉日應須撿曆書。杜詩：遠行不勞吉日出。

清凉山登眺四首

牛羊幾處散荒萊，獨上危岡客思哀。歲晏山中誰共賞，遠林唯見牧人來。
風高木末孤鴻度，雲盡天邊大海流。野老忽悲荒寂甚，不知此地古皇州。
鐘山南望獨崔巍，想像熊羆守翠微。昨日人經松柏路，曉來猶見五雲飛。
風吹殘日下城西，薄霧輕煙嶺半迷。漠漠山頭無一樹，寒禽不向此中栖。

烏龍潭

隔浦高栖碧樹閑，青鳧白鷺滿沙間。遥知畫艇臨芳渡，六月荷風吹滿山。

烈士歌

烈士者誰鬼無頭，查爲其姓字天球。分明白日索人語，却道吾生事已休。烈士死已月餘，其友忽見於章江門，口道云云，實事也。

揚子江寄吴特人

別後扁舟下吴會，長江落日客心悲。不知彈鋏歌聲外，更有何人鐵笛吹。

陳孝明有孤女未嫁，念其伶仃，凄然感懷有作

羃羃黄茅長北邙，凄凄白日照東牀。經過鄰佑無相識，欲問平安空自傷。

贈碩公

南高北高峰入天，寺門陰陰流冷泉。飛來洞口花如此，却笑塵途空惘然。

題樊折琵琶行圖

千載琵琶傷客心，江州司馬舊知音。即今絕調空流水，唯向樊生畫裏尋。

南鄉子 江州南湖煙水亭秋夜有懷　以下詞曲

人在畫中遊，袖裏湖光一幅秋。明月滿堤輕盪槳，扁舟。疑似乘槎泛鬥牛。　回首思悠悠。乍見銀河掛玉鉤。天闕不知何路近，層樓。一曲闌干萬里愁。

賀新凉 寄題揚州卓氏園林

潦倒歸無路。喜揚州王孫卓氏，相逢如故。長夏簟簾閑坐臥，不道身居客處。隋氏離宮已塵土。門外邗江流舊恨，又何如一霎鶯花主。從此後，來無數。　况凉夜高朋群聚。聽檀槽歌童唱徹黄金縷。堪笑人間歡日少，枉自遠思千古。到今日燕臺籠霧。望絕萋萋芳草滿，一番又落花飛絮。空教憶，傷春暮。

臨江仙 北行憶故園

迴首故園音信斷，臨行正憶山莊。茅居舊在鑑湖傍。草深迷市井，地僻懶衣裳。　自笑而今緣底事，頻年只恁奔忙。明朝又苦是離腸。鷄聲茅店月，人跡板橋霜。

清平樂 贈別友人

遥空雁沒，雲斷燕山隔。門外馬嘶人去，急携手河梁一刻。　未知此別如何，樽前一曲離歌。白髮森森已老，相看淚眼滂沱。

作者自注：

詩中有數人作虜宦者，多弟之親戚。在外遊行，未免偶藉其資斧，故不能絕，聊亦從俗，與之往還。弟詩只取其一味真了，若謂作家則未也。

附：

東國紀行

编者按：《東國紀行》諸詩有多首又見於柳川古文書館藏抄本《東遊稿》，文字略有出入，爲避免繁瑣出校，仍以《東國紀行》文本爲主，《東遊稿》的異文作爲括注。《東遊稿》未收入《東國紀行》的詩作，則輯入補遺部分。

六舍弟來吳門覓予，予適之蕪湖。今又有日本之役，遥爲之别以下古風

忝爾一日長，愧我十年遊。既老思會面，崎嶇（嶇崎）來吳洲。世事多錯誤，人生不自由。傷哉無與語，獨立暮江秋。長嘯出闗門，攬衣上客舟。行行去更遠，淚下如雨流。

胡氏婿（叔蕃）送至上海，書此示之

銜（含）淚看舉帆，如欲有所言。囁嚅終在口，吞恨不能宣。老獨憐幼孤，傷（嗟）哉情倍常。况有萬里行，明旦各一方。辛苦爲此役，又非汝所知。默然置之去，臨發空遲遲。

（舟）泊黄浦

黄歇猶存浦，吁嗟楚已亡。長歌嘆鳳德，獨覺接輿狂。包胥何善哭，秦師爲激昂。興復如反掌，其勢（國）益以（已）强。泊舟古海口，月出波中央。照見關城樓，下連水茫茫。憑吊失往事，徒令心内傷。

舟發（出吴淞口）

豪商挾百貨，氣欲吞海若。焉知腐老生，搴裳就遠舶。波濤（風波）如人情，忠信安可托。要觀天宇大，不能憚險惡。凌晨出吴淞，精神迥非昨。四顧遠飛揚，飄若雲中鶴。爽氣一何厲，秋風動寥廓。扶桑萬古樹，長年無榮落。天鷄栖其巔，西枝掛日角。

鹿徑頭

連山如波濤，群鹿遊其上。關（彎）弓欲射之，角角來相嚮。我聞鹿護麑，至（將）死力猶（欲）壯。仁心愛義勇，物微有足尚。嘆息還擲弓（擲弓罷），浮雲托遐曠（想）。

雙洞島(收風)

迴帆(回風)收絕島，乘風(風帆)破急溜。下瞰蛟龍室，昏黑雷雨吼。烱然雙洞開，皎若(如)日月牖。東西遥相望，孤舟忽輕逗。我行歷奇險，此境寧再又。

別後懷大串元善[一]

我生歷險阻，車馬多傾折。竦身思俗外，行空駕一葉。東國有賢侯，高張羅材傑。辛苦萬里來，關門阻䠐卼。曲折赴知己，蹉跎守愚拙。流光沒西影，日轂無返轍。新年憶舊年，頭白徒卒卒。王粲去國悲，依劉思漢業。誰知孟軻心，三宿行始决。與子執手交，臨歧悵嗚咽。讀噎音。子東我復西，相思共明月。

〔一〕柳川古文書館藏抄本有詩序，以「斐以丙寅七月」起首，且有「公之聘」、「復至」等語，惜殘缺，故不録。

別長崎諸峰

久遊崎陽山，笠頭堪晞髪。東明初日出，雲臺掛秋月。峰峰解衣帶，處處歒履襪。人情不如此，殊（夷）方難可悦。嘆息如故交，抗手與爾别。出峽峰迴青，轉帆雪霽白。明滅在天半，暮光閃餘覿。突兀猶趁人，煙波忽間絶。

除夜渡海，作夜如何歌，使三老者歌之，以呼風助行

夜如何其抑何長，有客有客來殊方。冰骨稜稜懷滿霜，年紀老大鬢戟張。氣薄星漢爛生光，巨舸掉尾首昂藏。横流直截貫中央，耳邊澒（傾）洞風浪浪。白濤群走龍趨蹡，八溟純浸連八荒。左右顧瞻（瞻視）矜非常，精神寂寞遠飛揚，呼叱鯨鼉使駕梁。我欲拂袖朝東皇，下問濁世何時康。

與諸公別後，沈豹文復至，叮嚀惓惓，分袂之際，黯然尤傷以下近體

別後，沈豹文至舟畔，叮嚀惓惓，分袂之際，在諸人中黯然尤傷，重作一首

念昨與君別，今晨纔爾行。因思難會面，重見此離情。向遠（闊）孤舟疾（遠），乘空萬里輕。殷勤岐路語，感激愧平生。

渡海逢七夕

海上看牛女，乘槎欲到天。却慚非漢使，有忝似張騫。銀漢碧無際，金波燦若點。年年當此夕，偏向客中憐。

見山

入日本界，將抵長崎，舟人謂之「見山」。

絕巘歸何處，滄波湧若來。舟移秋色近，帆捲曙雲開。水藻流還止，林禽去復迴。漸知煙火聚，迴首思堪哀。

述懷三首〔一〕

夙昔天驕子，乘機入塞垣。衣冠驅異類，盜賊洗中原。衣帶腥龍氣，裝囊濕雨痕。老年終蹈海，淚盡復何言。

天下胡塵滿，儒家失舊冠。愁心向海闊，老淚逐波寒。跡竄殊方險，身居絕島安。移時趺坐久，筋力苦艱難。

家散萬金盡，身藏一劍餘。長歌過博浪，短服事專諸。白水名猶隱，赤符讖豈虛。江東問父老，爲寄數行書。

〔一〕此詩《霞池省庵手簡》作《扇頭詩》，「近作似省庵先生正　張斐」，文字「衣」作「襟」，「腥」作「種」，「濕雨」作「積水」。

中　元

避俗看殊俗，秋天夜寂寥。掃塋喧白露，列炬上青霄。海月隨潮滿，山雲帶葉飄。那堪鳴梵鐸，寒響颯風飈。

長崎漫言三十六韻遵韻洪武

初至長崎，漫賦志懷三十六韻。

何年憑絕島，天險設長崎。東國此誠最，中原無以爲。山樓通蜃氣，石壑滿龍漦。積水人煙集，扶桑草樹迷（披）。陽坡喜日近，陰谷訝秋遲。風俗猶（粗）存古，人情好去疑。帶刀常示武，載筆亦摛詞。精舍饒吴俗，庭除多置圖書花石。涇祠競（較）楚湄。女方持戶急，馬用代耕孳。瑣細（屑）遺稗雅，海錯有未知名者。謳啞類竹枝。揮金藉豪估，倚玉近花（僊）姬。百貨廛皆聚，三章法可施。立法簡，無笞杖刑。薙鬚憐虎額（慚頷），塗齒惜蛾眉。赤足編芒曳，髡頭束楮垂。

語音譯始曉，坐起習方宜。昔向（見）川圖見（是），今從遊歷知。殊方狂客態，故國異時悲。蹈海言初踐，乘桴志未衰。箕裘從父執，予幼孤，賴父執教（提）誨，始知先業。弧失自孩提（嬰兒）。黯黯寧傷別，栖栖敢問私。詎堪同鳥散，且共逐波靡。兄弟仳離久，妻孥割付誰。夢迴鐘出寺，酒罷月臨墀。排悶詩久（多）積，招遊興不辭。飄風曾膽落，巨浪屢心危。耳目超千界，精神出四陲。鷗情覺世遠，鶴路欲身隨。霽色虹收雨，林香柏（花）繞籬。雲垂隱薜荔，峽斷鎖蛟螭。長嘯流餘響，清歌激漫思。魂歸假寐候，心死坐忘時。入國知何禁，出關棄所持。阮生多哭路，墨子自悲絲。漢業興難卜，胡塵運未移。祇應逃空谷，不那隔蓬池。吾道滄洲在，飄飄任所之。

（雷雨）書感

澤國常多雨，東方亦（復）易雷。一秋暑釀濕，十月氣爭回。天地中宵變，魚龍大壑摧。愁長時短（起）寐，疲病況堪哀。

至　日

雲物他鄉異，愁看海外天。衣穿添密綫，爐冷憶殘氊。唐時冬月有氊爐會〔一〕。從俗非關使，禮使從宜〔二〕。依人豈謂賢。無能成獨老，客路自年年。

〔一〕《霞池省庵手簡》另有「又謝家有青氈事」七字，「氊」作「氈」。

〔二〕「宜」，《霞池省庵手簡》作「俗」。

梅龍寺早梅，送下川宗魯

遠送梅龍寺〔一〕，梅花早早開。山中遲客去，天末放春迴〔二〕。枝暖臨香砌，根盤護法臺。別意思折贈〔三〕，因向隴中來〔四〕。

〔一〕「遠送」，《霞池省庵手簡》作「送遠」。

〔二〕「末」，《霞池省庵手簡》作「上」。

〔三〕「意」，《霞池省庵手簡》作「離」。

〔四〕「中」，《霞池省庵手簡》作「頭」。

元日暮抵長崎，懷大串子平

絕島春歸樹，危檣夜泊船。親朋非故國，燈火是新年。水宿憐鷗鳥，風餐對浦煙。重來駐足地，因憶主人賢。

補遺

別沈豹文連山兄弟

不滿秦爲帝，高人唯魯連。狂來思蹈海，老去若登天。雲日迷歸夢，魚龍撼客船。念君兄弟好，銜渡各悽然。

普陀寺 浣紗溪

榜字留金壓海鯨，前朝花梵敕題名。幾年兵火觸愁生。青逼禪燈燐欲黯，碧餘趺草血猶腥。斷腸分付與潮聲。

望舟山

舟山却望似厓山，萬古千秋淚不乾。王氣已銷兵氣盡，海波空漾月光寒。

潮音洞

空裏何所有，潮音動地來。曾迴俗士駕，唐詩：「潮聲偏懼南來客。」却護法王臺。向日銜龍氣，青天發蟄雷。静聽如有悟，坐久亦悠哉。

宿白華庵

劫火燒殘後，旃檀初搆林。白華新吐豔，紫竹舊來陰。羅刹聽徑石，□迦誦佛禽。山中有鳥名□迦，其鳴如誦佛然。信知人境外，無夢道生心。

浪

丙寅七月，浮海之日本，舟中無事，大觀乎浪之形狀，而極其變，蓋藉以汰吾抑塞磊落之氣。有若繚者，城漫者，沙缺者，牆空者，洞崩者，崖兀者，石直者，烽搓者，木吐者，花沉者，玉碎者，珠錯者，錦浮者，雲劃者，電殷者，雷靡者，霧泛者，霞輕者，煙無者，風垂者，雨斷者，虹晴者，雪陰者，凍夜者，火夜而散者，星其動者，螢躍者，魚駭者，獸翥者，禽雞（離）而立者人。凡旬有餘日，樂而扣舷歌此詩。

我生歷奇險，足下半川嶽。今來海外觀，將身沉海若。朝隨潮所起，暮隨潮所落。屢驚心目換，却願天地錯。鼓盪自元氣，無風猶噴薄。神功信茫昧，探之誰能索。

贈僧惠雲雲，我杭州人，索詩，故贈。

白髮中原老，清秋絕壑邊。海明宵見日，谷暗晝生煙。多病思依佛，無家已近禪。夷歌夜半起，愁絕不成眠。

雨〔一〕

海暗沉秋雨，林迴偃夕風。寒花欹絕岸，歸鳥匿深叢。汩沒來殊域，蹉跎任老翁。極西故國在，萬里正空濛。

〔一〕清阮元辑《两浙輶軒録》卷十三録有此詩，詩題作「島中坐雨」。小注：張斐字非文，會稽人。《越風》：張翁坐雨一詩，能狀悽慘之色，讀罷冷氣逼人。

雨夜

不眠聽夜雨，淅瀝滿山樓。寒欲藏輕箑，貧知憶敝裘。滄波吾道遠，白髮世情休。萬事隨天意，何須徹曉愁。

贈樊文玉

與樊寓樓小飲，故有贈樊。叙其世次，本山東人，自其父來長崎，今三世矣。長崎稱兵左衛門，又孝才門，蓋皆通稱，文玉從中國也。

峰翠參天入，波清繞壑回。沙邊喧鳥雀，樹裏出樓臺。勝地堪留客，愁時無舉杯。舞雩嗟舊德，排闥想英材。土俗從兵衛，門庭應孝才。君從西北望，海盡是登萊。

中秋

松林遥吐月，海色明山樓。客心懸萬里，不見故國秋。南瞻烏鵲飛，西視河漢流。關山渺何在，我身極東陬。露重氣彌清，潮滿光欲浮。感時正多慮，去國方易愁。夷歌胡太繁，夜半聲啾啾。

可嘆

可嘆寡華子，横金豈顧身。煙花不計夜，歌舞欲留春。暴殄天違命，飄零客易貧。長崎家萬戶，一半是流人。

雜興

客居無事，歌竟即書，積之得十三首，亦無詮次，在海中，涉海事居多也。

日月無停曜，江河無逆流。人生不再少，幾見多白頭。天幸髪稀齡，世事懷空憂。男兒初墮地，已營四方謀。跋涉竟徒爾，遠渡來海陬。

清晨澹無慮，唤起盥漱畢。蒼然秋林表，宿鳥已振翼。古人入我懷，忽復生嘆息。鳳兮德既衰，麟也泣何益。憔悴風塵子，感念豈終極。七雄徒喧喧，攻殺劇兒戲。魯連一大笑，秦人不敢帝。秦人雖有威，匹夫自有志。高蹤遠滄海，士莫攀，至今感其義。子房最後生，猶煩。（有脱句）秦王熾無道，天下盡皆讎。六國雖夷滅，匹夫釀隱憂。狐語與蛇泣，紛紛起鬼謀。陳涉奮臂呼，群雄如水流。天授有餘智，一戰咸陽收。漢王豁大度，英風邁古今。方爲亭長時，豪傑已收心。豈唯從諫罷，知人能善任。發喪責西楚，大義何森森。

白鶴白玉姿，遥夜光皎潔。高飛向何處，銜書上天闕。（形）天語不可聞，下土徒卒卒。死者如過風，形影俱滅沒。何爲勞其生，千秋争名業。

昔在東林寺，高僧有耳觀。龍井春江合，虎溪夜月寒。一年常對坐，三時亦無餐。却笑陶淵明，無論苦眉攢。近聞骨已蜕，懸壋在岩端。人天永相望，無生已罷嘆。

身極東海畔，心縣故國憂。犬羊氣充塞，鳩鴿滿道周。頻年慚魯地，旱溢苦無秋。傳道殺縣令，又殺屯田侯。海上降人屯田者。氣猛各歃血，穰穰爲異謀。鞭撻驅之去，賦歛同纍囚。餓死與兵死，均死亦何尤。

肅園畫花鳥，天機入心孔。山堂沍寒時，筆摶春風動。花可摘而蔭，鳥可取而籠。開窗勢欲飛，觸處露華重。尺縑不易得，堂堂如璧拱。我從四方久，行李一已空。舊藏肅園畫，行笈失於淮安。海東逢令弟，憶别心懵懵。

古之彭澤老，偶然博一醉。綰綬既無心，挂冠良亦易。終感涼風生，自謂羲皇世。柳時風雨懷，菊候冰霜意。悲來歌荆卿，凜凜見其義。

映天鰲身黑，跋浪鼓紅腮。際晚狂風屬，行舟傍雲雷。聲吹入地轉，勢拔從天回。目眩已無見，心死何能哀。至今如夢裏，魂招恐未來。

肥田嶋王饋雁俗以手自取者，爲我來更道，其言如此。

雄風四海孰爲鄰，年少峥嶸意氣新。獵得奇毛親賜與，也知天畔有山人。

題畫鵝

緑莎緑如煙，白鵝白可鷺。我本山陰人，便欲籠之去。

重九送沈兆洪西歸

異國嗟分手，蒼茫别思前。酒傾秋樹閣，雁斷夕陽天。露蕊籬邊氣，雲帆海上船。不知垂老日，此會更何年。

贈大串氏子平、下川氏宗魯

把筆通言語，張燈論古今。客窗銜月色，陰砌聞蟲音。遠入三洲島，高懸二妙心。論邊肝膽竭，不覺夜彌沉。

海外觀人有兄弟歷久而見者

我生苦仳離，遭時傷骨肉。見人團圓愛，含淚注雙目。有兄自海西，有弟自海東。浮雲萬里分，天末隨飛鴻。一朝喜相得，歷來凡幾秋。岩岩頭俱白，絮絮語不休。但圖須臾歡，莫計長守聚。朝往暮始歸，寧知筋力苦。

以上輯自柳川古文書館藏《東遊稿》

泊五島候風

駕舸凌急峽，揚帆破宿靄。乍離崎陽口，忽入五島内。恐泥致遠訓，惕息臨深戒。方幸出坎易，不復知海大。洶湧魂始交，窈窕神初柬。群峰故錯崿，孤壑自瀠滙。潦減平沙積，崖斷巨石礙。詩書亂舷傍，雲山擁座外。朝煙過水白，暮雪明巒黛。時見漁艇出，或聞鳥聲噦。對客快掀髯，呼童癢搔背。詎識淹泊裏，翻獲遊觀最。

飛鸞島玩月

海門月如盤，隨風上翠巒。仙人遥相待，欲下駐飛鸞。我亦騎鯨客，狂來生羽翰。夙昔思何極，至今情泛瀾。回首隔雲際，題筆想岩端。光炯留石上，永照溟渤寬。

憶　内

故園楊柳發，垂條拂石磯。山花滿山澗，處處黄鶯飛。有婦携女蠶，女嬌弄桑枝。桑枯不長葉，蠶老不吐絲。一日幾縈慮，十年望我歸。寸寸續成匹，將遠思寄衣。詎知客海畔，音書且復稀。丈夫崇志業，感嘆徒歔欷。

夢六弟

惜别憶壯年，衰白共潦倒。如何昨夜來，顔色矜猶好。醒悲時易去，夢覺人未老。池塘非故國，園舊（歡）續春草。長風吹海波，萬里安可道。恍惚執手言，怨我歸不早。魂在若平生，魂去傷懷抱。空餘淚滿枕，沉思錯昏曉。

射不來

周室既衰，諸侯不朝，萇弘作射不來，祭以動之，諸侯終莫朝者，卒呑於秦。秦之先祭陳寶祠，事頗怪，及漢猶盛，思漢者疾秦也。

殷殷雄雉射不來，秦王氣壯周王衰。漢鼎曣嗢禮崇臺，敢告上帝薦三才。黄雲下覆鹿走回，路弓乘矢兆龍媒。

以上輯自柳川古文書館藏張斐詩稿

飛白詩

海外誰知有奇士，平生不減魯朱家。東風亦解傳人善，曾遞聲名到若邪。

吾中國朱楚瑜先生，耻食虜粟，而逃之海外。有省庵者，日本産也，聞而義之，爲之衣食者六七年，蓋幾幾乎可謂難矣。爲作一小詩贈之。　山陰張斐

海外逢族祖候問

白頭宗孫黑頭祖，相見天涯淚如雨。幾年憶別獨傷心，萬事蕭條向誰語。承問消息空茫然，老妻稚女海西偏。不成挾匕入秦地，今日翻悲作魯連。

奉懷省庵先生并正

寄語安東老，賢名父子俱。雪天曾作賦，春日有來書。過鯉庭應潔，登龍門尚虛。終期一相訪，遠爲到精廬。

奉贈元簡道兄

觀花必自蓓，霖雨始膚寸。燁燁安東生，年小材華健。十七富文詞，老學且退遜。詩禮傳於家，過庭足堪論。彼夫桃李蹊，寧使草滋蔓。

寄贈安東先生并貽今井氏弘濟及諸同人

吾道東矣東復東，海門大唤乘長風。身爲魯連不得志，翻作教化成文翁。眼前弟子森玉樹，後來領袖紛無數。儼如絶壑起清風，萬里青天撥雲霧。雖未相見心相知，寄書行人兼寄詩。寒天朔吹今如此，何似當年立雪時。

張先生吟并序

築後安東氏省庵同僧萬瑛依漢音讀《粱父吟》，悲而感泣，作此寄之。

粱父吟，愁君心，君何爲乎淚沾襟？祭天神人禱作金。鈎啄蜚集炎鼎沈，漢不封禪浮雲陰。華土壯士白髮森，夜半哀歌激短音。粱父吟，愁君心，君何爲乎淚沾襟？

以上輯自《霞池省庵手簡》

排律臨别賦贈大串元善

長揖將軍客，報書宰相人。千秋每在眼，萬里獨輕身。吾越仇能報，維周命尚新。渡遼非避漢，潛邳先椎秦。此斐實事，非借用也。遠涉來斯土，窮途仗厥神。東隅觀日出，北闕愴飛塵。何事同袍竊，翻爲異地親。輸心求國士，勞績著王臣。欲脱腰間佩，空嗟頭上巾。朽材本自植，駑馬向來馴。接語常通夜，離情漸及春。相知不計日，此會屢經旬。羝觸藩爲限，絲悲染未純。臨歧還忍淚，攬袂言酸辛。

輯自今關天彭《近代支那の學藝》

莽蒼園文稿餘

《莽蒼園文稿餘》現存有日本愛風書屋印本、《民報》一九〇七年夏期增刊排印本(簡稱章本)、日本早稻田大學圖書館藏水府森氏抄本和國書刊行會抄本，此次整理以愛風書屋本爲底本，參校章本和水府森氏抄本(簡稱抄本)，爲避免繁瑣，除重要異文，一般不出校記。

序

天地正氣，充塞兩間，而萃於賢豪。夫天下賢豪之士，何世無在？不在廟堂則在草野，其在廟堂，正氣萃於廟堂；在草野，正氣湮於草野。自古使正氣湮草野，以自速危亡者何限，是天下之常勢，固無足怪矣。如明季外則權臣，內則宦寺，所謂南衙北司，肆其毒螫，忠諫之士無或免於遠竄枉死者，遂致九有大亂，北京陷於流賊，使滿清得逞蚌鷸之術，長驅陷没州縣。一時賢豪在草野者，糾合義旅，奉諸王以謀恢復，而大勢既去，一成一旅，遂不得止其滔天之勢，相踵殲滅。尺土寸壤，莫非滿清之有，而賢豪之士，雖草野亦無所容身，往往航海，義不食清粟。當是時，天地正氣僅僅乎在一葉扁艇上，不亦可慨乎！我義公挺生於神明之邦，尊攘之志素已專其正氣，而明遺臣聞風來投。前有朱文恭，後有張非文及朱毓仁、姚江、任元衡之倫，皆詣長崎，欲追包胥乞師之躅。於是乎正氣之在扁艇上者，乃得與神州正氣相合，以信於天地間，則其恢復之志雖不遂，而其忠精貫日月塞霄壤，使千載之下，廉頑立懦者，可以與夷齊并駕争光矣。若夫文恭遺文，則義公既上之梓，而非文所稿莽蒼園文者，藏在彰考館，世無之知焉。乃與同社謀謄寫一本，而如非文事跡，則亡友宇佐美公實嘗書《刻非文真跡後》

詳其顛末，故亦以附卷尾，將俟他日公於世。是亦區區犬馬心，竊恐明季賢豪之正氣，不啻埋沒於草野，而雖其存於滄海波濤間者，亦澌滅將盡爾。嘉永辛亥七月稔五，常陸會澤安書於正志齋。

目録

書啓

墓誌銘

雜

頌

上水戸侯頌

挺生我王，崇文好儒。以貴下賤，釋智矜愚。惠我耆老，全忠守軀。流聲千載，曠古所無。

賦

登高賦 九月九日長崎作

嗟予遭世之不偶兮，方徬徨於中路。痛虞淵之漭泱兮，涕山河其非故。生慷慨以悲歌兮，少峥嶸而牴牾。蹇老衰而無成兮，已塗窮而日暮。愴幼孤之無知兮，恭承夫父執之鞭馭。期駑馬於千里兮，駕六龍之飛御。胡大義之既乖兮，猶恪守乎章句。湔故習其如洗兮，奮一往而不顧。闢樂遊以樹萱兮，開北堂而閉戶。絕賓客之往來兮，奉甘旨以寧處。將蠖伏於泥中兮，類井蛙之無睹。慚玄豹之多文兮，居深山而藏霧。思鷹鸇之勁翮兮，無守株而待兔。悟同人之于野兮，知出門而防豫。歷九州而相之兮，呼將伯而求助。或匿影而避日兮，復畏行於宵露。匪下邳之潛逃兮，幸石公之已遇。嘆狙擊之靡及兮，聊思駕而遠務。幾躊躇而却顧兮，望東洋而來赴。雜蛟龍之出沒兮，緊混跡而托附。驚衝波之黏天兮，駭呼風而名颶。驅鱷怪之跋浪兮，樂汪洋之比度。近島嶼而色喜兮，黯故鄉之獨去。心悽愴其無緒兮，眉目蹙而寡趣。乍溽暑之中暍兮，倏凉飈之摧樹。聽凄蟲之刮耳兮，夜不能以達曙。老既不可復少兮，嘆流光之如鶩。感知己于異域兮，恍平生之曾晤。方悲秋而感深兮，乃强予以作賦。謂登高而曠望兮，冀紓憂而澹慮。莫識予衷之鬱結兮，抱空懷而誰訴。悵投筆之骯髒兮，奚定遠之可慕。工掩袖而效嚬兮，飾冶容以爲嫭。嗤優孟之惡態兮，失邯鄲之故步。惟凝陰之固結兮，欣陽九之爲數。覸寒花之後勁兮，信晚節之可固。將臂萸而避厄兮，奈愁疾之已痼。即餐菊而冀壽兮，亦鬢毛之多素。嘲孟嘉之逸致兮，坐龍山而傲踞。發子安之藻思兮，驚坐客而廣聚。緬獨予之寡陋兮，曾不羞於下胯。恭惟長崎之絕巘兮，差髣髴於玄圃。扶桑接以遥指兮，墮一葉而影具。峰錯愕而天低兮，環積水而棋布。雲起樓而蜃吐兮，風舞石而鵬翥。物阜而烟積兮，人臻臻而蟻附。晝輿馬而駢軒兮，夜簫鼓而韶頀。散洞庭之大奏兮，飄霓裳之仙嫗。紛雜沓而喧填兮，鄙漢郊之樂酺。企笠頭之可戴兮，想落帽之非忤。來東明之爽氣兮，意淩罍之可居。歷巉岩而眺遠兮，極層巔而目寓。木綴葉而紛脱兮，雁横空而遥度。雲帆際天而落兮，潮聲激石而含怒。思夫壯時之磈磊兮，瀉雄懷而欲吐。上戲馬之荒臺兮，深恨痛惜于劉裕。彼劉項之不作兮，寧獨阮生之扼嗉。色慘澹而將凝兮，氣寒肅而欲冱。愁悲響於風聲兮，盼熹光之我煦。已矣乎！舊國迷而遏絕兮，神越海而飛渡。逢佳節之可玩賞兮，心怦怦而眼瞀。睠東籬之荒墜兮，悵松柏於林墓。妻哀哀而泣寡兮，女嚶嚶而啼孺。知此會之誰健兮，曷明年之可據。還腸斷而搔首兮，思假寐而驚寤。身殊鄉而塊處兮，懼他人之我阻。悔已往之皆非兮，知來者之當悟。慨時序之易遷兮，淚紛頤而長注。亂曰：群鴉聚而寒附兮，俊鶻逸而高翔。萬物乘秋氣之凌厲兮，能不鬱乎思鄉。

纍若喪家之狗兮，亦何望乎騰驤。天予我以耿介兮，寧獨偏鍾乎不祥。詎怨尤之可及兮，俟夫命也奚傷。

賦自楊馬而外，并駕而齊驅者，難其人矣。此後唯少陵三大體，猶有骨氣可觀，差與古辭奧衍之才可敵。蘇子瞻《赤壁》，則創體也，其氣蕭瑟，其情曠放，讀之使人有遺世之想。《秋聲》步而超之，又瞠乎後矣。斐本非作家，而漫爲之，所謂跛鼈之望騏驥，更不及蠅之附尾而行也。可笑可笑！作文作字，須得筆墨精良，窗几明净，而神思又復瀟灑。斐於此數者，一無所有，故益形其醜態矣。

序

贈徐止于序〔一〕

世廟時，廣東獠民亂，朝廷徵兵不足，議者繼以瑞昌洪陽五姓之人，然後相次討平。夫撲一獠如拔蜂刺，捽而去之，易事耳，然且如此之難，則更有大者，將奈何？洪武始年，天下既定，詔中外悉置衛所，犬牙相錯，無事耕食，有事調發，庶幾兵農之制。法非不善，乃不二百年，而一旦有急，至須借力於民，又曠日持久而後平，則何也？法制徒立而無人，焉以爲之變通也。自是以後，天下益多事，兵制益疏。將帥之人率皆疲懦苟容，取足數位。其武健者，則又驕悍自恣，不肯爲國家盡力。而文臣牽束成制〔二〕，不敢有爲。卒至因循苟且，弛所有以予盜，而豢養流毒一决破壞，不可收拾，是誰之咎歟？昔者蘇子瞻論河北京東盜賊，欲因而用之，以爲豪傑之材皆爲所使，則盜賊自消。宋既不能，而踵其弊者殆又甚焉。嗚呼，是可痛也夫！

徐氏止于者，名翶，通識人也，間以前事語之，相視慨然。徐蓋五姓之一，而止于又徐氏之傑出者。周洪陽五六十里，其人好勇喜鬥，平時操弓挾矢，跨馬馳突岡阜間，雖子弟文秀者亦然，故用之易以取勝。而止于獨好讀書作詩，以時汰其鬱崒不撓之氣，今年五十，豪蕩激人猶若少壯。天下太平，相與樂其風土，善其家以世其族。苟或不然，去平獠時又百數十年，子姓益繁可用，其將棄而無取哉。止于以爲然，故書之以贈。

〔一〕序，原作敘，據抄本改。
〔二〕成，原作「戒」，據抄本改。

醫序

夫醫體二氣之和，調萬物之材，使民登壽域，世躋康衢，昔之人比其功於良相，誠不爲過也。人之一身，周乎天地三百六十五度之數，其有疾病，猶日月之有薄蝕，山川之有崩溢也，而恃有術以救之，亦猶醫者之於死可迴而之生，於危可扶而之安也。故堯湯之時，雖九年之水，七年之旱，而不能爲害，亦恃其術之仁而已矣。世之衰也，災沴之氣歲歲有之，而又加以憂患勞苦之日侵其身，人之多疾病也宜矣，其不盡即於死而危也亦幸矣。近世以來，軍凶洊至，疫癘時作，不有仁者，其何能濟？

公望先生考神農味草之功，詳周官掌醫之法，五行七政在其握中，膏豎尸蟲不能爲祟。先生曰：吾壯時嘗有志及於天下，既老不能，退而爲此，鄉隅山陬，亦足施吾仁，我第不知天下之不終至於危且死殆盡否也。某嘗嘆以爲不可及。先生生平不爲翹翹之行，亦不爲孑孑之名，急人之難如切於己。遇窮丐賤子，不殊富貴，哀而恤周之〔一〕，探其囊所有，銖分兩析，不厭不倦。蓋其心必歸於仁，而不以小惠曲德爲不足爲而不爲者也。然則人之蒙其術者，所謂舍犧牛而嚌其一胾，雖適我口，遂足爲飽乎哉！

〔一〕恤周，抄本作「周恤」。

贈何氏兄弟序

孝先先生有子曰剛生，敦潔自好，有理材，任可大。次東生，遇事善喜，伉以直。次紹生，簡而密。次簡生，英英乎文秀而莊，鴻飛鵠立，以拔乎俗。兄弟臻臻，式嚴式和。予攬天下之交久矣，上梯層穹，下汲重淵，周流旁際，廓其寂寥，何少也。今一旦而得四人以爲友，又聚於一家，何多也。或曰：先生之盛德是徵。是說也固然，然又有不盡然者。祖父以仁義作之，而子孫背而馳焉，甚且無似以續，况問其賢否？然則是四子者之自立可知矣，不築而基，不引而長，不唯其人，唯其性之良。四子者之性既良，而又熟先生之教，宜乎其所自立者日大以遠矣。予既樂何氏之多賢，而又竊自喜盡爲我籠而有之，然四子者之意，則若以予齒之加長，有避焉者，故道其所以願交之意贈之。夫友在德不以年也，不諛而相爲勉，則予與四子皆各有責，庶乎其可哉。

贈徐身先序

徐身先自言十七歲以好勇聞，日事技擊走街市，街市人望而趨避之。又自言少恃父母愛〔一〕，不肯讀書，父母有言，輒辨其是，或至於争。今見身先不然也，杜門五六年，非君子不交。固有力，然不喜人言力也。雖嘗射，射精，然不與人角。好書，習之不厭。事父母有禮，父母怒撻之，則跪而受，辭和而色愉，已則痛自責，或至於泣。身先嘗言，人有能有不能，不擇其可能者習之，而務夸以爲大，則志不專而力不至。凡此皆身先之所能，其志專而其力至者也。嗟夫！玉之在山，確然石而已，剖而琢之，則天下以爲可貴。人之質有未善，而能自刻礪以變，亦猶是也。今身先一日遂能如此，不可謂之善變者耶。年富而力强，由此而進變之不已，吾知爲天下之可貴，又非獨其玉已也。

〔一〕恃，抄本作「時」。

贈金箴文序

餘客江南，聞金箴文名翕然，明年始一過其家，語温而色和，充然儒者也。然隱隱有可見者，義氣紉結於中而不時露，非夫世之聲遊而神隔，外鈎取名譽而内冰炭者。既與之交，晨夕之間，蔬粥相對，意甚貼，膠如也。夫吾之於人，久而後合，一合則百間不可離，蓋其信之有素也。聽其言，察其行，采於人之議論，而諮其鄉黨，夫亦幾幾乎難之矣。今箠文乃能，使我遽忘乎吾之平昔，豈非以其人耶？箠文固貧，然猶推以予人，所居屋已不能留，人或勸止之，箠文不聽，以爲吾道蓋是也。嗚呼！吾謂人貧賤如此，即富貴必無所動於中，此其可逆知者矣。豈非君子哉！豈非君子哉！

南北史合注序

丁巳夏，興化李公映碧稱七十。是日也，公避客東皋，獨與某偕，酒三行，論古今世道之變。公言曰：「某嘗惜南北諸史蕪穢，而延壽二史遺漏，欲合宋、齊、梁、陳於南，魏、齊、周、隋於北，效裴世期三國故事，子以爲奚若？」某唯唯。頃之，公又言曰：「某嘗憤子業蒼梧之兇悖，幾於人頭畜鳴，至若魏文之尚衣冠，周武之崇禮讓，殆出南國右，未可以蕃漢爲予奪。又如劉劭、爾朱之逆，竟不書弑。皆失之大者，其餘紕誤不可指數。欲仿綱目義例，一爲改正，子以爲奚若？」某唯唯。頃之，公又言曰：「昔《唐書》之修，歐宋共之，是注也，某與同譜張天如有息壤之盟，張注南，某則注北，不幸張歿，子能繼其聲乎？」某謝不敏者久之，已乃拜手曰：「敢不努力蚤夜，以求從長者之命。」未幾，公注《北史》成，而某以四方之故，不遑寧處，《南史》之約未踐。公乃復自注之，既成，統名曰《合注》，屬某校讎，且曰序之。某方以前事食言爲愧，其敢復辭？

嗚呼！三代以上之天下，統於一而已，至戰國而爲七，漢季而爲三，至晉之自西而東而爲十六，其所由來者漸矣。然至於裂爲十六，而其分崩離析亦云極矣。江左諸臣，碌碌者無論，桓温、劉裕皆挾有爲之資，值可乘之會，使其忘身，圖謀國恤，灞水之旆不返，安定之車仍駕，則此十六國者，未嘗不可還至混合而爲一，寧有南北之限哉。夫其漢趙覆於前，燕齊喪於後，關河之地旋起旋蹟，而江左無一人抵其隙遂其功者。然後元魏氏拔起窮髮，得以摧燕拉夏，襲中土而據之，而南北之勢遂成，不可動摇者二百年。嗚呼！戰國之爲七，周自若也。漢季之爲三，蜀自若也。典午之爲十六，晉自若也。獨自劉宋、元魏以還，則正朔不知其誰與，而天下化爲無統之世，載筆之君子不得已，目其朝曰南北，則自二帝三王數千年所未有。某讀史至此，傷分曜之彌久，嘆厲階之誰生，不能不追恨温、裕兩人玩寇而縱敵也。或曰夷甫諸人與有責，豈惟温、裕。予曰：然。使晉全盛無缺之金甌判爲十六者，夷甫爲之也。使此十六國限爲南北不獲歸於一者，温、裕爲之也。揆厥所以，不過欲爲帝耳。乃温固無成，而宋亦靡久。唐人誚其禍徒及於兩朝，福未盈於三載，八葉傳其世嗣，六君不以壽終，奚若當日以身許國，掃三方大一統之爲得也。計不出此，令南北角立，已復剖爲東西，離爲前後，茫茫九州，幾於瓜分而豆剖，而冠冕之毁裂，生靈之塗炭，有不可勝道者矣。范寧謂王、何之罪浮於桀、紂，予謂桓、劉之罪更浮於王、何也。武鄉汾陽，獨何人哉？

李公自酉戌後，坐臥一室，點竄全史，如兔園冊，乃獨辛勤數十年，網羅筆削，而爲是注，豈亦有慨於斯乎？且公以分注見屬時，耳目猶聰明，此序之成，則公已八十老矣，自十餘年間，所歷身世之變，又有足慨者。故某惟論次南北分立之故，歸獄溫、裕，以答後命，至於體裁倣斐氏，道法準考亭，則皆具公自作凡例中，某不復贅云。

記

琴記

予好琴，貧不能自有，友人有善琴者，興至則造之，或留經宿而後返，率以爲常也。內兄柱公獨好弈，一日與人博勝，得一琴一畫以歸，畫非名手，指琴且笑謂予曰：「我今舍弈之好，而好子之琴。」時殘暑初退，月色滿庭，操絃聲動，鳴蟲皆寂，家人睡者亦竊起聽。明日，柱公乃招予，載琴於舟，出郭門，泝雙溪，沿樵風徑，舍舟入禹陵，踰爐峰，憇石屋，止雲門，抵秦望山而歸。凡旬有餘日，或蔭長松，或臨清谿，僧寮仙室，皆予二人與琴偕遊之地，其樂何如也。明年，予以衣食之故，適湖州梅溪，溪故荒僻，嘗夜坐空庭，疏林月出，風生樹中，颼颼作琴響，慨然憶之。又明年冬，柱公病，書至，予亦患肺氣，村野無聊，時時以手撫空而按之，恍有琴在吾側，不藥而漸以差，因勸以琴。柱公復書曰：「吾不能矣，恐一旦不起，不復能與子追舊好也。」予歸視之，語未既，遽起抱琴倚牀，嘆曰：「嘻，吾殆死矣！人孰無死，我少不得志，今死又無子，是可悲也。死後不可無一言唁我，是琴以爲識。」明年，柱公亡，亡之十六日，始能登其堂拊其棺而哭之，問琴所在，則爲好事者持去。嗚呼，人與琴俱亡矣！我方樂之，而繼以悲，樂之日無幾，而悲豈有窮期哉？昔伯牙、子期以琴而知，子期死，伯牙終身不復鼓琴。今使琴猶在，予豈復能再鼓？己酉三月，聽蔡子臧彈琴，子臧喪偶，絃絶不成聲而止。予因是有感，歸而作《琴記》一篇，以寫吾哀。噫，意在於琴而不在於琴也！

觀音山井泉記在鎮江府丹徒縣天下第四泉

丙辰夏六月，以事至丹陽，假觀音山之寺而居，病暑甚，或曰：宜井水。乃命僕夫擔甕往取，至則停汙泛沫，不可以飲。越數日，撿舊書，見張又新所爲水記，云：丹陽觀音山井泉居第四。疑其妄也，召僧人問之，則曰吾不知，然吾聞諸師，往者是井上覆以亭，旁掖以闌，甃石鱗鱗，深碧而寒，汲者迭至，日無虚焉。及至於今，葬於斯，牧於斯，亭則崩，而闌則圮，是其爲貍鼠之窟，而牛羊之藪也。潔則取，不潔則棄，此人情之常也，又何疑焉？且夫天下之物，其始翹翹以清，而卒於汙者，皆是也，寧獨是井哉？嗚呼！僧之言有似於吾儒，故爲記之，亦以使後之人知又新之説非果妄，而物有以不潔累我，我之不能拒也，甚可畏也。

傳

晉階柱國光禄大夫少傅兼太子太傅吏兵部尚書武英殿大學士吕文肅公傳

公諱大器，字儼若，西蜀遂寧人也，遂寧在唐爲東川節度仗鉞地，故公又號東川。公五世祖孝廉某，嘗偕二孝廉入中都，有中貴人請三孝廉見，某謝不往而二孝廉往，後皆雋，惟某被放，二孝廉竊笑之。然西蜀稱正人者，由是推吕氏。

公戊辰進士，己巳授行人，癸酉擢稽勛主事，歷考功文選主事。公素貧而介，既領選，益勵其守。會南放，部胥上下其手，公廉知之，凡僞名僞印黜罷者幾千人，群胥大噪鳫集。公密以聞，上怒，立置渠首於法，噪者散。當是時，内寇外夷，猖獗旁午，而一二大臣惟黨是務，國家若無事焉者。公特疏糾劾，上以公非言路，寢不報，公遂乞終養。即日出都門，裝不治，乃鬻其同官所贈壹馬而歸。丁丑夏，城遂寧。遂寧於蜀當西北凑，繇使往來多横索，民苦之。自公歸，爲潔令。又以邑城惡，乃散家財，倡士民多致，令辟築作，視舊崇三尺。九月工竣，十月賊至。當是時，賊大衆由綿潼趨成都者，令其支黨小曹操等徑遂寧，所過爲墟，邑人恐。比賊至，圍城三匝不能破，率衆去，至內江，賊首操卒爲繆令沆所殺。初，築城之役，遂寧人怨，至是始嘆以爲神。公又慮賊至，募士著分部教之，成勁旅，遂爲重鎮如唐時，賊不敢復近遂寧。戊寅，轉關南道，築陽平關城。己卯，調固原。西安有劇賊，久窟穴長武縣，巡撫丁啓睿攻之三月，不能克，越境檄公往取之，長武平。庚辰，調湖廣驛傳道，乞終養，允之。秦撫按交章言邊警，屢告不宜置吕某於散地，未至，上遂擢公以右僉都御史，撫甘肅。

公爲人方嚴敏察，有文武大略，尤嫉惡，雖大藩强宗無所避，以此著功名，亦以此騰誹謗聲。初，甘州總兵柴時華與前撫劉鎬不相中，賄鎬，已復威脅鎬，縱兵讙嘩，至焚鎬察院門，返所予賄，且倍乃已。其横詐若此，鎬坐是罷去，以恨死。公察知，甫入境，即飛疏臚陳時華諸不法狀，兼請移駐涼州。涼去甘五百里而近，欲爲牽制地也。復慮時華覺，單騎詣甘以安之，且覘其勢。時華雅懾公，公至，時華紅抹首，韝袴，身被鎧，扞矢插房，俯立迎道左，陽爲恭謹，然中懷反側，滋甚。已而命下，鐫時華秩，公即日以副將王世寵代。時華既解印予世寵，後復悔，欲爲變，猶豫。時華部將有以法逮者，求脱未獲，乃紿時華曰：「天子已下緹騎生縛公，新撫陳兵涼境以俟，君不早爲計，無乃欲廷尉望山頭耶？」時華遂反，遣使密齎金幣赴關外邀插酋兵，又厚賂土番，刻期至涼。時華自率心腹千餘人，出甘州城，叛入私莊待約。私莊，柴氏郿塢也。會其使出關，爲邏者所獲，盡得其書幣，兵備總鎮馳報公。公趣道鎮兵合攻之，而以其事聞。時華知事泄，手握金屑臨莊城，大呼令舉火，火起，時華既吞金屑，復躍身入火中，及其闔室皆焚死。時華，西寧人也，三世爲將，兵悍，多死士。叛聞之日，舉朝震駭，謂關輔不可保，不十日捷書至，上大喜。

壬午，擢左侍兵部，復推保定總督。上臨軒謂公曰：「保定重地，作何輯理？」公具陳禦虜以兵食爲先。時保定缺裁，至是復設，兵食俱詘，故公言及之。越三日命下，而虜已入境，公趣至受事，率將士擊於清河，大敗之，又追擊於順義，復破之。當是時，輔臣周延儒合四總督及天下勤王兵圍虜，虜奮圍出，八鎮之兵皆潰，總兵歿者三人，惟公一軍獨全，有斬獲，詔晉公一級。其夏，流寇張獻忠入武昌，屠之，東南大震，復擢公江楚應皖總督。時總兵左良玉全師駐潯，聞公入九江，良玉方病，心疑公殺時華，將爲繼，於是嚴兵自衛，人馬戈甲之聲晝夜不絕。公曰：「我不往，彼不解。」單騎造其營，就榻前執良玉手，流涕諭之曰：「天步艱難，豫楚陷沒，將軍爲天下名將，受國厚恩，不思同心膽戮力殺賊，顧聽煩言，以誤大事，奈宗廟社稷何？」良玉亦泣下，謝曰：「良玉實病，公有言，敢愛死？自今唯公馬首是瞻。」疑漸解。會南昌告急，士民荷擔立。獻忠知公及良玉在潯，不敢順流下，歷長沙，踰大庾，攻入吉、袁兩郡。公聞，乃遣將謝騰雲、李士元及良玉部將吳學禮、馬盡忠等，各率精鋭，遏賊鋒於樟樹鎮，大破之，於峽江、於永新又破之，乘勝追擊，累戰皆捷，吉安、袁州同日復，南昌解嚴。頃之，公復遣前將暨學禮等進兵湖南，討獻忠，獻忠走荆州，殘寇在郡縣者，皆爲官兵所殺，於是長沙、衡、岳悉平。先是良玉擁兵久且衆，跋扈甚，自楊閣部嗣昌、丁總督啓睿調發，皆不應，及公督楚，始奉檄出兵，東收江右，西靖湖南。故公疏有云：衡、永克復，臣部將某某任之，長、岳克復，良玉部將任之，袁、吉之復亦然。疏聞，中朝之士以爲異。而獻忠自入楚以來，亦未有大創如今日者，於是獻忠遂入蜀。

甲申正月，調公南兵部，副史尚書可法。三月，闖賊李自成犯京師，史帥師勤王，以公署部事。京師陷，烈皇崩，公痛哭累日，致書可法，早擇賢王纘大統。會鳳督馬士英擁福藩布告南北，福藩，神廟庶孫也，避兵淮陰，燕都變，士英翼戴之。公時兼署禮部，捧檄，即率百官出迓於龍江，行監國事。五月，即皇帝位於留都，以明年乙酉爲弘光元年，補公行在左侍郎於吏部。無何，士英來朝，躐政地，而令可法以輔臣督師淮揚，尋薦爲民阮大鋮佐兵部。大鋮，前光禄卿，烈皇紀元，以奄黨削秩者，舉朝羹沸。公以士英薦非其人，特糾之，疏曰：「臣竊惟人材進退之間，即國家治亂存亡之數，故李、杜斥而張、趙進，炎鼎遂危；泌、度去而牛、李興，唐祚以覆。此固前代之已事，可爲今日之鑒觀。先帝在時，每惓惓於此，而卒致覆亡者，由當日庸奸權相，如温、周之屬，以朋黨殺盡天下士大夫也。臣爲部郎時，曾抗言之矣。恭惟皇上勵精圖治，一時百僚，皆懷師濟之風，絶嚚競之氣，方冀寅恭協和，矢雪大耻。不意自馬士英來朝，靦留政府，濁亂王章，人心洶洶，幾成土崩魚爛之勢。又以舊輔吴甡大冢宰鄭三俊薦樽一事，殿陛之間，遂有暗噁嘍啃，藐至尊爲贅旒者。逆案一書，先帝手定，凛若日星，而士英悍然不顧，欲徑躋奄黨阮大鋮於樞部。爵禄封賞，國之大典，雖人主不得而私。士英在鳳有何政績，倏而尚書内閣，倏而宫保世蔭，至其子以童身（臭）而爲都督，妹夫以文弱而列總戎，瓜葛之越其傑，以軍犯而監軍，附逆之田仰，以久處而侍郎，總制逮問之楊文驄，且以抗提而授職方矣。惟名與器，隨意假人，目無法紀，是可一日容於堯舜之世乎？總之，吴甡、鄭三俊，臣不謂其無一事之失，而端方直亮，允爲海內正人之歸；馬士英、阮大鋮，臣不謂其無一技之長，而奸邪兇慝，終爲社稷無窮之禍。伏乞皇上，加以槃水之刑，正其滔天之罪，生民幸甚！社稷幸甚！」言絕痛，不報，公遂以病去。大鋮竟起，翻逆案，驅異己者，以前疏銜公，嗾科臣李沾，劾公擁立時遲疑觀望懷二心，中以大辟，會公已入蜀，乃免。

公既歸，而川蜀已爲獻忠盜據。或諷公進不容於朝，退不安於家，盍謝紱冕卜菟裘爲二親地乎？時公先太保及太夫人尚在也。公改容謝曰：「某豈不知勢棘難爲，親老宜侍？顧國恩深渥，某三朝大臣，誼當與社稷共存亡，豈可豫憂其不濟，遂以親爲解，拱手坐視耶？吾已泣告嚴慈，苟上復我用，惟以横尸之年，爲投簪之日耳。」語訖淚注。間一歲，留都陷，安皇北狩。其秋，唐藩襲位於福州，以明年丙戌爲隆武元年，晉公行在尚書兵部，兼武英殿大學士，未至。間一歲，福州陷，帝崩於汀，桂藩襲位於肇慶，以明年丁亥爲永曆元年。大横之卜，公與有力焉，蓋丙戌十月事也。元年，公上言，川蜀地居上遊，爲國根本，川蜀安則楚粵俱安，宜及時收拾。上乃命公以前官加少傅，賜劍，承制封拜，總制西南九省事。公遂入蜀，戊子夏，師次於涪江之平西壩。平西壩者，盪寇將軍李占春宿師地也。先是，蜀士民爲獻忠屠戮幾盡，州郡悄然無人跡，而諸將擁兵者，如于大海、胡雲鳳、譚文、楊展、譚弘、譚諸、武大定、袁韜之屬，皆以朝問久絕，饋餉不至，每剽掠土司以自給，人自爲雄，蜀大壞。公至，占春率所部來迎，曰：「公來先一歲，蜀不至此。」公察其誠，遂止駐，與占春深相結。公令占春明賞罰，娖隊伍，汰老弱，開屯種，占春悉如命。時大海屯忠州，雲鳳屯雲陽，展屯嘉定，譚氏三人屯萬縣，大定屯犍爲，多來謁或自往撫存之。諸將大悅，蓋喜其來而悲其晚也，於是悉奉公約束，蜀小安，而宗臣容藩之難起。

先是丙戌冬，上命容藩以樞部侍郎經略楚蜀，有事平襲世子之約。容藩本楚宗室，故容藩遂驕，入蜀又有復渝功，益恣，輒蔑視諸將，諸將皆心懟不爲用。及公駐涪，諸將益去容藩，争附公，容藩意鞅鞅，自渝來會，敘前復渝事，欲公爲之請如約。公應曰：「我聞有命矣，俟事平未晚也。」容藩失意去，乃詐爲璽書云：上命我以世子行楚王事。譚氏三將在萬縣者皆惑從之，惟占春、大海固不附容藩，又先得公檄，知其詐，不爲動。頃之，遂建行宫，設儀仗，置羽林錦衣各衛軍，衣服器物擬天子，又修譚氏寨，號爲天子城，謀洶洶不可測。公聞，以文諭容藩再，容藩不悛，焚書斬使，公不得已，密疏上聞。時車駕阻粤西，道遠，故上命久不達，然容藩尚顧畏公，未敢盡逞。及己丑冬，公將赴召，容藩聞，猝發兵陷司石柱，勢遂熾，全川騷動。公拊髀嘆曰：「日者承簡命，得便宜行事，而我逡巡踰年者，以彼係宗室，欲俟上親决故也。今容藩叛跡既露，吾足一動，則彼勢遂成，吾可跳身事外，令此中復有一天子哉！」乃大會諸將，令一軍由水洋攻其前，占春將；一軍由忠州攻其後，大海將；又令一軍從間道襲其萬縣屯營，雲鳳將。三將并進，公據石堡爲策應。占春出不意，先復石柱，旋與容藩鏖於三教壩，大海助之。容藩敗，譚文中流矢，亦潰。獨容藩挺身自沙箐溪欲走歸萬縣，而其營已爲雲鳳擊破，無所歸，乃從小道走入天子城。占春、大海追至，急攻之，相持二十日。容藩度不能守，復潰圍出，至雲陽界，追兵迫，容藩自殺，餘兵盡降，蜀復平。容藩既誅，公遂遄赴行在，至彭水，去年討逆之命始下，則容藩已平數月矣。是時廷臣有惜容藩多材者，言公以私怨殺之，非是，奏捷叙功疏，皆不報，公亦弗之辯也。

至思南，以鎮臣王祥之請，次於遵義者二月。王祥者，故廣元參將也，獻忠盜蜀，祥駐永寧，曾英駐重慶，獻忠既誅，祥乃提兵復遵義屯焉，地沃兵强，于、譚諸將弗如也。當公屯涪，諸將皆附，祥不至，亦以公前戮柴鎮事，久之始信公忠實無他腸，欲以兵屬公。會公赴召至思南，祥使三遣要於路，時公已病，感其意，爲留遵義就醫藥者兩月而後去，祥亦備極恭禮。及獻忠遺孽孫可望犯遵義，書招祥，祥不屈，發兵與戰，兵敗，祥刎死。

庚寅春，公至都匀，病革，遺疏曰：臣西蜀孤生，以大行起家，與聞銓政，遭遇思廟，拔臣於監司之中，一爲撫，再爲督，隆天厚地，未及仰報，不幸國破。安皇襲位，臣以愚戇，幾爲奸臣所阱，及思文繼興，晉臣樞輔，皇上紹統，復綜將閫。臣以一身受恩四朝，分宜竭股肱之力，效忠貞之節，况臣父及母，皆以臣奉命督師時，相繼殞歿。臣之要絰從戎者，亦欲竭駑鈍以答聖眷耳，不意遽嬰瘴疾，力不從心。今大寇在門，疆宇日蹙，固人臣臥薪之日，亦至尊宵旰之秋。伏冀獨持太阿，調和將相，雪耻除兇，刻不容緩。云云。所言皆國計，不及其私。一日卒，年財五十有三云。

公剛果廉傑，自服官以來，備歷岩疆，常憤憤懷掃除天下之志。其在甘肅禦土番，在保定江楚禦虜寇，皆有緒，晚節崎嶇西南，尤以一身任軍國之重，不計利鈍，不恤毁譽。論者謂烈皇以天下之大爲蟻賊芥取，而區區一隅，介在天南，壓如黑子之著面，顧能竭蹷支吾，綿歷三紀，蓋公之功於是爲多。至於容藩之亂，承制剪滅，以文臣定叛宗，尤從來制府所未有，考諸國史，三百年唯文成一人。然王當方中之日，而公鼓已竭之氣；王以四國之衆，而公倚一校之師，以此較彼，孰難孰易，必有能辨之者。而凡百君子，猶詈獵師而痛猛虎，是何好莠自口，與於逆亂之甚，而不自知也。有北不受，不其然乎！公死不五載，逆臣可望作禍，與李氏定國交惡，而虜乘之，國遂亡。悲夫！〔一〕

野史氏曰：公之諸子，皆與予善。長曰潛，癸未進士，官太常博士，國變不出，浮沈吴越間，號半隱。次曰沁、曰澈。公薨，無錢以葬，襄其事者，舊部王祥，而占春聞之亦哭，令三軍縞素一月，其得將士心如此。又公總制江楚，左節將遣行官迎公於小孤，稱良玉病。公蹶然起坐，立而問之，且曰：「吾將省爾帥於牀。」駐涪與諸將耦，俱推心置腹，甘苦共之。叛宗容藩謂宜繩以法，而公不聽，諸將始而疑，繼而服，生死歸懷，有以也。

〔一〕此處章本有「麟按：吕大器，《明史》有傳，其劾士英疏，言其子以銅臭爲都督，較此作童身爲確。科臣李沾《明史》作太常少卿李沾，隆武召公爲武英殿大學士，《明史》作東閣大學士，不知孰是。至譚諸史作譚詣，亦疑從史爲是。」

皮太師傳

公姓皮，諱熊，字玉山，江西臨江人，父某，爲貴州銅仁賈，遂家焉。公生於銅仁，少讀書，十三四棄書好擊劍，既而又棄劍精騎射。紅苗反，官兵討之，不克，漸逼銅仁。公私集勇少年擊平之，是時公年十六。兵備使陳某聞其事，録爲標營哨總，統百五十人，未幾，拔補中軍守備。崇禎二年，遼東警，徵黔兵七千，將十人，援遼。黔重地，少減至七百，獨檄公領赴之。余酋叛〔一〕，奉命旋師，公遂隸五省總制，授兵三千人。余酋平，遷鎮筸副將。未幾，土酋安邪彦、沙定州等叛，龍普諸蠻蟻附，恃公不敢逞。擢總兵，鎮沅江，遂錫官禄左都督兼太子太師〔二〕。

公鎮沅，安之。癸未，闖賊李自成據秦。甲申三月，京師陷。當是時，天下郡縣瓦解，擁兵專藩鎮者，外以勤王爲名，而懊懦觀望，内藏異志。公鎮沅，獨與賊相持數年，賊不能直窺滇黔。賊黨孫可望據黔，陽稱義師，有陰謀，忌公師獨全，且扼黔口，因矯詔徵公。公聞之痛哭，三軍亦哭失聲。既入黔，可望見公來，大喜，紿公從逆，餌以上公爵。公瞋目叱可望曰：「王室播遷，嗣主未定，國破君亡，爵由誰錫乎？」可望怒，將囚公殺之，賊黨曰：「渠無能爲矣，且方以義師號召天下，殺宿將不祥，且徒成乃名，無益。」因不殺。會永曆繼統雲南，公間關達行在，晉爵匡國公。初，李安西定國與可望約，共扶王室。已而可望叛，安西奉永曆入緬甸。久之，緬甸又叛，永曆蒙塵，安西死之。公聞，大呼觸石壁，頭裂幾死，入新添山隱焉。

居數年，吴三桂知之，遣騎二十人欲擒公。公笑曰：「爾來，我知之矣，徐之，毋驚遽。以我之力，雖老，奮臂一呼，山中人尚可用，二十騎其奈我何？勢至此，命也！我當成爾功，爾亦成我節。」慨然遂行。既至，見三桂，罵曰：「我元老也，若不以禮踞見我，若不死，狗彘不食若肉。」因大哭。三桂怒，揮左右擁公出，遂不食十四日而薨。有鄭之僑者，出入虜營，以幕客見公。公不食已三日，慷慨言國家變故及身所歷，朗朗如平時。初，之僑夢營中突有新屋，屋中設貪狼星位，比見公所居屋，恍如夢，怪之。與予交，道其事如此。公薨後，三桂戮屍陳於肆，莫敢視者。之僑方謀掩之，而有王中立先夜盗而葬焉。中立亦義士，與張默善。太師有女，適張默。之僑云。

〔一〕余，抄本作「佘」。

〔二〕官禄，抄本作「宮保」。

張默傳

張默，字允明，山西太原人，娶太師皮熊女。太師有志節，喜默倜儻可與共大事，遂以女妻之。父琳，普安訓導，遷定番學正，流寇入，琳及妻子皆死焉。默在太師家不與，然默自是蓋飲血忍死，潛行楚蜀間，結壯士陰助太師。孫可望叛，黔失，太師入新添山隱焉，默亦攜家入水西，二人者揮淚别。水西，安坤宣慰司也，聞默至，迎居之。居七年，吴三桂破水西，安坤滅，并執默。默嘆曰：「我窮而至此，卒不得乾净土死，命也！」默長身美須髯，眉豎，三桂見而愛之，餌以官，不答。臨刑索紙筆自爲銘曰：嗟爾允明默，爾義不帝秦，其心已白。嗚呼噫嘻，尚何言哉！嗟爾允明默，屬所親者曰，爲我取片磚，刻而埋之。〔一〕

〔一〕此處章本有「麟按：張默，《小腆紀年》作趙默，當從此爲是。」

農部許公傳

公名承欽，姓許氏，漱雪其號。其先泰州人，洪武初，祖真從征漢有功，授指揮武昌衛世襲，遂爲漢陽人。父斗，母蕭氏。公幼多怪，既長嗜讀書，鄉舉崇禎庚午，丁丑成進士。戊寅知溧陽，以捕賊公子彭某急，與陽羡相公隙，庚辰，謫太原幕。明年，起興化司理，又明年，稍遷戶部郎，未幾而毅宗烈皇帝崩於賊。公自戊寅至是凡六載，或躓或起，乙酉以後，公遂不復出矣，是時公年四十云。

公爲人沉鷙機警，長於制小人。其謫太原，攝陽曲，在興化，攝仙遊，所至皆有跡，而除惡湔蠹，惟溧陽爲著。溧陽有庾鯉庭者，凶人也，值南北多警，范大司馬景文招致才勇，而鯉庭以間得參謀札，益恣，作禍溧陽二十年。前令不敢詰，公計擒之，六日斃於獄，一邑盡歡。先是，公欲捕鯉庭，訪於邑紳，邑紳不敢名；訪於掾吏，掾吏左右視；既對簿，仇家數十百羅跪堂下，皆噤，猶無一人敢質對者，其積威至此。溧陽故有歲輸糧六百石，輕齎金若干，至交兌，則以會計，名曰畫會。一會石五十，加五石爲耗，此其抵也。而運軍自常數而外，吞噬百出，莫能抗，擔夫惡少陰佐佑之。故每一畫會，中家以下大率破，里民患苦之。而前令稍與持刃，前令幾死。公聞之曰：「嘻！鼠輩跳踉，恃衆耳。」乃令里民剽其伍，爲五十九，如軍數。又盡斥擔夫不用，而以里民子弟驍健有氣力者代。及兌，正供輕齎耗米皆如故，有不足，趣補之。又令稍出貲爲運官酒席，示禮貌焉。非法者盡禁，軍怒欲噪，環視倉内外，里民子弟執挺立，倍於軍，而公左右健兒復數十人，扣弦露刃以俟。于是慴伏不敢動，皆咋指私語曰：「非前令比也。」事竟，觀望宿留十數日，牽船去。既渡河，公復詳請漕臣得改衛，而溧陽里民之害遂絕。然公故廉恕，不專以才智御人。當溧陽畫會時，軍官屢請間，欲爲公壽如前令，公不受。仙遊有稅課羨銀六百有奇，公例可取，亦却之。發廩贍災，清犴恤囚，汲汲如不及。以故民懷吏畏，雖巨猾宿蠹，皆俯首受約束，無有犯公顔行者，亦讋公廉正，非僅憚畏搏擊也。有名士陳維崧者，亦陽羨人也，嘗以事過溧陽，溧陽父老對崧流涕，爲言潘貞、潘晟。二潘者，陳氏之黠奴，而鯉庭之遺孽也。當甲申、乙酉間，聚衆數千人，稱兵縱火，燒殘民家以百計。一人嘆曰：「使許使君當時稍遲數日去，此輩無遺種矣，溧陽豈有兵燹之禍？」又一人曰：「使庾鯉庭不誅，今日必爲若輩首，無論溧陽，留都且不免。」由此言之，公抉軍蠹，功在溧陽，其誅庾猾，功在王室，故數十年後，名士聞人，猶多以此事追誦公。嗚呼！自成、獻忠，亦奴隸傭販之稍有計數者，申酉之際，使鯉庭得與潘氏、彭氏依倚作惡，寧知其不爲闖獻續耶？

自是之後，公旅食道路，漂泛於江淮吴越之間者久之，已乃避地泰州，曰：「此吾先人有宋運使公春之所卜宅處也。」遂家焉，楗戶著書，丹黄不去手，依然老儒生也。聞公齠齔時，傳有神豫戒公曰：四十勿居官。及公之去官，果以四十，自後不再出，如神戒。或曰公之進退，聽於神如此；或曰非也，公自誓不出耳。二說莫知其然否，附於後。

論曰：公自去官後，益肆力詩歌古文，兼及詞令，皆可觀。予以壬戌客海陵，每過公，未嘗不移日也。而公酒半掀髯抵掌，談溧陽事不置，且曰：「謹識之，他日當以身後累子。」予作公傳，於溧陽獨加詳焉，亦哀公之垂老而志在也。悲夫！

書　啓

答友人爲其子請名書

吾子動稱復古，嘗慨然於棘子成之説，以爲此老氏之餘論，從之可以治天下，是有激而言也。吾子晚得嗣息，愛而欲重之，不自名而欲使予名之，將從古乎？從今乎？古者名無義，生而隨所舉以名之，所以别於呼嵩爾。孔以餽鯉而名鯉，叔孫以勝狄而名狄，若此之類，皆無深義也。後世之名始有義，乃又牽合而爲之説，曰顧名而思義，其亦不達之甚也。此之所謂名，猶言名君臣則思君臣之義，名父子則思父子之義，推而至於夫婦、兄弟、朋友，莫不有其名，則莫不有其義。人不達，而承譌襲紕以相傳，甚矣！今人之讀書穿鑿破壞，大都多此類也。又一人而數名，方乳時則有乳名，知讀書而入學，則又有學名，甚且務爲新奇，不禀於父，不請於師，一名而屢變焉。實不出於人，則不知耻；名不出於人，則相率而務爲奇，吾不知其所思何義也。既長則有字，朋友之相稱，則不名而以字，名之，則戒以爲犯諱也。禮所謂諱者，謂臣子之不敢斥其君父之名也，忠孝之心也，然入廟臨文，嫌名、二名皆不諱焉。禮曰：

君前臣名，父前子名。聞君父之前當以名，未聞於朋友之前不當以名也。唐宋之時，猶相以名稱，或不以名稱，不拘也。吾又不知始自何時而有此禮也。今人於君父則敢干犯之，爲臣則不忠，爲子則不孝，而於朋友之名稱，則唯恐其犯之而觸於怒也，謂所盡心於朋友者，止於名稱而已乎？抑猶有其實而未之盡乎？及貴且顯，則又自別於衆而有號，謂之某齋某軒之類，而人之稱之，則又謂之某老某翁，是不唯諱其名，又諱其字，又諱其號。世之衰也，實不足而文極於無可加，古之不可復，此亦其一端也。從乎古則如前之説，隨取而名之可也，從乎今則如後之説，有可議者。吾子試擇焉，復我，然後敢從教也。

寄今井弘濟書

楚瑜朱先生恥食虜粟而逃之海外，亦夷齊之流亞，可謂凌寒之松柏矣。又得門下爲之桃李，春暉互映，古道照人。每聞其事，輒爲嘆息。弟亦磊落人也，常謂天地之大，耳目有所未盡，引以爲耻。平生遊歷已遠，所交亦多國士，竊意海外尚有奇傑，今門下非其人乎？弟固願一見，而吐其胸中之所欲言，區區之私，匪伊朝夕。近作數首，寄呈大教，別用飛白書絶句，亦奉清鑒。飛白雖小藝，然近世絶傳，弟以少賤偶爾習此，不審有當於古法否？又頌辭一章，煩爲轉達。蓋禮之所在，不敢不及，亦不敢過，尊貴之前，自分疏狂，未可遽以書通也。臨楮思切，惓惓不盡。

復大串元善啓

積水爲區，遠遏狂瀾之倒；扶桑近日，高懸初旭之臨。蹢笑遼東，始嘆豕毛之無異；群空冀北，猶憐駿骨以俱收。彼何人斯，而敢輕入，居是邦也，真成大觀。恭惟老臺妙質挺生，誠爲翹楚，英年秀出，自類拔茅，讀書破萬卷之富，下筆無一點之塵，辱贈瓊瑶，穢慚珠玉。狂夫已老，常比天地於蘧廬；壯志猶存，直視文章爲蓬塊。故詞多失律之句，而集無和韻之詩。幼學春秋，素秉尊攘之教；長虚歲月，徒爲視息之人。將偕隱以入山，嗟無寸土之乾净；聊抗懷而蹈海，視同尺水之波濤。擊楫而誓澄清，嘆乘流之祖逖；席帽而歷險阻，傷去國之管寧。袖匕而入函關，身脱虎狼之地；提椎而潛下邳，淚湿犬羊之天。固知君子名邦，可栖遲以終老；而念伊人隔水，敢溯洄之遽忘。志比陶侃而彌勤，無少懈於一息；恩較侯嬴而更重，實難贖以百身。况符讖未亡，文叔之興可卜；薪膽已竭，勾踐之霸將成。蓋四十載之經營，既多義士；三百年之德澤，尚有曾孫。夏有一成，已賴斟鄩之定亂；楚雖三戶，欲效包胥之乞師。加以醜虜之禍水滔天，人盡鬼蜮；兼之亂國以錢神用世，民竭脂膏。胡運之移，拭目可待，漢官之復，屈指而知。保佑自天，將爲豫防之策；綢繆未雨，及此閑暇之時。倘其可矜，幸獲禮於下士；而或不棄，仍邀惠於遠邦。禦患捍災，睠爾恤鄰之大；興滅繼絕，毅然舉政之經。則千金有諾，將佩終身，萬死猶生，何恤糜首。縱使淹留數年，亦屬平生快事，而况留連永日，且希頃刻之紓懷。奇文共賞，已殊白首之窮經；新賦既成，亦若青雲之滿抱。而覽勝他鄉，偶欲登高而有作，遥憐故國，不知揮涕之無從。苟其不然，尚爲有待，尋尺未分，徒索居而寡偶；方寸已亂，何樂土之可安。雖聞所聞而來，非爲利來；將見所見而去，自有時去。所恨高賢在望，悲乍合而忽離；邇室如遐，竟易散而難聚。已入寶山，空歸致慨；未逢影葉，托蔭徒嗟。興盡而返，非鼓山陰之棹；士多可交，徒登海右之亭。昨者談鋒肆起，儼若大敵臨前；心曲暗疑，已類小醜欲遁。傾蓋言歡，晤時幸邀於一席；浮雲寄想，别後如隔於三秋。不意金石之聲，鏗然復響；何圖葑菲之體，終爾不遺。如玉温温，深感吉士之嘉貺；援毫亹亹，不覺躁人之多辭。獨是斐者，才卑而志遠，每忽尋常，少作而寡思，尤苦四六，直寫胸期。本非著作之偉士，屬詞比對，敢同呫嗶之小儒？蘇子瞻由此而起名，司馬光於焉而辭職。依步而趨，何殊獻諂；撫心自痛，竊比效顰。用答大雅之誠，不勝私悃之至。

復子平論華夷書

昨蒙書，吾子之論華夷，卓哉超世俗之見，足以羽翼聖經，乃知吾子之於道，固已高望而得其門墻矣。苟循其軌，安馬輕車，可以徐至。唯堂與室，聖人未嘗懸其途而阻人也。《春秋》諸傳往往有悖於聖人，以鈎深索隱之説，雜以詭怪不經之事，緣飾而爲文。後之人悦其文而不究其理，以爲聖人者如此。譬猶舍康莊之路，而喜凌太行之險，又不肯晝行而夜行，蛇虎滿前，鬼魅百出，吾不知其何苦而至此也。就今人而論，彼其説曰華謂美也，此似以風俗言也；又曰夏謂大也，盛也，此似以形勝言也。風俗則制度文爲之備，燦然可觀，而形勝則幅員之廣。夫如是，則視聖人華夷之大防，僅如今時隆文崇節之末務，又如戰國時扼强攘富之爲矣。夫豈聖人意哉？且夫夷之爲名，非不美之稱也。夷，傷也，言其淪於外而不得沐聖人之化，爲可傷也。誠如吾子之言，舜與文王東西夷也，則何傷之有？千古而上，中國有聖人焉，傳之於後；千古而下，外國有聖人焉，繼之於前，有二域，無二道也。惜乎斐則老矣，其精力不能進於是，數十年來，羸如狂病，顛蹶於奔趨。欲以堅吾子之意，故爲吾子慫恿言之，己不能而望人之能之。言可取，不以其人而廢，亦聖人之道也。

復大串元善書

伏惟吾子好學，無所不問，誠人異夫今之師心自足以欺乎人者。顧老人荒眊，嚮所記誦，十忘其九，近年以來，憂憤恐悸，神志銷鑠，披卷則是，掩卷而非，無以答吾子之勤勤也，甚慚甚慚！

吾子以經濟爲第一義，意不造乎大儒不止，誠盛論也。至謂無功被物，則與道背馳，此言一出，人將起而議其後矣，是無本之學也。學道之本，先其大者，曰心而已。至於人之遇不遇，則天也，遇則可以行吾志而滿其願，不遇而可强乎？江西、湖南，大本已立，道學之家多以攻擊爲事，目之爲禪。嗚呼！人材難得，孔子之弟子三千，其尤著者七十二人，孔子未嘗執一而教也。後人學不及孔子，而必欲强人以從我，其亦不思而已矣。學道而有功被物者，吾鄉王陽明亦可謂錚錚者矣，乃至今日，而猶以禪疑之。計其一生，半以殺人爲事，禪者果如是乎？設當時幸而無宸濠之逆，桶岡大藤峽之大盜，則陽明將終無所見矣，真謂之禪矣。故吾謂陽明不得已以殺人爲道者，是陽明之不幸也，要其所謂心，則毫無損而已矣。

吾子又謂經濟以兵農爲第一，及物之大，誠無過於此，然是二者，井田不復，則雖盡善，而皆有弊。古者井田之法，兵出於農，是一舉而兩得之事也。後世兵農分，兩舉而無一得矣。唐府兵有井之遺意，亦如我朝之設爲衛也，然猶與民而爲二，故其法不可久。府兵變而爲彍騎，再變而爲藩鎮，而唐亡。我朝衛田之設，其初以兵自耕而食，夫以强悍凶暴之徒，屈體而爲農，此必不行之勢，是以私鬻逃亡之事紛紛而起。承平既久，國家有事，至無一人可用，良可嘆也。官成之名，代有不同，無關於天下之治亂，吾子雖有問，略之可也，然亦有可指而言者，姑以俟諸異日。昨雷雨大作，天氣不時，有紀異一詩并附覽。不宣。

寄下川三省、大串元善書

昨日承問，何以有拒二子之意。弟方恐人之拒我，我何敢拒人也？但聞彼各有老母在堂，而遠遨不可知之名利，不孝孰甚，士而窮也，何苦如此。從旁者正爲之痛心，而彼且揚揚自得，是謂失其本性者矣。貴邦方欲以禮義化俗，而於此輩亦容而受之，何耶？彼自不孝，無與我事，然而嫉惡之性本於天生，屢欲改而不能，是以往往受匪類之患。弟遊行日久，所遇賢不肖亦多矣，幸而得免者，天也。傷弓之鳥，見曲木而高飛，言其似而可畏也。若此輩則已真性發露，不特似而已矣。弟常有詩云：一人不戒，左右皆賊。蓋身從刀鎗叢中歷過，是以過於恐懼。苟非二公兄弟之愛，弟亦不敢直吐如此，不審二公能爲我地否？即如昨日，方與二公心談，而彼突入座中，弟之奉陪言笑，皆非本心也。勉强一時猶或可耳，久則未有不露者，萬一逢彼之怒，則奈何？弟嘗謂與君子朝夕，可以進德；與小人朝夕，亦可以寡過，言有所檢束而不放肆耳。雖則如此，究竟自討苦吃，人生適意爲樂，苟不流爲大罪人，則亦可以已矣。不然，一日之間，如衣敝絮入棘叢，何以得脱？豈不哀哉！昨日通事諸公有劉姓者，發言殊可聽，口述《陳情表》中語數次以動之，而彼不動心，弟坐於側，已毛髮戰慄矣。不知彼何以過得，設使二公此時亦與聞之，當以此輩爲何如人耶？

夜來惠札，謂弟爲人所憚，聞之不覺骨悚。顧憚我者，君子耶？小人耶？君子無有不見恕者，若小人，則二兄當爲我懼，而反慫恿之，不無含譏否？殊失朋友相愛之道矣。伏祈明示以教我。又前與二兄問答之詞，共有九紙，遣使既回，想復帶至，望擲還。何日見奉行，能爲我免此一厄，真大恩大恩也。諸不盡。

心嫉其人而故爲好語以媚之，世固不乏此輩，弟則不能也，苟能之，二兄亦可無取其人矣。獨惜知其無濟而多此一見，然爲二兄屈，弟仍未嘗屈也，我之故我，毫無所損。緬思二兄，遠離在即，欲一造膝，而痰悶氣沖，頭重欲墜，足未出門而意先怕風，爲之奈何！虞山船尚在來月終，弟不能待，意將別附而歸，然權復在彼，恐亦不得如願。哀哉！弟年垂老矣，所惓惓不忘者，止此一事。骨化心灰，遊魂猶哭，彼蒼者天，未知何如？葵之懸日，其性然也。附候上公，必須用啓否？或散文亦不取罪否？聞二兄尚有作用，心竭而空勞，苦在鑽頭不出，爲人箝束，愚見不如罷之之爲妙。久羈台駕，心實不安，餘容晤悉。

又

猥辱二兄眷注之殷，不以弟不肖而棄之，盛佩之私，非筆舌所罄。但飛郵往還，亦須月餘，而爲期已迫，恐終無及，且二兄又須久羈此地，到後權衡仍復在彼，牢籠圈套，卒莫能出。倘二兄已有善後之策則可，不然，徒爲若輩所笑，不如罷手爲上計。若能使弟遲行而候來命，則猶可以制之，其餘皆屬末着，然事幾得失，總不可强，弟唯安之而已。明日果能晤談否？

當於虞山寓處擁篲以待，雖病亦不能辭，唯祈先爲示知。不具。

又

弟刻下纔歸寓，念駕昨夜遇雨，意殊不安，歉仄歉仄！省庵先生知有書到矣，尚未接見，云下午可得也。吾鄉先輩有戒遊客一條，謂不可與人政事。昨筆談過多，遂及諸商苦情，深悔饒舌。兄既席捲而迴，幸爲我付之祖龍，以掩其過，望望！宗魯兄若無甚急事，萬祈寬留數日。弟之去住，既未可定，異鄉一別，不覺傷心，尚欲少爲盤桓，懇懇！

又

杜甫云：老逐衆人行。昨之日飲淚自嘆，已屬甚矣，一而再，則萬萬不可矣。唯吾二兄俯念同氣，爲我曲全，不然「不待管弦終，揚鞭背花去」，唐人之句，是我師也，猶未晚了。

與大串元善書丁卯歲再來崎寄之

衝波往返，心驚目眩之時，唯有作詩自遣，積之忽得二十餘首，今録四首呈大教。抵崎陽在元日，時已暮矣，兀坐舟中，閲二十日，始得上厓。詢知駕猶淹泊，悵也何如。台兄素以然諾自許，季布一言，千金爲重，今既愆期，固知事有所難也。然區區之情，達於左右者熟矣，萬一此後事有小變，出於意外，則斐今日之泣路歧，不得不轉而爲他日之哭途窮也。傷心之辭，不能多贅，統惟遠鑒。弘濟兄不及另啓，均此附瀆，不盡。〔一〕

〔一〕函末有校語：「函末一行云：正月二十一燈下書寄，舍表弟任穆迓、姚虞山、朱天生并致意。」

墓誌銘

吕幼陶墓誌銘

君諱淑成，字幼陶，姓吕氏，餘姚人。年弱冠，當廩食，有陳君某者，家貧，君惻然讓之。陳君去爲官，君困於諸生若干年，亦貧。始以次得一貢，考教職，又未授。得病歸，卒，年五十九。有子四人，長曰師旦。以某年月日，葬君某所，而予爲之述其生平。嗚呼！君爲人知大體，不拘小節，外貌洋洋若自得，其中有深悲者，人不知也。醉則哭，又時時多怪夢，居不樂，則召親友口說以爲嬉笑，説畢或又哭，人卒不知其何故也。余在江州，君獨遺書曰：我哭之一生，淚常不乾，今聞爾所爲，我極喜，開口笑者累日。悲夫！銘曰：

抱爾幽獨，不歌也哭。誰其知者，永維陵谷。

陳孝明墓誌銘

山陰張斐棄其家七年，走四方求友，得八人焉，其一則江寧陳孝明也。八人中，孝明以濟寧劉御龍而交，徽州王次峰又以孝明而交，方倚以濟吾志也。辛酉八月一日，孝明之杭州。九月二日，陝西謝殷男書至，謂八月九日，孝明已卒於杭州僧舍。山陰徐身先聞之慟。余自遭世變，所歷艱苦獨多，未嘗有淚，惟於孝明，哭之不能已。次峰、御龍皆在遠方，余既作書寄之，而於是又銘其墓。嗚呼！交遊零落，生者抱奇負異，蓄志不售，或匿跡山林，求以自全；或遊江湖之間，取升合之粟，以養其妻子；而甚者非罪詿誤，陷於獄囚，急不能出。其不得志則一也，而死者又迫之。余年衰氣短，益厭世事，將歸而待餘年之盡。人不樂於中，其又何必久於斯世也。

孝明諱鈐，本姓陳，世爲夷陵人。其父某，嘗子於江寧杜氏，因爲江寧人，至孝明而復姓陳。娶某氏，生一子，殀。女三人，長則御龍之子聘爲室，餘尚幼，天久不可問矣。生人之罪莫大於絶嗣，行道之人爲之痛心，况以爲其人之友耶？賢者必有後，孝明嘗語我其父之賢，而人亦信孝明之無失德，今何如耶？天其可信，其不可信耶？孝明故饒於財，好結客，一揮而盡。窮年閉戶，默若無爲，事當於義，雖有勇之夫不能及。與人交，不苟毁譽，慎於知人。次峰有高材，視世無一可意者，其於人無所不譏侮，獨至孝明則敬之。孝明深自匿，不欲人知，然人多慕其賢。卒之日，杭之人識與不識，相與賻吊拜哭，且曰：「孝明已爲完人也，未死者奈何。」喪歸江寧，身先以其年某月日葬於某地。去年孝明值生之日，年五十矣，語及其父母，猶嚶嚶孺子泣。吾嘗以告人，人謂孝明其他語及無不然。其女亦孝長者，常刲股療父，又刲股療母。母死，三年不茹葷，撫二妹，愛而有禮。洗濯、補縫、飲食、器皿，凡所以事其父者，必得其歡心而止。餘嘗謂孝明曰：「使而有子如此，則可以無憂于而家也。」今無所於衣食，殷男有母，養以爲女，俟其嫁。痛哉！余與孝明交既晚，僅三年，其生平軼事，無子無人，焉以記而傳於後，又葬速，不能博詢於其所故厚詳考之，僅誌其概如此。至其心不得言者，余雖知之，亦不得言也。銘曰：

有欲不從，孰與遏之。有蓄不逢，孰與絕之。有穀不終，惟此列之。有卜不凶，惟此揭之。

李儀及墓誌銘

嗚呼！吾友儀及，竟以疾卒矣。卒之十四日，聞而往余，撫其棺而哭。予目無淚，數年以來，不自知其衣之屢濡也。前年哭陳孝明，今又哭君，君與孝明皆少於予，而先予卒。人生幾何，豈堪吾哭人者日多，而人哭我者日少也，予自今亦不復有意於世矣。君有二弟，曰儀宗、儀青，異母出也，君撫之無異。二弟含淚告予曰：「吾兄之死，甚望君來，欲有語者。」嗚呼！君欲何語而遽卒耶？君生之日，兵革已定，籍居富厚，享父祖之遺，可以樂之終身不厭，而新故之悲獨不可解，此則其天性然也。嘗過故宫，見瓦礫縱横，牧馬之聲時聞，汪然出涕。銘曰：

卒於壬戌生癸巳，之中其名姓則李。六合之邑竹鎮里，自其祖父崛乎起。有子尚孩松與杞，鬱葱佳城綿其祀。亘千百年安於此。吁嗟乎，是爲銘矣！

自注：儀及常贈我遊行資，今其弟儀宗猶然。

雜

字說

何氏子采請字，其父曰：惡乎可字之。將責以成人，是欲速，非求益者也。惡乎可。其父之友人則曰：是不然。古者父命之名，而字則有德者皆可以贈之。予懼不德，何不可字之有，卒字之孟雲。雲，天下之至采也，不假色而絢然，始於膚寸而遍滿於天下，從乎龍，霈然可以澤萬物。世俗之采，無恃於中而托於外者也，求炫人者也，久而剥落而已矣。是故激者欲抉而去之，佛氏之業白，老子之守玄，是也，而吾儒亦惡朱紫之相奪。今采坐則隅，行則隨，言若不能出其口者，循循乎有禮而文也，是求益，非欲速也。將爲采，先學其爲雲；學雲者，學其爲山川之氣，而出之無心也，是真雲矣。詩曰：雲漢爲章。夫豈求夫外者哉！

書劉青田集

吾詩刻苦而成，雖乏恬淡之致，要自矜鍊。今人見者謂多愁音，代爲吾慮，詩能窮人，私亦疑之。昨讀《青田集》，乃用發笑。青田竄居紹興，至欲割殺，憂憫無聊，自其受聘至金陵以前，篇篇皆然，後則竟不爾矣。士之失志，大都如此。錢牧齋云看青田詩當分兩色，亦是此意。天之不能以冬爲春，猶人之不能以憂爲樂也，苟抑之欲其强啼作笑，大是不情。

書少陵集

青蓮仙才，昌谷鬼才，老杜天才。仙則流浪世外，多不衫不履；鬼則隱僻人間，或無脚無頭，人人知之，人人不能見之；天則包涵萬象，變化無端，人人見之，人人反不能知之也。

至長崎告朱楚瑜先生文〔一〕

登彼西山兮，蹈此東海。夷齊千古兮，而有公在。公之不死兮，將有所待。公而既死兮，痛詎有艾。嗟予小子兮，有志未逮。獨行寡和兮，群刺爲怪。天乎知我兮，心則已憊。既窮域内兮，復之海外。初至國門兮，閽者以戒。憂從中來兮〔二〕，誰與爲解。異方之人兮，鬼神是賴。公其佑我兮，無即於殆。

〔一〕柳川古文書館藏作者自抄稿作「初至長崎告朱楚瑜文」。
〔二〕「從中來」，柳川古文書館藏作者自抄稿作「來澒洞」。

又祭楚瑜先生文〔一〕

嗚呼！中原陸沈，天傾地折。狂瀾一瀉，九州盡決。既胥溺而莫救，何大海之不可涉。奮一往而輕身，去故鄉以永別。蹇孤蹤而至止，懍綱常於無缺。况忠信之所孚〔二〕，又此邦之多傑。咸儼師而敬友，復尊德而樂業。管寧渡遼而俗化，文翁入蜀而教洽。蓋君子之所處，必有益於人國。唯我公之高躅，亦猶遵夫前轍。苟吾道之可行，又何憾乎異域。

嗚呼！吾獨悲夫夏嗣之猶存，篡羿之未絕〔三〕。詎斟鄩之遂無其人，遽壽命之忽焉而奪。甘夷餓而非難，辱箕奴而不屑。將忍死而有爲，非逃此而苟活。竟夙志之無成，僅一身之歸潔。目豈瞑而淚漬，心不灰而血結。國隕祚而長悲，家望祭而徒切。悵歸魂於萬里，渺驚波之難越。嗚呼已焉哉，唯浩氣之常存，塞中天而不滅。起後生之頑懦，勵壯夫之名節。慨予生之獨晚，慕前修之餘烈。聞父老之遺言，心每傷而嗚咽。跪陳辭以奠哀，靈飄緲其來接。

〔一〕柳川古文書館藏作者自抄稿作「祭楚瑜文」。

〔二〕「所」，柳川古文書館藏作者自抄稿作「潛」。

〔三〕「絕」，柳川古文書館藏作者自抄稿作「滅」。

霞池省庵手簡

據日本平安書林柳枝軒刊本録文，參校柳川古文書館藏殘存信札。

自叙

孟子曰：有不虞之譽。又曰：聲聞過情，君子耻之。周子曰：實勝善也，名勝耻也。故君子進德修業，孳孳不息，務實勝也。德業有未著，則恐恐然畏人知，遠耻也。小人則僞而已。故君子日休，小人日憂。程子曰：學者須是務實，不要近名方是，有意近名，則是僞也。大本已失，更學何事？爲名與爲利，清濁不同，然其利心則一也。又曰：有實則有名，名實一物也。若夫好名者，則狥物爲虛矣。如君子疾沒世而名不稱，謂無善可稱耳，非狥名也。蘇子曰：得罪以來，平日所好惡憂畏皆衰矣，獨畏過實之名如畏虎。又曰：近日士大夫皆有僭侈無涯之心，動輒欲人以周孔譽己。僕思名過其實，造物者所不能堪，與無功而受千鍾者，其罪均也，深不願人造作言語，務相粉飾，以益其病。許子曰：有不虞之譽，有求全之毁。不虞之虞（譽），無故而致譽也。無實而得譽，可乎？大譽則大毁至，小譽則小毁至，必然之理也。惟聖賢得譽無所可毁，大名之下難處，在聖賢則異於是，無難處者。無實而得名，故難處。名，美器也，造物者忌多取，非忌多取，忌夫無實而得名者。觀此數語，則雖好名之甚者，亦當誠實耻懼，絕之心矣。予德業共凡下，知名中國大儒，非謂博學，非謂文章，非謂有他善，只以事師分禄之一事，得不虞之譽，可耻可懼之甚也。前年張先生來長崎，往來之簡札，積而爲卷，不幸雖不得相見，而展玩此書，則宛如對榻聆謦咳也。嗚呼！先生清風峻節，以仕虜爲耻，博學文章，卓越當時，詩文集有若干卷。守約何人，得知於斯人，銜戴弗諼，死亦不朽。希夷先生戒种放曰：名者，古今之美器，造物者深忌之，天地間無完名。子名將起，必有物敗，可戒之。果至晚年，遂喪清節。予名實不副，馬齒日迫，恐恐然常畏忘聖人在得之戒，招壽多辱之耻而已矣。

安東守約序

張先生第一書先生姓張名斐，字非文，别號客星，又號霞池，舊名宗升，字遠公。

中原弟張斐頓首白省庵先生門下：斐遊天下久矣，所識知名士不可勝指，特未至於海外。比者聞門下名，則又躍然以喜，以爲天之生材，不以地限，果如此也。故不憚風濤之險，遠附賈舶而來，願得一見，以快我平生，不意國門有禁，止人出入。躊躇却望，計屬無聊，未審門下能垂意遠人，惠然肯顧否？然聞門下處貧，又年老，深恐跋涉艱難，不遂人意，私心未敢必也。小詩寫飛白奉寄左右，見斐傾倒於門下已非一日耳。飛白雖薄技，然近世絶傳，斐以自棄，不求用於人，偶爾習此，不識有當於清鑒否？便中幸賜片言，以志我兩人神交可也。竊謂門下之爲人，求之於古，蓋亦少聞，何況今時。當得一篇文字傳於後世，惜弟詞筆庸淺，不足以發揚萬一，又僅知其大概，訪問此方人，苦言語未達，終不得其詳也，爲之嘆息。祭告朱先生二文，録呈台覽，不悉。〔一〕

附：飛白詩并跋語（略）〔二〕

扇頭詩（略）

近作似省庵先生正（略）

初至長崎告朱楚瑜文（略）

祭楚瑜文（略）

〔一〕原札文末有「中原弟張斐再頓首　慎餘」，鈐「張斐之印」。

〔二〕書札後所附詩文，已編入《莽蒼園詩稿餘》、《莽蒼園文稿餘》，故均從略，下同。

答張先生第一書

守約譾劣無能，只讀書知聖賢可尊，中華可慕也。因想長崎華人輻輳之地，必有忠臣待時，文人憤世，托身於商賈而來遊，果先生之來，愜其夙望。伏讀來教，爲聞賤名，遠涉風濤之險。守約幺麽之夫，雖閭里無知名者，何有聞於中國而至此哉？儻語諸人，則以爲衒名，且以爲妄也。初不信之，反覆點撿，所諭實然，得知如斯，殺身非所顧慮，即時將趨拜。寡君在東，不得私逾境，昔朱夫子來崎，亦如此。爲寫悼文見附録，獻之左右，證其非飾詞也。今遣家侄永洵代以致謝，聞行期在近，不知相及否？

承惠鴻文二篇，飛白、扇頭二詩，錫逾百朋，感戢無訾。不意過蒙稱許，許以先生之號，惕然恐讋，不知所以自處。先生是中華之大儒，鄙人庸詎當之，惟以謙德之深與馬齒之高自解也。爾祭告朱夫子之大作，忠信激烈，音韻瀏亮，如讀《離騷》、《招魂》，字字和泪，吾朱子之靈不感動於地下乎！承諭飛白之書，近世絕傳，自非高惠，吾儕豈得見之乎！况題以褒美之辭，筆勢不減蔡伯喈，宛如鸞鳳冲霄。并詩扇十襲，珍重以爲子孫之至寶矣。人曰吾國之人覎華人求譽，華人不問其人品如何，作文稱揚之。苟如此，則譽者所譽者均之禽獸，縱得浮俗之譽，奈識者之笑何？一時可欺，後世不可欺矣。先生高隱清白，豈有此疑，況來書有門下處貧之語哉？此是避疑之事，賢者不言，以知愛之辱。叨叨至此，俯乞憐恕。

二首佳製，格力遒勁，極爲高古，細咀嚼之，便覺沆瀣生牙頰間。謹效顰獻拙和，顧自取驢技之嘲已。嘗爲悼師著《心喪集語》一卷，今鈔其中，以具雅覽。賤子守直，今年二十歲，聞大名，不勝瞻仰，謹獻俚言。嘗作《七伸》及《白蓮賦》共見附録，與拙作同賜雌黄，幸幸！

見高尾氏書來，書之發在前月朔日，其落手在本月十七日，崎與敝邑裁數日程，何遲滯至此？不早奉答書，恐難及也，倉卒布悃。海天萬里，爲訪我而來，於其路費，義當營爲之，然非力所及，聊獻黄金壹步，充其曼之一，笑留爲感。臨啓不勝仰企之至。

附：奉和張先生飛白高韻（略）

奉和扇頭高韻（略）

奉送張先生歸中國詩并序（安東守直）（略）

張先生第二書

斐少失父母之訓，長無師友之功，國破家亡，流離至老，放懷自適，禮不能拘，其爲人略節而疏於文，世皆目之爲狂，性使然而不能改也。何幸先生不弃而收之，豈亦不得中行之意歟。惜乎斐之既衰，而無可進取矣。

猥承華簡遠頒，復勞令侄賁臨，歉仄無似。先生齒德并尊，可以長者自居，而謙光彌下，貶損名稱，語莊字楷，予以長牘。視斐之寥寥片楮，草書寄瀆，即此敬肆之分，已有君子小人之辨。捧讀之餘，慚汗浹體。伏思先生之於我朱舍親，海天萬里，契合之情，淪於髓骨。《心喪》諸文，讀之使我欲淚。舍親已逝，吾道之東，舍先生其誰肩之？父有志而子伸之，理學文章萃於一家，述作之美行將遠播，人文聿盛，豈僅東國一方？

獨念斐生虧忠孝，學問無成，浪跡乾坤，塊然一蠹。無端至此，亦不自意上公之遽有寵命，而疏野性成，獲罪通事，欲遂遠遁，勢又未能，終俟月旬之末行，且附舶可歸。不及與先生一面，罄我夙懷，耿耿此衷，何時可釋。

聖人位號尊無可加，而我高皇帝親釐典章，去王爵而崇師稱，實萬世不易之制。謹依此薰沐，書呈其手卷，則書近詩數十首，并外書稿二篇請政。斐於書法，未曾究心，惟飛白一體，少時習之，其餘皆不足觀。勉遵來命，惡濫庸俗，實可羞耻。稔知先生介守，舉家食貧，安得餘資分沾惠及？苜蓿馬瘦猶供雀鼠，義不容受。斟酌而行，謹登佳箑二秉，原賜黄金一步，仍用奉璧轉以相敬，少盡依慕之情。統惟爲道自愛，益弘其力，臨風慨想，曷可言既。〔一〕

附：復大串子平論華夷書（略）

答子平書（略）附記：此書乃舍表弟録藏稿本也，令侄行速，不及寫過，即以原稿附上，殊不恭，幸先生諒之。

〔一〕原札有落款：小弟張斐（印）頓首拜　慎餘。

賜守直小簡

吾兄英年而有此妙才，使人咋舌，以是知尊公先生之盛德，則報無窮也。承惠教詩章，猥承過譽，不敢率筆奉和，別書飛白一幅，用呈左右，屬望之私，略見此紙。一覽之後，不以覆瓿，即以糊壁可也。草復不盡。〔一〕

〔一〕原札有落款：「元簡道兄　可畏　弟張斐頓首」。

飛　白

夏侯玄少知名，年弱冠，與毛曹并坐，大不悦，耻形於色，時人謂之蒹葭倚玉樹。

上張先生第二書

前日遣永洵拜謝門下，辱降辭色加優禮，舉玉趾臨寫所，復承寵召，賜聖牌二幅及佳製數十篇，及歸，曲語悃愊之情。待彼是待我也，感荷無貲。鴻文二篇，薰誦不已，謹熟玩之。爲論也大，爲辭也達，辯覆道德，發揮理奥，極學海之淵源，立世教之砥柱，多年之疑，渙然冰解。虔想著作在貴鄉者，如武庫之藏，今嘗其一臠，其餘意味可推而知焉。此本令表弟所藏，手親繕寫，璧上記室猶有結撰，鼎示爲感。向獻拙稿，以大手筆當夏楚二物，不意褒獎及豚子，惠以飛白大字，與前飛白并父子之榮名，傳諸不朽矣。夫好名，君子所惡，然夫子曰：「君子疾沒世而名不稱焉。」邵子曰：「名存實亡者，猶愈於名實俱亡者。」陳子曰：「求士於三代之上，惟恐其好名；求士於三代之下，惟恐其不好名。」且晋羊叔子有峴山之嘆，杜元凱刻石爲碑，二公之賢豈爲好名乎！守約雖未得見，而以得知爲登龍門，爲勝於萬户侯，書與飛白，於後世之名爲何如哉！銘骨書紳，永矢弗諼。只願應上公之聘過敝邑，則擬受提命，不亦千載之奇遇乎！

來教曰：「高皇改聖人之位號，萬世不易之制也。」不知高皇尊爲何帝？有便請教之。前書用全帖真字，是乃分之宜也。先生亦用此式，何過謙至此哉！今亦不改，恐煩先生，故用單帖行字。守直奉書，命用單帖，彼曰非鄙幼之禮，然書大則行人難帶，强命如此，伏乞勿爲慢褻。自今惠音，必當如此。向獻輶儀，先生不受，益增羞愧，今奉薄楮，是土産也，若復不受，則得罪而絕我也，敬丐垂仁哂存。友人曰十六日有良便過此，則恐乏風順。録呈拙文數首，不遑真書，勿以爲不敬也。一一賜改竄，則轉瓦礫爲珠玉，此夙昔之鄙願也。臨啓不勝恐悚之至。謹考《皇明通紀》，先聖加師號乃嘉靖年中之事，惜哉，彼時不及問之。

上張先生書

安東守直

頃從弟歸，辱手教及飛白扇頭玉音，洗手伸紙，拜誦數次，真情懇勤，語意款曲，令人珍玩彌日不倦矣。守直海畔乳臭子，無所知識，向時草草綴俚語呈左右，何幸先生不弃，謬蒙賞予飛白一語，感而且懼，内省而愧激交并也。伏惟先生負振世之才，尚謙虚之德，所以獎引後學者實深矣，然而守直非其人也，益增慚懼。《東遊集》意味清新，咸有踔古絶塵之致，捧誦不已，永爲篋笥之光也。守直豈識詩者哉？然細玩味之，因物托興，觸事屬思，沈著離合之節，含蓄典厚之義，如造物之變化，如樂節之條理，斑斑乎不同，可以爲後世之法式矣。守直不肖，先生知遇之深，不堪感刻。聞歸期甚逼，倉卒敬謝，臨啓不勝恐惕之至。

張先生第三書

承佳楮遠頒，堅緻可珍，却之又懼不恭，謹拜登矣。即刻分半貽大串兄，亦欲以廣先生之惠也。披誦鴻文，至於再三，不能釋手，雖未親炙，眉宇何如，已若促膝而面談矣。諸賦序見先生勤學之淵源，朱陸一辨尤謂徹底澄清，可消從來聚訟，不但心得和盤托出也。斐少既荒落，老且頽廢，其於聖賢門戶，非特不曾望見，亦不曾夢見，猥蒙獎借之詞，不覺自頂至踵漸汗直流。平生少有所作，即偶然爲之，多已散失，間有友朋從後綴輯而存者，亦不堪汙大君子之目。雖欲呈教，行色匆匆，勢復不及，奈何奈何！

上公之命，固宜搴衣趨赴，無如此間禮數未嫻，往往取罪於人，彷徨道左，未知究竟如何！恨高賢在望，徒深白露、蒹葭之想。前者辱書，名稱過當，已刻晚字奉璧，不意今復爾爾。是先生以謙德自處，君子耻獨爲善，將置斐於何等乎？斐於公郎忝一日之長，受之且自愧，而先生不肯俯聽，斐之獲罪無逭矣。嗣後凡有書問，倘其不弃，以年齒計之，置於兄弟之列，已不勝榮幸之甚。斐今年五十二，以弟事兄之道，固當如此，至禱至禱！

聖人位號，我明太祖所定。蓋王稱雖貴，猶有等分，極之於師，尊無加矣，故爲萬世不易之規。承問并及近作三首，拙俚無似，聊寄政。天寒，伏祈尊候善保。不宣。〔一〕

附：至日（略）

梅龍寺早梅送下川氏宗魯（略）

海外逢族祖候問（略）

朱陸辨（略） 此辨先君所附，外悼文、《七伸》、《白蓮賦》、《琴譜訂要序》，皆呈張先生者也，今附之卷末。守經識。

〔一〕原札末有「朱天生謝帖附　名單具」字様。

張先生答守直書

辱承華翰，不遺老拙，稱許過實，榮甚慚甚！以兄年少而富於才，又有尊公大人爲之模範，父子之樂兼以師弟子之美，真人生不多有之事，即如斐此生已不能仰冀萬分之一矣！細誦高文，氣骨遒上，寢食於《史》、《漢》二書，不當下拾唐宋。斐已衰憊，有志不逮，敢以獻之左右。中原有《班馬異同》一書，不審此間賈客向曾携來否？熟玩是書，筆端自然迥別。竊意吾兄家學淵源以道爲重，則斐所談又可掃爲秕糠也。詩一首奉贈，以報昔日瓊瑶之賜。遠別在邇，欲見無從，臨楮惓惓，悵望何及，不多贅。〔一〕

附：奉贈元簡道兄（略）

奉和張先生高韻并引（略）

〔一〕原札末有「朱天生謝帖附　名單具」字樣。

上張先生第三書

頃獻薄楮，先生不麾，頒之大串氏，感愧交深。答守直書及佳章，褒揚之言有加於前日，且感且懼，莫知所措也。循循誨諭以看《班馬異同》，此書三十年前有僧藏之者，即當借見，非承教，豈知此書之好乎！三首之新咏，出肝肺中，無斧鑿痕。同前後之書編輯成卷，繫賤名於下，朋友競相傳寫，遂使溝渠斷梗再發英華，何感如之。

自顧以無一善承隆大之獎譽，人以過聽之謬議先生，則以守約之故，爲門墻之累，是所愧懼不自安也。鄉者刻還晚字，置兄弟之列，齒高固也，然以三達尊觀之，先生以爵則中國之大儒也，以德則高賢也，惡得以其一當其二哉？前書白於先生之號，所以不敢當，先生猶稱之。强請之，恐涉煩瀆，然居之不疑，亦何顏面？今遵尊命易晚字，先生亦易先生二字，以其所稱稱之，萬萬無它望矣。似聞先生留在崎，雖未知實否，喜溢中心。若解纜，則此書不達。相望之遠，不勝引領。

張先生第四書

弟行矣！老涉風波，一年兩度，志衰氣餒，憂懼交并，遥想中流，回首崎陽，慘目傷心，情可知矣。來春雖期復至，人事變態，夫豈有常，萬一僥倖，終與先生把臂有日，幸托神交之契，以我之情，知先生亦定眷懷不置。小詩一首奉寄左右，公郎元簡及一角俱此道別。不宣。

附：寄贈安東先生并貽今井氏弘濟及諸同人（略）

上張先生第四書

舊冬聞先生留在崎，將奉書，大串詞宗至，曰先生既歸，重來之約在正月，授尊翰及佳篇。感嘆之餘，其待之若大旱之望雲霓。昨武岡氏有書示先生之來，不勝欣喜。波濤萬里，布帆無恙，尊候新禧百福。謹想江左儒士，不日而來遨，是天使斯道興東方者也。台駕過敝邑，則執贄相見亦匪遠，聊奉和惠韻并獻舊冬之書，餘容嗣信。

附：張先生去年留詩而别，今春重來，不堪喜，奉和惠韻，敬呈郢教（略）

張先生第五書

驚濤萬里，以衰年病肺之夫當之。此行大不如前，睡若魘魅，醒若醉癡，矇朧慌忽，耳目俱欲無矣。强抑其情，時賴作詩驅愁遣病，亦有少助，不能多寄，録數首呈去賜覽。斐抵崎在元日，時已暮矣，關門嚴峻，不得上岸，屈指舟中，鎮鎮閲二旬日，比離舟頭，風驟作，復生嘔眩。詢知起居，文玉云時有書問，轉蒙存注，天涯知己，神交心醉，因在形跡外矣。新祉佳勝，想與令子侄輩肅雍穆如，暢爲家慶。去國孤踪，形影相吊，聞見異鄉有此樂事，一爲人喜，一爲己悲，情可知也。斐雖復至此地，去留尚未可定，奉懷一律。雖擬過訪，恐屬虚語，事變多

端，誠難臆逆耳。附便遠候，率希俯照，不盡。令郎元簡叱致意。〔一〕

附：奉懷省庵先生并正（略）

〔一〕原札末有「小弟張斐頓首　省庵先生　正月廿四日　冲　如晤」字樣。

答張先生第五書

聞先生之重來，喜奉書定上達。前月二十四日之尊柬及佳章，昨日領到，極荷存念之辱。舊冬衝寒涉重溟，今春復至崎，往還之間，辛勤萬狀，見尊諭及寄大串氏大作之中。天祐斯文，尊恙早瘳，鈞候動定，與時俱新。闕左儒士來迎，則取謁在邇，引領俟之。謹奉和篇白其意并求斤正。嚮日集贈答之書與詩以爲卷，其中有草書難讀者，別楮摹寫請教，不日當净書奉呈台覽。行人匆匆，不罄區懷，恭惟丙鑒。

附：奉和張先生高韻（缺）

家祖第六書有「贈答集成，名以《霞池省庵手簡》」及此書有「寫本勿還之」之言，則自此以下成卷以後之所輯也。守經識。

上張先生第六書

前便兩次奉啓，塵台覽否？贈答集成名以《霞池省庵手簡》，是乃蒹葭與玉樹相混雜，無所逃罪，請擇佳名改之爲幸。又請於拙作一一加雌黄，欲廣之同志。謙德之深，徒爲稱許，取笑於世，則豈相愛之意乎！此書有寫本，勿還之，其所改者，別勞高手示之。自今書信往來，互爲記録，則無散失之慮也。

前諭有天涯知己之語，是以守約爲知己也，朱夫子之外，更無稱知己者，今得先生，以爲朱子之再生也。夫知己之名，以朱夫子稱守約觀之，則爲師稱弟子；以豫讓之事觀之，則爲臣稱君，然則此二字通上下，守約以先生爲知己，豈爲僭禮乎？賤齡既傾西山，得知於先生，人生之榮，何事如之？《洪範》以壽置五福之首，今於吾身撿之。朱夫子與先生，中國之名賢，守約日國之鯫生，地之相去千有餘里，言語不通，國俗不同，隔閡之異，豈止胡越，然得知如此，此千百世而始相遇者也。如好名之譏，亦所不顧也。

舊冬借《班馬異同》，本主在遠方，頃得入手，使守直參看《史》、《漢》，稍暇當手鈔之。惟時春暄，敬祈爲道爲國自重。

張先生第六書

斐頓首！斐正月抵崎即有專書奉候，而來札不及，想未到也。先生謙德之盛，卑以自牧，則善矣，亦宜審人之可受，君子耻獨爲善，不當然也。屢承書問，而屢貶其稱，署以教下。夫以斐之不類，宜執贄以從學者而教之，以先生之盛德，宜爲上而下之，抑何反戾之甚也？均屬覆載之内，生雖異域，同於一氣，兄弟呼之，誼似加親，而先生不然，是棄絶我也。且斐雖蕩然肆志，獨不敢肆志於有道之人，况先生又斐所傾倒而驚服者也。今且與決，倘先生固執前説，則是終不肯以弟畜我也，斐亦自此不復敢以一字通左右矣。唯願先生諒之。

羈跡此地，朝夕無可語者，雖賴素軒兄時至，然以家累，不能久坐，今又來二三孺子，聒噪苦人。素軒恂恂儒者，所謂胡先生門人，望而可知者也。又聞高足甚多，不審何時可一相識？斐之去留，尚未可定，伏承眷注，須俟後報了。佳什已藏行笥，時一開讀。便當會面，近作一首，拙甚，附正不盡。

公郎暨令侄并道意。〔一〕

〔一〕原札末有「省庵先生　弟張斐再頓首　二月十二日　冲」字樣。

（安東守約）與素軒書

張先生之書真情盈藹，謹銘寸衷。前日奉書附之柳如琢，如琢有書曰有故未獻之，其書賢契所見也，請當爲我委曲道意。拜誦先生文集，博采古今，錯綜經史，有波瀾，有光焰，出入楊馬，馳驅韓歐，如此之大作手，雖中國亦不多，乃衆手寫了。不佞當手親繕寫，熟讀詳味，爲作文之法也。不佞學淺識少，一無所取，然得取於先生知遇之恩，亭毒難忘，將何以報萬一乎！聞故不及奉書，種種區懷，賴賢契之緩頰也。

又

嚮者遠方枉顧，意想可淹留盤桓，不圖急於言旋，區區鄙懷不及罄，至於款接輶褻，又其餘事也。抱歉抱歉！張先生不奉書之事，前日言之，不贅於此。此時差暖，伏惟先生尊候清勝，并賢契動定多福。先生謙光之餘，欲置我於兄弟之列。先生我所師事，置諸友籍之末，猶非所當，況兄弟之列，聞之亦恐悚如無所容。向者白以三達尊，所以不自當此，雖我言而天下之公論也。嘗聞西山先生之年長於朱子，執弟子之禮，朱子受而不拒，惡以齒之長少論之乎？是本出於愛心，然使守約獲罪於兩國之賢者，豈先生之意哉！賢契能達我誠意，至囑至囑！

先生初賜之書與佳製，傳播四出，京江戶無貴賤，僉曰：省庵得中國大儒之稱許。是希有之事，雖登瀛洲之榮，蔑以加焉。雖愧其無實，而此恩大造，非天之靈，何以至此。自顧學識不進，踐履不力，切恐鼎折覆餗也。

江左儒士來迎之日亦迫矣，日夜引領，餘容嗣便。

又

自賢契惠琴三年於今，欲學之，世無知者，殆無異無弦之琴，并其趣亦不知，使是寶物爲虛器，真可惜也。前諭曰張先生將令令侄琴譜之中鈔録其難解處以授我，聞之不任欣抃。蓋是物聖賢所玩，如《復聖操》、《思賢操》，學者不可不知，通其一曲，亦樂莫大焉。其待光臨，視日如年，東武儒士來迎，亦旦夕之間耳。

于戲！先生於我未有半面之雅，其鍾愛如此，縱令木石爲心，豈忘銜結？伏惟先生文章行誼爲世之師範，其於人不可有所濫稱，況天下如不肖者不可勝計，不肖出其最下者也，但以事朱夫子之一事，承莫大之稱許，此蓋古之君子，聞人之小善，欲鼓之舞之，諄諄誘掖，使其至於大之意也，豈可不知所勉耶？切念向筆戰，矍鑠勇往，奮翼澠池，以收桑榆之晚績，庶報知待之萬一歟！區區私情，謹借賢契之緩頰。

附：張先生吟并序（略）

奉和張先生吟并序（略）

又

正切馳神，忽接瑶函，忻慰亡貲。示張先生惠賢契之書及湯公壽文，先生決意將歸，以不相見爲終身之恨，讀之感泪交頤。嗚呼！先生於我，雖未沐一面之榮，而情親於骨肉，義如師弟子，縱雖隔千里，當負笈就見，况一葦之路，朝往夕死，亦平生之願也。然國有嚴禁，犯之則先生亦於心不快，見長者之志切於季子，其不得往甚於不得之鄒，賢契能知此事，不必爲爲之辭矣。古云人之相知貴相知心，見去年以來所賜之書與詩，其知心也。熟反覆吟玩，當於提命，所恨不報知遇之恩，徒老死而止也耳。捧誦湯公之大作，議論精爽，理義的當，起伏頓挫，如層瀾驚濤，一節高於一節。讀其文，知其人，此公年高德劭，文章節操宜傳千載也。夫子曰：不知其人，視其友。此公與先生友，其賢不言而可知也。萬請能傳我誠意，感感！

素軒曰：此書及《琴譜訂要序》見附録未到，先生已解纜，可惜可惜！

霞池省庵手簡後叙

霞池張先生，明國名儒也。方朱明失鹿，胡虜蜂起，舜水先生既抗蹈海之節，先生亦懷不帝秦之義，來我長崎，欲托身隱倫，然其於君臣之義，父子之親，猶饑渴之於食飲，欲須臾忘而不能。今所載《霞池省庵手簡》者，豈非忠臣孝子之所感激奮發乎！守經謹藏之家，時時佩服，雖未知書法之所寓，然當其意趣之得心也，不知手之舞之，足之蹈之。乃鋟之梓以公同好，卷凡二卷，其一卷守經所附。即其來書以知張先生守身之高，誦其答書以求家祖希賢之篤，庶乎爲尚論古人之一助云。

時享保庚子之歲，不肖孫守經識

附：

張斐寄武岡素軒書[一]

弟決意行作歸計矣，獨於尊師省庵先生不得一面，卒然而去，便爲終身之恨。兄可致書問之，勢能來此否？諒國主駕迴，先生得給假旬日，亦未可知也。千萬千萬。

素軒道兄　　　　弟張斐　手

〔一〕輯自柳川古文書館所藏原札。

張斐筆語

據日本國立公文書館藏傳抄本録文。

張斐筆語

張斐，字非文，紹興府餘姚人，號客星山人，又號霞池，年五十一。

下川三省問

問：晚生姓下川，名三省，字宗魯，俗名文藏。嘗事朱先生受業，親炙有年，張先生亦與朱先生同鄉，今般與朱令孫同船而來，晚生如覗見朱先生晤言。

答：尊稱不敢當。弟年逾五旬矣，於往者海禁未開之時，聞貴國賢王待朱舍親之盛禮，即欲遠來觀光，而頻年浪遊，踪跡未定，是以淹滯，至於今日，幸得見二位長兄，不勝喜甚。尊名尊字，可是朱舍親所贈否？

問：名三省，寡君所命；字宗魯，朱先生所贈；外號夢梅，先慈感夢之號也。省自愧天臺胡三省者也。

答：此事亦奇，願問其詳。

問：先慈之夢語，我國之歌也，其語異於中華之詞，其意梅蕊日秀於古樹之意也。然省學不秀不實，却與荆棘同類，負母氏之先兆，羞愧之事也。

答：與長雖初識面，然而一見如故，叨在愛下，何吝教之甚！遲日容當潔誠，請詳其始末。

問：過愛，何敢秘其事乎？然夢語無別兆，徒告其意而已。

答：胡先生，吾國前輩也，遠夢於貴國賢者，此必有徵，姑以俟諸異日可也。

大串元善問

問：前憑兵左衛門，聞盛名久矣，今夕何夕，方得拜趨函丈，喜甚喜甚！晝間兵左衛門携高作來，朗吟數過，塵根盡拔，且見義氣激烈，溢於紙上。庸懦若善者，猶搤腕切齒，欲少買餘勇，豈特章句巧拙之謂哉。

答：弟放蕩於乾坤者久矣，頗得狂名，不意上國多賢者，而與鄙懷有同，此天地之正氣，不勝感仰。

問：夫詩家者流，必立宗派，以傳衣鉢。先生所宗者，竟誰家乎？先生之道德事功，必有大於詞章者，舍其大而先訂其小，知於先生之意不滿，行可親炙薰陶，又問其大者。

答：古人云：「文者，經國之鴻猷。又云貫道之器。」此皆學士自爲矜詡之辭，究竟屬儒家小技，不專重也。大者立德，其次立功，其次立言。言者，不得已而爲之，大都皆愁鬱無聊之所作。弟既有慨於中，無作發揮，借此寫意，亦何足以當大雅。至於詩之宗派，各就其資之所近，亦無成轍可循。弟雖酷喜老杜，然不得其門，尚何升堂入室之可言也。詩寫性情爲本，興會不來則可不作。古人云：「盡日思不得，有時還自來。」此作詩法也，安談不識有當否？弟已年老，無事可爲，今日之來，一則慕賢王之義，一則欲曠域外之觀，以淘汰其不平抑塞之氣。倘得盤桓日久，弟之胸襟自然盡露，日在倉卒，亦非一言可盡耳。

問：高論入耳，使俗之心頓消，一實如盛論，小技之問，還作羞愧。先生之義，雖得之天資之美，必當有平生養成之者，修何學而得充實如此哉？且問先生之學出自何門？宗師姓名爲何？欲聞貴諱，罪甚罪甚！經術之中，治何經？而用誰說乎？

答：中國之有宗師，以有秀才也。秀才之名甚美，而末世之弊，有不可言者。弟已棄之久矣，不足爲高明述也。學者治經，當收其全，白首窮一經，而不得要領，安問其它？弟於諸經，亦幼時少窺其一二，究竟無一實際，誠可慚愧。

問：厭科舉之卑，舍訓詁之拘，誠知非凡流。夫士之立志，必要立規模以爲的，先生於古今宇宙間之人品，九原可作，將欲爲何人執鞭哉？

答：生平所志之事，已付之流水矣。今所可以執鞭從事者，魯連先生一人也。然魯連僅托諸空言，而弟已實有其事，此又大不幸也。

問：晞仲連之意，略已露於作中。想夫仲連者慷慨重義，故不可間者，然其所長者，爲人解難排紛，不受其報而已，若實用之當世，不知其所辨終如何？程子有言：「慷慨趨死輕，從容就義難。」大凡戰國人才，率是假仁義而成功名之流，非純乎純者。圖王爲霸，古賢格言，作法於涼，其終如何？小生不顧尊嚴，呫呫利口，亦遭遇之歡，溢而浪發，幸亮！

答：誠如所言。弟於程朱之學，未得其門，況於堂奥乎。但鄙意以爲，終日談誠意正心，而無裨於實，雖宋室諸名賢，亦適遭厄運，未得展施，然在當時，如陳同甫、張乖崖等輩，已有有激之論。弟之僭妄，誠爲不稽，然生平志願，不在温飽，設在程朱之時，當或不擯諸門墻之外了。士各有志，不可强也。矯餙爲之，適增其僞耳，慚愧慚愧！

問：廣袖大袍，闊視高步，偶可以詩書發冢，亦未可知。且道學者流之弊，或辨不得事功，枯槁静坐，猶老頭陀。先生今日若得出手之地於貴邦，則其設施將何先？

答：此事不能遽吐，且庸才碌碌本無可以設施。倘得周旋左右日久，前已言之，當盡露耳。

問：籩豆之事，有司存焉，不必通儒之所急務，然我公好古特甚，欲制諸禮器，以存告朔之羊。敝邦所傳來之書中，偶或有圖其形者，然未得其實，先生能指揮工人作之乎？

答：弟率性疏略，未曾學禮，於其制度，亦未考焉。然於文廟陳設之器，亦偶見之，恐於古亦未盡合耳。所貴於學古者，學古之爲人，至於制作文物，一代必有一代之制，三代之相因，當時已自不相襲矣，何況後世人之不善學古，大都類此。今所存誠如尊諭所云，告朔之羊則可耳，若其詳悉精微，弟則不敢妄對。

問：承示三省放浪十年餘，其間經歷何地乎？

答：南北之地，所歷頗多，唯雲貴并兩廣未曾到，然終日鞭馬，久居之郡邑無幾。不過尋覓好友，與弟合志而有才者，則安其家，或旬日，或月餘，不久又别有所往。就今日而思，究竟無益，是以浩然有海外之觀。

問：曾過兗州拜文廟否？其制可指而言乎？

答：文廟曾經過，然進謁必由兗聖公或曲阜知縣，而以彼二公俱有愧於宣聖，所以竟不求見。且前數年，以西南之役，韃奴缺糧，纖微俱革，并文廟饗禮，及在郡縣者俱革。以此傷心，不忍謁拜，有罪有罪！

小虜篡位之二年，其時有所謂四輔者，皆目不識丁，忽有不肖之人，挾仇而首其家，謂有罵韃奴文字，按其名，皆宋時名賢如朱文公、二程夫子、張南軒、真西山、魏了翁等，竟行文到㪚府，緝訪其人，欲取而甘心之。

問：禮曰：「天子三昭三穆，與大祖之廟七。」說者曰：周以后稷爲大祖，固百世不遷之主，而又以有功者爲宗，亦百世不祧。在周言之，則文世室、武世室是也。七廟之中，除三廟謂大祖廟并文武世室也，則四廟，上止及高祖而已。諸侯五廟，亦以始封之君爲祖，百世不遷，四廟則更祧，是亦上及高祖，似僭天子之禮。末學於是不能無疑，平生欲得魯二生以講明此義，敢以質問左右，幸勿吝教。

答：七廟五廟之制，止論上追，不論下逮。

問：諸侯亦有文武世室之類，以崇有功之主否？

答：無此制。

問：聞説先生會書飛白，其體師誰乎？ 敝國聞有其字體，如不才未得見其字。先生許看其字，幸甚！

答：飛白失傳久矣，偶從鄉老家得宋仁宗所遺敕書，幼年無知，不曉從大處求古人，而戲爲此，實不足觀，明日當寫呈。

問：小生不自揣分，欲綴小文，以文本邦治世之風，其門當從何入爲是？ 韓、柳、歐、蘇各立一家，初學之可以爲法者，竟在何家？ 先生之平生所左祖而景慕者，何家乎？ 除四公之外，近代又有可爲法者乎？

答：學文當以秦漢爲主，韓柳諸公亦從此打入，是秦漢爲祖父，而韓柳爲子孫也。不學祖父而學子孫，總無是處。兄有志於此，異日當爲細言之。

問：秦漢之間，醇氣未散，稍與渾渾噩噩者相鄰，然於今日初學，茫洋無處下手。鄙意謂當依傍近代諸公門下，以求生活，志氣卑甚，然勢未免不然，幸再指教。

答：不能爲孔孟立德，則有古之立功者，可仿而效之。雖人之遭際不同，然平時不可不備。文字究竟是末事，以其餘力爲之可也。兄青年，不當以此淹沒，就使爲之，豈有茫無涯際之理？ 秦漢文大起大落，不似唐宋有形跡可尋。中國有《班馬異同》一書，學者所當究心，不知曾到貴國否？ 近時有數友，能作秦漢文字，弟甚愛之，惜老而不能從事矣。

問：非《文章軌範》、《古文鴻藻》、《文章正宗》之類乎？ 所諭之書，體制何如？

答：此等書有誤學者，然亦就其人之資性何如耳。所言書即《史記》及後《漢書》合刻，而中間有前後不同處，皆爲摘出，最發人神思。

問：卑字已達左右，筆語往復之間，或觸尊家諱，惟是之恐，願書示以免其過。祖先如有官銜，則欲亦聞之。

答：諱禮今已失矣，於禮唯有君父耳，其餘雖孫亦不諱其祖。子思作《中庸》，直稱仲尼是也。前年曾有一小文，與敝友正論此事，異日當録正。先祖父官銜，已寫呈尊王矣。「昔年曾見此湖圖，不信人間有此湖。今日親從湖上過，畫工還欠細功夫。」傳聞貴邦人過杭州西湖作此詩，這個做詩的人，不記姓名否？

問：「試將西湖比西施，淡妝濃抹亦相宜。」如詩所説好風光，如今不異昔日乎？

答：遭兵火之後，已屬荒凉，近時纔栽桃李，而湖畔點綴，已大非昔日比矣。

問：聞道韃虜建都燕京，仍以南直隸爲别都乎？抑廢爲列省乎？分司稱謂爲何？

答：復舊稱江寧府。

問：廢爲府，則十五省減爲十四省乎？

答：彼又名遼東爲奉天，别爲一省。

問：金陵王氣到今日盡了，可勝慨嘆。

答：王氣猶有存者，弟於丁巳年經孝陵，見紫金山雲氣如龍，甚爲駐目，問之土人，則云前此無有，近時始有也。

問：鶩即家鴨也，然則王勃所謂「落霞與孤鶩齊飛」者何如？ 家鴨則不能飛，解之何？

答：鶩與鴨是二物。 鶩狀與鴨絕相類，其毛多彩能飛，取其卵與鷄抱之，即隨鷄行，不能飛矣。

問：鶩非家鴨，則野鴨者乎？ 聞道雁春歸則到瀚海，然否？

答：瀚海即所謂北海也，在陰山極北之處，海不甚大。

問：古人云鮑魚之肆，本國之鮑，不如此之臭氣，何如？

答：非此鮑魚之謂也，大概如近日醎魚耳。

問：梅聖俞所謂「鮎魚上竹竿」之鮎，其狀何似？

答：狀如鱧魚頭，而身無鱗，鬐尾俱細，多滑瀺，口旁有兩鬚，亦軟。 此物最不易死，雖旱乾藏身土中，亦活。

問：莫是與鯰魚同物否？

答：大概海族甚多，與內河不同，今雖《稗雅》所載，亦不能盡，後人猶有辨之者。 愚意以爲，一物不知，雖君子所耻，然人之才分有限，不如省其精力，從大處著想。 即以文論，作者與博者不同，作者不必博，博者不能作。 如張華、杜預，可稱極博，然其文竟不足觀。 我朝楊升庵亦稱博者，然落筆皆可笑。

問：前刻兵左衛門帶復啓來，客舍爲之生輝，卷舒數回，不釋手。 乃知先生前所謂不肯爲者，蓋非不能爲，不屑爲小技也，是故爲則驚人。 古所謂不蜚不鳴，蜚則冲天，先生有焉。 小生不勝嘆服。

答：弟生平無餙辭，四六不曾作，是實語，豈敢在賢者前作僞乎？蓋四六之用，本以通貴顯之人，弟所交悉貧士，或亦爲人代作，然皆貧賤之士，無所用之，并代作亦不曾也。適所獻，勉應台命，究竟讀之，格格不入口，而反蒙過諭，益增慚愧矣。

問：表必有抬頭，場屋中如差一字，不中式，知是格式非可卒解，復嘗講求此式否？

答：曾講。

問：陪臣上君，固不得謂之表。雖然，奏記札子之類，文中稍有涉君上事，理宜亦有抬頭，不得與天子同例，是亦有定式否？

答：是。

問：曾聞凡表文中有直指皇帝陛下等字，則上於平頭三字；如或稱聰明天縱，譽其天資，上於平頭二字，莫是然否？如陪臣上諸侯王，不得用三字抬頭，止二字抬頭乎？

答：中國之禮，上天子謂之表，上藩王謂之啓，表與啓名異而實同，其抬頭則誠如尊諭，二字三字俱是。

問：聞說清朝詔告表敕之文，共用四六，先生無嘗書之乎？代作須有，願許見焉。

答：生平未嘗爲人作文，况四六乎？

問：鄉試、會試第二場，必用詔告表敕之文，先生未嘗應此試否？

答：未也。日間文玉已道此意，但鄙衷尚有未盡之言，卒不能述。既承台諭，欲作表啓之文，勉爲應命，至於他作，則不能立就，奈何！且弟至此，别有深懷，茫無是處，心緒且荒亂不寧，是真苦事。不得已，已令舍表弟録一篇舊文進呈，是爲吾鄉一故老作者，其文頗長，西南之事，頗見於其中，録之未完，故遲滯耳，不識可否？

問：即今所言，非前日叙事之文。生平讀書略有所疑，當欲遇一有識者發我蒙也。今言先生座間就之，則其跡稍涉試長者，略解文字者，忍爲此語。雖然若善者，平生時復爲小文，苦思不成，戛戛其難，如或見大手執筆，一氣呵成，則胸中汪洋，覺若親作。是以請之而已，復報江都，欲使驚諸友之觀，幸亮！

答：不知欲作何文？無題而作，則漫無所措思；如候命題，則筆枯而墨乾。柳子厚所云黔之驢，技止此矣。且作文須乘興會，若興會不乘，雖作不佳耳，草搪塞又大不敬也，豈可以呈尊國之王？又弟之去留，尚未能定，如獲憐其窮而至此，如適啓中云云，則來意不拂，留此日久，請教未爲晚也。苟其不然，弟且不能留，又何作文乎？倘欲視弟深淺，則已和盤托出，無有隱藏矣。違命之罪，誠不可逭，愧愧！所言尊作，可得賜觀乎？

問：善也後生，不識禮讓，率而以祈先生之文，其志不敢爲程式，一則解旅邸之憒悶，一則欲以先生之神速，誇於公家。雖然，先生倦於長途，困於旅邸，豈有何之乘興事？省甚知於先生之志，而近來有江都之信，若三日裏有爽快之氣象，冀請做一小文，敢許否？

答：弟作詩亦是如此，或半年竟離筆墨，或一日數首、十數首，俱無不可。然大概皆寤而不寐，恐其神思散亂，則藉此作收拾法耳。又多是腹稿，醒後或竟不寫出，亦往往有之，是以所存無多。近思輯一册，以爲請教大方之地，亦是朋友輩代弟掇拾所留。究竟此物亦何用？將以淘洗性情，亦止一刻，過後則又悶積如前矣！弟之處境，真天地一愁人也，爲之嘆息。

問：杜甫一生愁，詩人從來皆如此。

答：何敢當此語？但詩能窮人，此是實境耳。草草奉命，是不以爲意，涉於不敬，又不好作之，何益？承諭，俟興會可乘之時爲之，則又迫於行期，且興之可乘與否，豈能逆計，奈何？如不恕視，弟則罪誠重，而不可贖矣。

問：弟等行期未定，多在十月末，其間豈無一日興會之時乎？竊思古來作家遲速復各有所得，是故山谷所謂「閉門覓句陳無己，對客揮毫秦少遊」，不害復各稱作家也。善平生所爲小文數篇，携在客裝，欲賴文玉達左右，勿吝郢政，惟幸。

答：如此則無不可矣。古人倚馬立成，是其才分高處，弟駑駘下乘，豈敢希其萬一乎？然盡日思不得，有時還自來，此亦一作文與詩之法也。有尊作，急欲求教。

問：如前承高諭，兩三日裏，有燕居乘興之時，冀寫兩篇文題。今稍近重陽之節，請作登高賦，一則論留侯、武侯優劣之事，敢中高旨否？

答：但不可拘以時日，則自從命。平生亦不曾作賦，止有一篇，因少時好睡，作《睡賦》。大概謂人閑則懶，懶則睡，用以自傷，亦用以自勵也。其稿已失，今又勉承台命，恐不足觀，以今老而志衰，無氣足以充之也。

問：竊思世間，唯有睡時可忘憂也，先生效少年之好睡，忘今日之憂，惟可。

答：今時可睡矣而又不能睡，所苦在此。

問：前日奉命，諸侯五廟，不得有世室，然昨日客舍中，偶閱《文獻通考·祭祀部》，其間有云：「魯五廟之外，別立伯禽、武公二廟。」是周公賜天子禮，以故得如此否？又閱得禘祫禮異同一件，紛紛多緒，竟不得要領，先生能爲縷拆否？欲以爲末學之助。

答：魯之得加二廟，誠如妙見。至於禘祫之禮，從來聚訟，非特此也，雖郊社亦然，弟末之學，不敢妄對。

問：前聞兵左衛門傳先生說，簠、簋、籩、豆在中朝已亡其制，宜乎本邦絕無形模，方今行釋奠、釋菜禮，享祀先聖先師，其器當用何底？

答：簠、簋、籩、豆之制已亡，今中朝所用，大概仿古器博載中，約略爲之。其形如貴國所用漆碗，但簠、簋、籩以竹絲爲之而用漆，豆則木爲之，四物皆高足。

問：深衣之制，亦不可講求乎？先生如權留本朝，隨意改服，則將用何底乎？

答：弟以出外遊行，不得已，貶從胡物，纔十餘年。前此則自有我朝舊制在，所謂衣巾也。

問：衣巾，乃道袍包玉巾之類乎？朱先生平生用之，燕居乃用便服披風之類。

答：是也。

問：當今官人仍用幞頭圓領乎否？圓領補子取象在何？其用爲何而設之乎？

答：自皇帝至乞丐皆一樣。我朝衣冠之制極嚴，不讀書不作秀才，則不許服巾袍。

問：曾聞秀才用藍衫，所謂衫與袍，莫是異否？

答：袍則純色爲之，藍衫則中用藍，而四緣皆青，舉人則與此相反。弟十一歲遭國變，幼而無知，尚習舉業，又早孤，無人教訓，以父執輩言之，始弃舉業也。

問：方初弃舉業之時，華年若干？

答：十二歲也。

問：路南陽而達洛陽，其行程幾日？

答：南陽近襄陽，襄陽湖廣屬地，而南陽則屬河南，去洛陽亦千里而近。

問：湖廣之湖，知指洞庭湖而言，若夫以襄陽隸湖廣，則湖廣提封跨江南北乎？

答：是也，并跨湖南北。

我朝之失，不在崇禎先帝，而在世廟、神廟之時。議禮之日，紛争滿庭，已是立黨之根，然此時尚有君子。馴至神廟之日，黨風漸長，及先帝時則大壞矣。從古漢唐之亡，其弊在黨，我朝亦然。

問：朋黨之患，固有國者之大病，雖然舉朝人物，一於惡則同惡相濟，不必分門別戶，各自立黨。其爲黨者，一善一惡，薰蕕同器，於是乎朋黨立矣。因是見之，則朝有朋黨者，猶是命脉不斷之時，不知然否？若夫唐朝牛李之黨，則孰善孰惡，欲聞一判。

答：群而不黨，君子也。君子立朝，同寅協恭，何有於黨？一有黨則自然偏枯，君子敵小人不過，則小人勝。至於小人勝，則國非其國矣，其亡可立而待矣！《朋黨論》、《續朋黨論》，近世又有《續續朋黨論》，皆責臣子，是亦引分之正論。但於愚見，臣下之有朋黨，皆由於主上之好惡不明。主上者一國之主，好惡偏，則君子争之，小人逢之，争者退而逢者進。人情喜順而惡逆，逢之則主上未有不喜者，小人由是乘之而入，而君子勢衰。國至於此，尚何可言？牛李之禍，亦是如此，非獨我本朝也。

問：高論固是，無復可議。《續續朋黨論》，何人作乎？

答：是敝友魏叔子名禧者所作。

問：猶在世否？

答：是吾好友也，前歲卒於途。

問：其文稿記得否？携來否？渴甚渴甚！

答：江西寧都有三魏，叔子其次也。三魏皆高賢，叔子尤妙於文，虜奴好名，曾行徵聘，叔子堅臥不起，因此破家。

問：景仰不已，并二魏名字具示，惟幸！

答：長名禶，字伯子，其文集朝鮮人已有携去者，今亦遭難，可傷。第三名禮，字季子，尚存，然已五十六矣。其人不但以詩文名，有幹才。三魏逃世而居山中，山絕陡，四圍皆削壁，入者從一洞而進，漸由石隙中登絕頂，人少肥者便不能入。

弟於性命之理分毫未窺，然名賢語録及文集，亦常涉獵觀之，資性既偏，而又遭世不偶，未能細窮。又以講學諸公大概攻擊爲事，不但貴國，雖中原亦然，弟益厭之。弟所師事者，有程山夫子，曾執贄門下，略聞其説，又不得身體而力行之。愚意古賢有主一者，主敬者，主静者，各就其所得之門而入，皆有得益處，斷斷不可此是而彼非。自朱陸之後，不講則已，講則未有不争者。朱陸皆聖人之徒，而争端開於其及門，至今不能和解，殊爲可笑。當是孔子門人，質性學問俱各不同，孔子未嘗强而一之，問仁問孝，答之俱異，亦就其人而藥之耳。我輩既爲道中之人，亦各就其資而造之，則皆有聖人之一體可尋，但不墮於寂滅，即爲關鍵第一著耳。

問：程山夫子貴諱貴字，可得聞否？何鄉人而居何地？

答：程山夫子諱一鱗，字秋水，江西建昌府南豐縣人，在程山講學，故學者俱稱爲程山夫子，亦因國變而棄舉業，專心於道學。其門人大都皆往時同學肩隨之人，以夫子實有所得，俱執贄而受業，四方從者如雲。有一人中清進士，聞夫子之教，遂棄官不仕，親供灑掃之役，亦奇人也。

問：夫奇人姓名，亦願聞之。就問程山夫子是宗朱者乎，抑宗陸者乎？

答：（奇人）姓黄名楫，忘其字矣。夫子未嘗偏宗，大概德性問學兼有之也。弟已放廢久矣，豈有求用於貴國之理？且貴國多才，若弟者亦不過九牛之一毛，何足比數？若幸獲此處，朝夕亦不過談文，但心中别有事，意欲面王而後决，亦非漫爲之也。

遼東原屬朝鮮，自漢時始開，玄菟、樂浪諸郡即是。山東相對則朝鮮，浙江相對即貴國，福建相對則占城。

問：按圖知山東在遼東南邊，又聞朝鮮與遼東止隔鴨緑江耳。今言與山東相對，則在朝鮮亦南地也，朝鮮西北地與遼東交壤也。

答：圖記亦得其大略耳，尊言是。近有敝友著有《皇輿經史紀要》一書，成二百餘卷，其書載險要出入古今成敗處，了了如指諸掌。（每省皆自序，其總則魏叔子也。）

問：此書刊行於世間否？

答：尚未，因此書有忌諱處多，不便耳目，且貧士資力不及。有仕於虜者務名，欲爲刻之，敝友堅不肯，敝友高士也。

問：貴名爲何？

答：顧景範名成疇，無錫縣人。

舜與文王何如人，不以東夷西夷爲諱也，人在自立耳。弟在東夷之屬，往時中華之地無幾，只河南、山東、北京、山西及陝西五省，陝西亦不能如今日之廣，若南京則吴，而東浙則越，吴越皆東夷，但與貴邦遠近不同，則有。適劉時乾兄以夷爲言，故道及也。

問：祭喪之禮，何書可從？

答：《禮記》所載《喪大記》、《雜記》、《祭法》之類皆備悉，然亦浩繁難拘，所以朱子著有《家禮》，然亦有不可行者。近世中原所行，亦僅存其名，儀文則勝，而誠意不足矣。

問：若《禮記・喪大記》，其説不明白矣；若《家禮》其中亦有不可曉者。且請問深衣之制，祠堂之宇，重示高教。

答：《家禮》此間想有，當按圖而對。

鑒者，鏡也，所以照人之妍醜也。辟史之所載與鏡同，有可返照者始不爲虚，不然徒取博涉，終何益乎？誠如妙論，可以爲讀史之法。只《資治通鑒》一部，其中變故多端，足以取用施之於事，自有規模。若用以爲文，則熟讀《史》、《漢》足矣。

問：漢時有東甌、南粤，意南越如今兩廣地，東甌如今福建地？

答：東甌今浙江處州。

問：七閩謂其管的府有七個否？

答：今謂八閩，增建寧府，過仙霞嶺即是，此與浙相連。

問：在中國冷得緊者何地方？李白詩云「燕山雪花大如席」，乃知地太寒而多雪。

答：此亦太白甚言之也。雪大如掌，即如「白髮三千丈」之説，是太白豪誕不羈處，又不如老杜「無衣思南州」之語，爲慘而實也。南州地暖，故當無衣之時思之。此亦無聊之甚矣。

問：陝西、山西地太寒歟？比之北京如何？

答：氣亦同，大約渡河以北即寒矣。

問：北京地雖盛暑不要葛衣歟？

答：早晚可不穿，當日中亦暑甚，出山海關以外，即寒不可當。

問：浙江、福建地方大雪者積至幾寸乎？

答：浙江有雪至數尺者，福建乃無大雪，若有微雪，則荔枝、圓眼盡落矣，霜亦不好。

問：荔枝、龍眼熟，則在夏時乎？ 結子則當何時？

答：臘月花，正月則結實。

問：茉莉何狀？

答：木本、藤本二種，晚時開，香甚，其氣幽遠，次日午則臭。還有珠蘭花，纍纍然如珠。此二花俱在福建，最忌寒，浙江、江南皆有之，從福建來，收之得法則可免，不然即枯。

問：珍珠花？

答：葉大而健，細而長杪。

問：養蘭之法太多，大約這物亦惡寒好暖。

答：浙江有草蘭，人呼謂九節蘭，其實是蕙也，春時開，不畏寒。一到福建則重之，若在本地則亦尋常，所謂物離鄉貴。花與福建蘭相同，而不蕙生。雲南紫蘭，色美而無香。

問：烏臼樹葉，形狀何似？

答：葉圓而尖，春生而秋赤，結子白。我鄉人多植之，五年即結子，可收打油，多種可至富，乃益民益國之物。君問之，欲得富國之心。葉至秋，與楓同紅。中原俗語云：「三年之桐，五年之柏，山居可以至富。」

問：大者至幾丈乎？ 經五年則怎樣大？

答：其樹易長，五年者大至拱，未知貴邦有此物否？如無此物，或於便中可帶種數斗，植之則廣矣。此物宜山土，貴地甚宜。其子白衣，取爲白油作燭，內者爲清油，點燈。

問：蘭、蕙如何分別？

答：蘭是軍蕊者，葉細而長且多；蕙則一枝，有八九萼者。如今之所謂建蘭，葉粗而勁。

問：蕙花有紫、白二種否？

答：一種紫白色，無二種。

問：枸櫞是佛手柑一般否？

答：櫞是大而圓者，佛手則有指叢出，如人指。

問：榠樝是何物？

答：即糖梨。

問：糖梨是梨糕否？

答：糖梨是梨之小者，又名梅梨。

問：佛手柑有何功能？

答：其功能去積滯，止肚痛。鮮時置盆內，設案前，取其香。

問：橙、柚、橘、柑如何爲別？

答：橙但可食皮，肉則酸，不中食。柚大亦不中食，但供齋頭陳設，亦用切斤以糖糁用。橘之類不一，紅緑大小皆可食。柑亦不中食，製法與柚同。此地所出者，似中原謝橘，然皮厚。出衢州者爲衢橘，其色紅皮細薄。出撫州者爲撫橘，色黄皮粗厚。又有柳條橘，味甚美，枝上生最多，其枝因重而下垂，故謂柳條。又有癩頭橘，皮粗惡而肉更妙。

問：今世所謂八珍品目如何？

答：八珍亦僅存其名而已。其大八珍即如龍肝、鳳心，此豈可得乎？小八珍則時時有之，然亦變易不常。

問：印板糕是與夾沙一般否？

答：夾砂無印，但上下以米粉，而中隔以糖，和砂仁爲之。印糕則以板刻成花樣，而和米粉實其中印之。

問：水果之中第一所尚者是何物？

答：性和而有益者，花紅、檳果、枇杷，其餘味佳者甚多。栗揀得中氣者，和圓眼拌一處懸風處，挂七日去圓眼，只食栗，細嚼有人參功。

問：宋時殊貴團茶，所謂龍鳳團頭綱餅類是也，似福建貢的，不知今亦在否？

答：此是蔡君謨以意造之者，當以進上，士君子譏之。

問：意是采茶葉，煎熬爲膏者。

答：竟以茶葉操而入板，印成龍鳳形。曾看過一書載此事，不知和有別物，是何物忘了。今湖州第一爲廟後岕茶，出峒山，生於石上，如石衣。

問：鄉飲酒禮，今猶行之否？

答：鄉飲之禮，僅存其名矣。所謂鄉老，大概是民間富戶，俗號爲拿富戶也，有不願者，往往以賄求免。

問：古者行鄉飲酒，必設主賓介僎，今猶然否？　意賓乃拿富戶而爲之，主乃誰充之？

答：知縣并教官。

問：鹿好吃黄精麽？

答：有鹿銜草可識，想此山極多，較參力更大。鹿一交則盡泄其精，牡者不能起，牝者銜此草與食則起。道家以精氣神，鹿主精，龜主氣，鶴主神，此三物仙常近之。

問：《戰國策》與《左傳》文字，孰當先學？

答：《左傳》猶有合理處，雖不盡得聖人之意，而其文雅健，學之宜先。《戰國》文悖理，純是譎詐，心術未正，恐入其流，雖蘇子父子，亦有偶犯處，可見學之宜後也。

問：大凡今世文章皆以奇爲尚，但取悦人耳目，恐非貫道之意也。

答：文不害奇，如《孟子》文亦儘奇也，只要看其心何如，亦可從文入道。

問：每謂凡事著意則已不是。古人文章奇正皆自然如此，不消安排，如今人則却刻畫求奇，真氣已離了。

答：聖人作《易》，豈非至奇？　至奇文字，然六合萬有皆在其中。故曰：《易》奇而正也。文固要真氣不離，然真氣在我，豈得有離之事。　今人落筆，便自以爲是，即此不盡心，便是離了真氣，故往往浮而不切。　大概文字奇正皆少不得，只不可不合於法。　古人於未合法處多改之，又改必求合法而後止。如《國語》是《左傳》舊稿，竟有不同，可見其貴改，蓋《左傳》勝於《國語》也。又《史記》亦是纔脱稿文字，故其中多純雜相間者。又如歐陽修，以文名家，其文竟有全改不存原稿一字者，有改數語者。又老杜「新詩改罷獨長吟」，可見亦不厭改也。

問：水品以揚子江爲第一否？

答：揚子江心水，謂之泠泠泉，在江之底，以空瓶入江，没至底而取起，在金山之下。究竟未必然，此亦就當時所飲過者而言。

問：惠山泉在四川地方否？

答：在江南常州無錫縣，惠泉養窮民甚多，終日擔賣。

問：大約井底有錫者水清，無錫而水清者何？

答：此言有錫在水底，水無毒，非無錫之謂也。有一對「無錫錫山山無錫」，對不來，有人以「平湖湖水水平湖」對，然不好。會稽有白乳泉，色味俱似乳，往時曾使僧人取來，不中飲，想此物可熬爲膏，必有益處。

問：稱呼安東先生，當用何等？

答：若於尊大人有往來，則是父執，父執之中又有交而最密者，則自在叔伯之列，然無竟稱以叔伯之理。中國通稱，則概爲先生，然在近時，則稱先生又濫矣，此世風之衰也，可嘆！

問：見如今虞山、天生諸兄稱小四郎以叔，是何義？師之視弟子，固猶子也，然則乃祖之弟子，自當叔行之義乎？

答：稱爲世叔、世伯者，亦後世之禮。古者敬老，爲其近於父也，後世以輩分而論，則又與古少異。中國師弟之分最嚴，故有如是之稱。謂之世者，則不以一代而止也。

問：同門固兄弟之行也，然則稱同門之子爲世侄而可乎？

答：此間無同門、同年之稱，但有同寅耳。若中國同門之子，則稱門侄，稱同門之子，則直曰賢侄或老侄，若自謙，則稱爲兄者亦有之。大抵幼之事長，則宜依分，長之待下，則不妨於謙耳。同讀書，謂之同窗；同出一師，謂之同門；同中科舉，謂之同年；同官謂之同寅，此中國近時之禮也。同寅之子亦概以寅侄自呼，則不論年齒之長少也。

問：唐宋之間，座主門生至白頭不墜禮，今猶然否？稱座主以先生亦可乎？

答：明時極敦此禮，毫不敢越，近則不然矣。座主稱先生亦可，但於世俗以爲似泛，故皆稱老師。

問：律與絕句孰難做？

答：詩是古爲難，從律入者聲和而多蕩，絕則又難於律也。老杜諸絕句，另爲一格，亦是不肯襲人齒牙之意耳。

問：禹王石紐在會稽，石紐是何樣？

答：今謂之窆石，有亭覆之，樣如稱錘一般，而入地至不可計數。往有好事者，曾窮其根，而竟不能也。

問：閣臣票擬是謂何事？票擬用人莫是山公啓事否？

答：凡疏上朝廷，經御覽之後，發閣臣票擬，是批疏内所陳之事，不敢自專，故曰擬，用浮簽貼於疏上，請皇帝定奪行止也。山公之啓事，即如今之所謂奏疏耳。

問：科臣抄發，亦抄群臣上疏否？抄是留本署乎？送閣臣或部臣乎？

答：閣臣呈皇帝之後，或允行，或不允行，閣臣則發科臣，科臣則看是何部事務，留其原本而抄發之也。

問：所謂案者，各司清吏上本部長官否？

答：呈本部則留本部長官，而各司亦有文案留查。

問：「書名」何義？

答：生下呼名曰乳名，至入學讀書，師名之曰書名，即中原所謂諱也。因諱中之義而有字，字即號也。

問：今所稱三公謂何官？

答：古之所謂三公，在我朝無專官，文武臣中有極品而無以加者，則以太師、太傅之類加之，僅得其銜耳。

問：問看稱師相者，乃得太師銜者乎？就問前朝兵權，何官專職？近看一書名《官制備考》者，其中兵官有五府都督者，所謂五府分十三省，隨方屬五府乎？又有十二衛者，是親衛兵乎？錦衣衛亦在十二府之一乎？十二各府之名，願細指示。

答：五府者，前後左右中，在皇城內，凡功臣子孫襲封者，輪值之，不在十三省之中。十三省又各有衛，如紹興則有紹興衛，嘉興則有嘉興衛，每府皆各有衛也。十二衛則在京中，從五府中抽出而言，此在武宗時權宜爲之，後又廢爲團營矣。十二衛但有衛名，無府名。

問：監生與諸學生有別乎？

答：監生在國學中。我太祖之制，於國學最所盡心，凡功臣子弟及各府縣廩食生員，則入其中。監有六堂，每堂自下而上漸升至率性堂，則可入爲宰相，其餘亦有即出爲御史者。使其制不廢，則人才之所出自多。後因承平已久，監規漸廢，入監者亦漸少。土木之變，因各營缺馬，許天下有力者納資買馬則入監讀書，然亦不過一時權宜之計，後遂一定而不可變。功臣之子弟，則皆紈絝而懶學，而廩食生員，又不肯入監與納資者爲伍，是以國學之名雖存，而其實則不舉矣。

問：今時當制是翰林官乎？是中書舍人乎？

答：凡有制誥，翰林作文，中書寫。若中書舍人，則唯承直首輔，左右趨蹌而已，首輔所坐堂，唯中書舍人可入。

問：追贈三代，依世次有尊卑之別乎？

答：只就本身官職而追贈之。

問：假如本身五品官，則父、祖、曾盡贈五品官乎？或者曾祖贈二品、祖父三品、親父四品否？

答：官至三品，則上及祖；至二品、一品，則上及曾祖。假如本身知縣，則父亦知縣，本身是閣老，則父、祖、曾皆閣老。中原有百官鐸，取曉之之意，大小內外官升降次第俱在內，本吾鄉倪鴻寶先生作以呈朝廷者，欲明其中利弊之意，今民間刻之，用代博奕（弈）之具。

問：本色、折色，如何各目？

答：錢糧皆出於田畝，解京有本色、折色，本色即米，折色即銀，無錢穀之謂。

問：井田固萬世不易之制也，而今日不可遽舉，次之儘可者何制乎？每府兵數隨地之閑要多寡不同乎？

答：井田自是可復，但患無人耳！自漢以後爲君者，定亂之外，竟不思有長遠之計，苟且補苴而已。次之則名田，前代有行之者，然不清經界，不久即混淆而廢矣，無益而徒擾事也。然行井田，則又須兼古之封建而并行，纔得無弊；又須在鼎革之初行之，若承平已久，則又不能行矣。兵制之多寡，視其地之大小，數各不同。

問：名田之法如何？所謂以丁中分田者乎？今時田租常額比之什一，多寡如何？本色、折色并納，或一納本色，或偏納折色，亦得乎？唐世取於民有租庸調之三，租取之田，庸取之差役之價，調取之戶，多以布帛收之，今亦如此起派乎？

答：名田不甚詳其制，大概如台論云云。什一之數，未嘗額外有加，只蘇、松、常、鎮四府稍重，因太祖一時懲創，而後遂不變矣。唐之租庸調，今謂之「一條鞭」，凡百雜項俱在其中，大概每畝納銀一錢四、五、六分不等，米三升。此外別有丁糧，則不在田畝之內，是輸爲役錢者也。

問：古云五金，其品如何？

答：金黄，銀白，銅赤，鐵黑，錫青，又帶黑白。

問：中國五金之中何者尤多？

答：金銀礦極多，但不許開鑿。

問：古云南金，出南方者爲貴否？

答：據《禹貢》揚州貢金，今無之，有而不許開。

問：如今何地方開礦？

答：廣西、福建、山西、雲南有沙金，今亦許人淘。

問：如今買賣用銀乎？用錢乎？抑在各地方其用不同乎？

答：銀錢兼用，唯錢則各地有不用，不知何故惡用康熙錢。若福建漳、泉二州及廣東雷、廉、潮等州，皆只用舊錢，不用新錢，歷代錢俱用，明則多耳。

問：明朝制每一代必改錢號乎？本方傳用，唯有洪武、永樂、宣德之類，不見其餘。如今鼓鑄，民間亦有之乎？唯官局而已乎？

答：洪武、永樂、宣德三朝與貴邦通，故有錢，此後不相往來，故無也。聞監國時，有乞師至貴邦者，曾有百萬洪武錢帶回。又聞有翟大義者，亦來乞師，直至進內與將軍面言，不知有此否？從來中國開鑄，唯官局，民間犯禁謂之私錢，其輪廓小，與官錢樣不同。禁亦名而已，一禁則多盜，故地方官往往寬之。

問：古者泉府有子母相權之說，蓋謂大小兼用，故歷代或有當百當十之錢，明朝亦然乎？今亦有此制否？

答：當百當十是官錢大者，明初因銅不充用，故有此制，今則不然。

問：寶源局唯兩京設之乎？各省開分局乎？

答：今則在京，其始亦在各省。

問：如今制十錢當銀一分用？

答：制則如此，用則各處不同。

問：唐宋世有童子科，國朝亦存此制歟？

答：有。

問：取之之法如何？試以何等業？

答：不過以詩文及問對了，此皆隨舉一事問之，似背誦意了，但比成人者稍恕了。我明如解縉、李東陽，皆由此科入。東陽舉入之時，宣宗以對聯語與之曰：「烟鎖池塘柳。」東陽隨口云：「此備五行，無可對。」亦不失爲神童。

答：中原有靈壁石，出靈璧縣，縣在河南，近江南界，米元章所好者，今已絕少矣。此物不在山上，在土中掘得者，即如山樣。元章評石曰：「要綯、要瘦、要透。」此物不經鑿取，本是全體，絕佳者竟可辨陰晴，將陰雨則起潤甚，且隱隱有霧氣。此無價，前已托人去尋，不知有否如何。中原有方石六角石，從土中出，其光潤之色如玉，隨手擲地，零星至幾百千塊，方者自方，六角者自六角，大如指者，小如黍者，皆然。前忌之，不曾著人去尋，以待將來可也。

答：中國不用爲硯匣，作別用或貯零星之物，名漆匣。凡匣類中別作一層，謂之梯子。

答：古時相揖相拜，必相叫，此聲細，女相唤；此聲大，男。近時竟名揖爲相唤，其實但揖而不唤也。杭州每日家中有率叫之禮，謂相率而叫也。此但叫而不揖，早幼每晨必先到尊長前叫，如街上遇人亦相叫平等。

問：有多人同拜，則必設典儀，唱拜、唱興，使衆容歸一否？

答：凡宴客設席亦然，使一人在旁典儀，如酒到，則此人便叫請酒，然後衆客齊舉杯而飲；饌到，則此人便叫請舉箸。

問：大抵西北之人少淫，東南之人多淫乎？

答：如山西在北，其風不好，北京亦然。福建婦女最貞，往往多節烈之人。

問：浜者音義。

答：有水處，或有人家環住者。

問：扭。

答：即紐，音鈕，亦同。

問：壩。

答：築土斷水，上可行人。

問：揪。

答：以手掘土。

問：「小令哨遍」謂何？

答：此類今皆入曲，梨園子弟演之爲戲。

問：唐人絶句皆可入曲，王之涣「春風不度玉門關」之類（是也），今人絶句亦可入曲否？

答：今人盛以曲行，所重詩餘，而絶句不用也。梨園始唐而曲盛於元，元以此取士。元曲竟有大部者，至今作傳奇，以此爲祖。如文人別有作，如《牡丹亭》之類，優人以爲不諧律，常改而唱之，可恨可恨！

問：國初諸子似盛唐，至鍾、譚則依傍誰門？

答：鍾、譚似單弱，其選亦涉小巧，然初學解之，亦可開心竅，但要自己氣骨不損。

問：王龍溪鄉里甚麽？

答：在敝鄉山陰，此人有狂名，後入理學爲高弟。

問：荆公新法中有「手實」，是何義？

答：「手實」是手自實填其戶口田畝之多少。

問：博采字取義如何？

答：采以名色言，賽以勝負言，骰以形象言。

問：彈棋之戲，其法何如？

答：今已無之，拘古法則其盤中突而四邊低下，棋止用五枚，此亦唐之遺風。

問：如作樂府，則照題意否？ 假如《公莫渡河》止其人之行，《子夜歌》則謂夜中之事之類。

答：有照題者，亦有不照題者，總不拘。 然吾輩作詩，只自寫性情可也，偶然興會所至，作一二首亦可，然畢竟照題爲是。

問：王言有數，曰制、曰詔、曰誥、曰敕、曰告身，其體皆有別否？ 復可通而名乎？

答：制、詔、敕是散文，誥與告身是四六，誥以贈封三代，告身則告本身，敕有戒敕之意。 凡此就天子而言，名雖殊而亦無大異。 制、詔則頒布天下之言，誥、敕、告身則與臣下者。 誥是贊詞，告則有勉之意。 若藩王則曰教、曰令。

問：本邦自七年前冬末亘六年前春初，自西北方亘東南方，有白氣如匹布者，中州亦曾看之否？

答：己未冬有妖星自西南直掃諸垣，但不及昴䶮，亦奇事，想是此氣。

朱文公是徽州人，音不清，凡書中叶音多有訛處。

問：蔡九峰名沈，則是「浮沈」的「沈」也，而刊行《書經》音沈以澄，日本沈澄音別，却從澄音讀沈了。

答：「沈」字無點則音審，姓也。

問：賈字爲姓，則與商賈的賈是同是別？

答：姓氏的音假，商賈的音古，若依尊音，則是苦了。

問：「望」字如今望之，則平聲，曾爲人所望，則仄聲，如雲夢乃楚望的是仄聲？

答：此字只一音。

問：思字分兩韻如何？

答：思，平仄以音語之調否而別之，思無邪之思，讀從去聲。

問：閂，何音何義？

答：（音）膧，讀作上聲，門上横木。

問：本邦以兩段爲一匹，中州段匹丈尺如何？　又有定制否？

答：今之度已不齊，丈尺由人爲之大小，中原全者爲匹，零者爲段。

腌臢、垃圾、邋遢，又名蓬塊，不潔净之謂也。　潦潦草草，此二字是言省事之謂也。　囉囉瑣瑣，是言多事之謂也。

問：榿木是甚麽樣？

答：榿似梓而理疏，不中材度，僅可供薪之用而已。

問：鳳簫今猶有制否？

答：無之。　簫以竹爲之，直吹，笛亦然，横吹之。　今之簫則用一竹二尺二寸長爲之，空其竅而吹者，非古之用多竹也。

問：高漸離所用鉛筑形狀何似？

答：以大竹爲之筑，以木鏤空爲之，則謂之梆，即古之擊柝也。

問：温公與東坡争顧役、差役之利害，其别何如？

答：顧役便。差役則不論公卿大夫之家，俱須爲役，顧役則有力之人出錢而雇人爲之，今猶行其法。荆公有保甲法，今亦行之，只青苗一法，自是不可行。

問：保甲是寓兵於農之法否？五家爲保，每一保差出甲兵一人否？

答：兵寓於農是在田野上説，保甲是在城市中説。五家爲伍，十家爲什，共是一甲，互相爲保。但查奸宄而已，無兵可出也，然在危城之内，亦有時用之。

問：大牢謂牛、羊、豕三牲共備，中牢謂除牛唯存羊、豕，小牢謂特牲豕而已。如今直指牛肉爲大牢，指羊肉爲中牢，是似謬，不知如何？

答：全牛爲大牢，全羊爲少牢，唯大祭用之，豕則常祭皆用。三牲不必只指牛、羊、豕，若猪首、雞、鵝、魚之類，亦謂之三牲，今中原所通者如此。尊諭似創見，亦未爲不可，蓋禮以義起也。

問：内兄弟是外舅之子，表兄弟是姨之子否？

答：内兄弟即妻之兄弟，表兄弟不同，有從姨稱，亦有從姑稱者，姑則父之女兄弟也。

問：所謂堂姑、堂兄弟，親眷何服？

答：（堂）即從之謂，服有等殺，而稱則一也。

問：古以上黨人參爲上，今猶尚之否？

答：今已無之矣，考其故則云：往時上官苛取，民爲之苦，故盡報爲種已絶也。實未嘗絶，而民不知所以取之并製之之法，久之已失其源流矣。參一物而備三才之義，得天地之精氣而生，備人形者爲神品，以人而參天地。參，叅也，三也，本字從蓡，後人呼爲參。

問：宰刀牛刀（　）、偃月却月刀（　）、斬馬（　）（　）、厨刀（　）、鈹刀（　）？

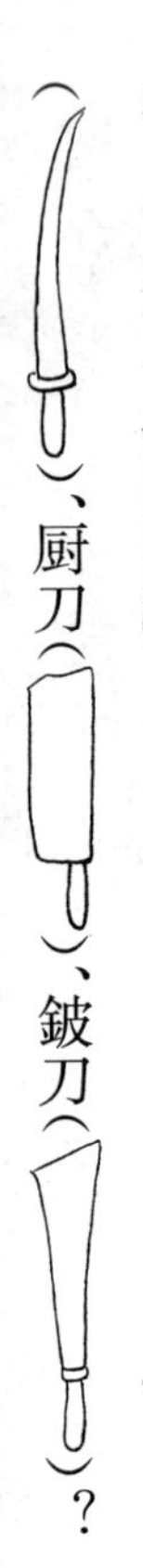

問：古者丈二殳以積竹造之，積竹是甚麽義？以竹竿造之否？

答：積竹即今之叢竹，其刃則用鐵。（　）

問：前朝畫手誰爲第一？

答：國初有王諤、戴進二人。進本打銀匠，窮極工巧，自以爲必傳後，見熔化已壞，悔其不久，乃改作畫，亦臻其妙。惜不讀書，并不識字，今辨真僞，但以有款無款爲定準。不文之人而能此，可見凡屬藝事，皆是天成者，自造三昧。

問：畫既聞命，書家是誰第一？

答：畫亦不止此二人也，書則名家頗多，而中原最重者，以董言宰爲第一。

問：董公從何門入否？

答：是從米入，有徐文長亦從米，而近時王鐸則又超米而上，惜其人可恨了。

問：文徵明係何年間人乎？亦是書畫妙手否？其爲人何如？

答：是世廟時人，其品高卓之甚，書畫亦妙。同時有祝枝山，其書超神入化，是弟所深喜。

問：徵明亦曾作官人否？别號爲何？

答：曾聘爲待詔，不久而辭歸，别字徵仲。文氏族人大概多能畫，有五峰者，名亦盛。

問：徵明鄉里甚麽所在？

答：與董公同里。

問：徐熙是落墨，趙昌是設色否？

答：去歲曾有「吴道子病維摩」一幅煩人帶來，已被結封而去。中原造製墨法極費力，最上者功本約與墨之輕重等。

問：易水李廷珪今尚有遺孫否？

答：家已式微，其遺墨今須十數换不可得。

問：古以剡溪藤造紙，是故舒元輿有弔剡溪藤文，剡溪今猶解此法否？

答：剡溪今屬嵊縣，其紙已無。紙今多出楚地及江南之寧國府者，爲上，亦不但以楮皮爲之也，後世之人其巧如此。

問：李後主澄心堂紙亦以楮皮造之否？

答：是楮造，今改家猶有藏者，珍重之甚。其次則我朝宣德紙，亦好事者珍重。

問：後七子是李滄溟、徐天目、王弇州之類，皆是係正統年間，前七子是何年間人？

答：後七子以李攀龍、王世貞爲首，前七子以李空同、何大復爲首，餘則忘之。大概皆是自相標榜，亦不必盡當。錢虞山有《昭代詩選》一刻，所收頗廣，亦當，每人有小傳在前，先兄詩亦得收在其中也。先(兄)名宗觀,字用賓,號朗屋,被難可悲,異時當細述也。弟初名宗升,皆以易卦爲取也。

問:前日書示桂王結局,先生還收去,請再書示,我公欲聞知。

答:永曆上於庚子入緬甸,次年緬甸叛,因出獻虜,虜不令入京,就於雲南被難。永曆上龍顔日角,鬚髯極美,虜見而畏之。又頭目歃血而欲反正,曰這纔是我皇帝,後機露而敗,虜之頭目因此殺之,幾數十人。永曆崩日,風沙蔽天,虜皆咋舌。

問:鄭氏父子官銜封爵曾記否?

答:芝龍—森國姓爺延平王—錦舍稱延平世子。

問:順治虜酋死還有廟號否?

答:稱世祖章皇帝。圖讖中有一圖,内畫一桶,中貯三孩子,外立八竿旗。虜以旗爲號,所謂八旗是也。順治、康熙俱孩子,已應其二,想尚有一孩也。此一孩暴甚,前出閣讀書時,因怒其師,著人拔去十指甲,將來亡天下者,必此人。

問:當今虜酋名如何? 謚號止順治帝歟,還追崇先祖否?

答:虜酋名曰玄曄(燁),是歲年三十四,其先從得遼東者起至順治共有四人,然不知其所崇何號。

從古得天下者未有若虜之易,四月入中原,九月順治即僭位。漢高祖五年而成帝業,以爲奇矣，又不若虜之爲更僥倖也。天下事得之易，失之易，理應不爽。

問：曾聞虜主見中國百家姓首載「佟」字，終以佟爲姓，然否？

答：佟是遼東人姓，有被虜者，遂相襲之，順治妻姓佟。

問：西韃、東韃元是同種否？果是種異否？

答：種不同。

問：今之西韃所巢穴在中原何地方塞外？

答：逼近陝西邊外，今甘肅、寧夏與比鄰。

問：西韃中亦有數種否，却是一種？

答：想不一種，今最强者爲王太吉。

問：西韃人生得强弱騎射之類比東韃孰勝？

答：東韃日以一萬兩饋之，一年三百六十萬，中原之窮以此。東韃畏之，想是强也，將來猶恐爲中國患。

己亥年，鄭氏亦提師至金陵城下，住札月餘。彼不善用兵，天下豈有呆守一處，而不遣將四掠者乎？又其時與張兵部氣不連，故有此敗。一敗則不可復舉矣，哀哉！自海道進內口必由崇明，崇明懸於外，可棄而不取。再入則有鎮江，地雖險可奪而過之，江面亦闊，至二十里。此人始末竟與文山相似，鄭始不合，後亦甚敬之，即秋水之兄，秋水本姓張，兵部諱煌言，字玄著，昔亦與朱先同事也。

問：張玄著者亦護監國乎？ 所謂張兵部即此人乎？

答：玄著先生在海島日久，海上人呼張兵部即此。 後在島中乏糧，虜假僧人送糧，乃獲，虜欲降之，罵不絕口，乃殺。 有臨刑詩，容明年録呈。

問：孫碩南如何人？

答：餘姚人，將拜相，告假歸省親，聞虜入先帝崩，遂舉義師，建節錢塘，虜勢逼，投海島，舟仰天再拜，乃殉。 其令郎孫延齡，字夢九，在閩督師，與虜戰不利，逃歸，前年沒，今有孫四人。

問：魯王監國結局如何？

答：老死島中。 魯王在海上甚苦，當時有張兵部爲之左右，尚好，兵部死後，鄭氏竟不顧，鬱鬱而亡。 計其年當在壬寅年間，但不確了。

問：前朝以府州立名，無國郡之名，封爵有國郡王，覺兩者不合。

答：不過取古地名而文飾之。

問：唐宋之制，有兵曰府，無軍曰州，前朝之制亦因之乎？

答：我朝之制，兵統於衛，府州俱無師，但給餉則由州府，亦彼此牽制之意了。

問：前朝州府以何別名？ 限境之廣狹乎？ 然則若干里以上爲府，若干里以下爲州乎？ 縣固隸府，州亦隸府，州縣何別？ 州縣各設兵乎？ 率一縣之兵數若干人乎？ 騎卒并置，而復各以弓箭鳥銃槍手別隊乎？本朝親衛親王私兵卒，皆以弓箭鳥銃等，別其部伍，各置隊長、行長領之，其長則騎士也。

答：當時府州縣之制亦不同，不必千里不千里也，如東南地狹人廣，則府縣之地反不如西北也。州亦不同，有隸府者，有不隸府者，不隸府則謂之直隸州，俗謂之獨脚州，而錢糧兵馬亦統轄於府，相見之禮則比縣稍尊耳，兵數則視地而爲多寡，亦不同。

問：所稱藩臬者按察使乎？巡按巡撫臨時差遣乎？是亦御使否？按察使必監察御史否？

答：藩司謂布政，臬司謂按察，巡撫坐省，在藩臬之上，巡按則特遣，代天子巡狩，監察御史則在內。

問：巡撫、巡按共臨時差遣之名，意其本官各有銜也？

答：巡撫從二品，巡按正七品，權則重於巡撫，撫按二人有過犯，可以互相揭參。

問：巡撫、巡按使常時置之乎？臨時差發乎？

答：祖制每省止有三司，都司掌兵，管各衛所，布政司掌一省錢糧出入，按察司掌一省罪犯，後因三司不相統攝，故又設巡撫也。巡按則一年一差。

問：六部已有禮部，又置大常寺者，不知何故？

答：即光禄寺亦可省，如有刑部矣，又有大理寺，朝廷治要莫要於省冗官。

問：《焦氏易林》未得全書，《漢魏叢書》中收載之，意其略也，此書有足據者否？

答：《叢書》所載已盡之矣，其可據與否則不知，但取其文之奇了。

問：駐扎之扎，是從木是從手？

答：當是從木者爲近，蓋駐軍之地必有木城故也。前日承問「岏嶓」二字，此是山之窪缺處，若從土傍則爲坎埳，埳或從陷，是言地不平也。《字彙》一書，學者宜備。弟苦少時失學，於字義考之未精。

問：還有駐劄之語，知「劄」亦是「札」之類，臣下啓事有劄子者，是甚麽樣？

答：此宋時名色，今謂之手本，即奏章也，亦即疏也。手本但開脚色，是下屬達上官之禮，本則臣下奏君之疏也。

問：册、策、劄、札？

答：册者各官所存錢糧及戶口之數書於上。

問：大抵古時册以竹造之，故策字從竹；札以木爲之，故字從木。

答：册象形，策以竹爲，然須編之而後可書，册則似竹所編樣，孔子韋編三絕，則編策以皮也。

問：《字彙》一書雖本邦亦盛行之，或曰其音不正，不知如何？梅膺祚是有名的人否？

答：音間有不正者，然不多，即如《詩經》音，叶亦不正，緣紫陽是徽州人，故音有不諧了。《字彙》一書不可廢，較前《篇海》、《海篇》二書爲最，緣其一字讀出處皆考核精也。

問：見《字彙》序曰：六朝人讀「霓」字爲入聲。如何？

答：讀作業音，蜈此是正音，此即霓也。

問：我公太好《洪武正韻》，欲改沈約韻就《正韻》，今時中國所用者，以何爲是？

答：亦問有用《正韻》者，如我友魏叔子之類也。愚意古詩可從《正韻》，若律詩則當從沈韻，蓋律始於唐，唐以沈韻爲宗，既從唐之制作律詩，即當唐之所宗爲韻。

問：以《正韻》爲官韻乎？

答：《正韻》所收廣，沈韻所收少。

問：或說大車讀爲居，小車從麻韻讀，不知也有此理否？

答：恐未然。《論語》大車、小車一様讀從居，無二用。

問：本邦村夫子問有主今說，大車爲居，小車從麻韻，此是誤否？

答：但「車」字從麻者，有體用之分，車體是一物，假如車水「車」字，則虛用也。

韃子所最怕者爲鄧將軍，欲聞其事歟？亦可爲中國伸一口氣。此嘉靖時人，善殺韃子，韃子所以怨世宗者爲此也。鄧將軍名翊，江西人，亦爲虜所殺，頭既去而不墜馬，馬更馳突虜營，韃子爲馬蹂躪而死者，不計其數。其未死者，皆頭大如斗，因知爲鄧將軍顯威。群祈禱之，不愈，又祈禱之，願世世奉之如祖宗，然後頭痛稍愈，故至今懔不敢犯。上自虜酋，下至衆虜，皆群奉一鄧將軍於家，其儀仗與虜酋同，每日早必先叩頭，然後出理事。或有私犯及受人賄，則其家主必病，宰牲祈福，至所受賄已盡，則病愈矣。或中國人有犯死罪者，至跳堂子則赦不治，堂子是虜酋供鄧將軍殿宇。

問：羊亦有二種，何者爲貴？

答：山羊爲貴，有角者是，此在南；綿羊賤，身上叢毛可作衣，此在北。

問：常言連稱羊羔，羔亦羊之類？

答：羔是小羊，在腹中取出者爲上。

問：羊羔酒其製法如何？

答：此却不知，相傳虜以羔爲麴而製酒也，不知是否。

問：我公邸裏有綿羊、山羊各若干匹，好吃紙，這物性原來然否？

答：物性食草，紙亦草，爲之食。桑葉極能肥羊，中原養蠶之外，桑葉盡飼羊，湖州多養蠶，故又多羊。

問：跨竈是何義？

答：跨竈，馬之前蹄曰竈，跨者，馬之後蹄跨過於前蹄，以後比子，以前比父，唯好馬能如此了。

問：聞道監國魯王駐札舟山，想是海中一島，在何地方？有容許多軍之地乎？

答：在浙江，不過如宋末之厓山了，暫駐則可。朱先生亦在此中住過，李秋水亦然。

問：山東濱海之地是沙是石？

答：登州、萊州有石，船須平底，當要嚮道之人。

問：本邦海濱有沙地者，還有小石者，中國亦有此兩樣之別否？

答：南則沙，而北間以石。

問：九河故道今猶存否？

答：九河之故道已失，約略言之，大概是今時出遼東口子處，所謂九河亦非盡就內地而言。水到最下處，其勢更急，大禹從河水出海處疏爲九道，殺其勢也。今故道既失，其流日南，今出海處在南京、山東之間，亦無常道，聽其決於何處，則就其處築之而已。

問：官人第宅之制，有不得私爲者否？

答：重檐、翻軒、甬道、閥閱、華榱、石鼓、石獅、行馬乃互馬、轅門、獸頭。〔〕驅鳥雀本龍種，其性好風，故用之。

問：王鏊異物之所生，其談如何？

答：王文恪公鏊，猩猩所生，解元、會元起家，及殿試將中狀元，嫌其貌陋，別中謝文正公爲狀元也，當時有謠言：「王鏊文字雖然好，容貌焉能及謝遷。」王鏊面上有毛，蓋得母種也。

問：太學生捲堂是何義？

答：通國學監生，閧然而散，謂之捲堂。〔一〕

答：喔喔主言語而說，亹亹主敬肅而言，娓娓主輕盈而言。

問：丘瓊山蠻人，是何地方？

答：丘瓊山、海瑞二公是黎人，其功烈文章亦著。

〔一〕此下似有缺頁。

九月八日第四會

問，大串元善。答，張斐。

文玉者，高尾兵左衛門字也。

問：晝問文玉傳先生密語，初聞之，起坐蹶然，自失良久，然則先生固當世之程嬰杵臼也。初未嘗知之，浪以無用瑣碎，數亂大志，先生之不肯固宜矣。如傳此情於江都，則我公亦彌服先生之義。然竊聞崇禎皇帝唯有三子，皆墜於賊手，然則今猶存者，竟何人乎？且事機之變，朝不俟夕，如先生遠來此地，則誰代任其事？弟等不能無疑於此，欲得其詳，以達江都而已。上有天，下有地，今夜知是事者，文玉與弟等二人而已。勿疑勿疑！

答：適蒙台召，不敢不赴，其實胸所欲言，卒不能盡，又微聞疑弟有緣飾之辭，雖有言何益。

問：弟等何有疑長者之理。雖然，爲人臣者，奉命遠來，未免不酷求實情，是以自涉疑長者，負罪誠深，幸乞諒照。上天后土，有如皎日，願說其詳，得速達江都，弟等之幸也。如其不聞則已，既聞端緒，則欲以究始末，以報我公而已。我公感人之義特甚，如閣此事，不得其詳，則以弟等爲特無人心者也。且以報，則我公別有區處耳。先生所欲奉者，於朝家當何族乎？先生初逢何地乎？會遇始末，欲略聞大概，先生之來此土，托之誰人乎？

答：弟遠來欲一見尊王，本是慕義，而意中所不忍倍者，則弟先世以來所受恩之人，恩之與義，有異乎否？辱承諄諄下問，豈有本欲見王而反自不直，故有所隱乎？蓋亦筆舉淚隨，嗚咽難盡，而又恐終拂來意，則徒付空言，總之無益則不如默之爲愈也。親見二公，肝膽相照，皎如白日，亦非懼有泄漏而再四躊躇也。今承二公慨然大義以爲決不負弟，則弟猶忍默，弟非人則可，弟猶是人也，敢不略吐其梗概。先帝生有七子，今所存唯此一人矣。始自巢縣葉五美，暨廬州李應生二先生調護，乃得存此一綫未斷之根。行次在第三。其人好學問，而德量英武，外視之則有文叔長者之稱。雖依藉若弟等者，不無其人，而流離播遷之苦，不可名狀。弟於戊子年，相遇於蕭山，既而一別兩年，復相見於寒舍，弟以此不得在餘姚安處，而移居府城，以兄弟聯行。久之又不安，不得已辭而遠居南京王俊公家。俊公者，仕於虜而心未全死者也。其子伊其，尤篤於義，事之極盡誠敬，而外以師弟爲名。己亥，鄭氏入南京，既敗而去，四方洶洶不安，王氏之子贈之費，復至弟家，弟爲卜居於蕭山，此辛丑事也。自後竟不出門，唯弟一人，遊覽天下，而陰結有志之士，然尚有時而歸，至壬子年辭家，迄今十餘年不歸矣。弟之欲至貴邦經營，蓋非一日，在未開禁之前，已有其念，而數年來，又以奔走道路，不遑寧處，雖有估舶之往來，竟不能附。今歲五月，適自蕪湖至吴門，有姚朱二君之便，不勝狂喜。初不意貴邦大禁煌煌，翹首企足，不能面王一言以吐我胸中之鬱。真如維谷之羝，進退徬徨。幸遇二公，與弟同心，千金之諾，想復可恃。總之我朝必有復興之日，我朝之興，必有藉於貴邦，挺生尊王之好義，欲舍之而他適，其可得乎？此事，弟自鑿鑿有據，非漫然而姑爲此言者也。向弟於此人，托之有地，近則又遠之。兖州有與弟同姓而字坦洲者，爲之左右，可以無煩二公之遠慮。但其中有詳悉委曲處，非逐事而下問，則一時亦不能條對。且今日亦未敢盡言，統俟見王之時而縷晰之。凡事，惟祈二公爲弟轉達，如獲得我之心，則他年生死銜結之報，亦非筆墨所能罄矣。

問：第三王於永王、定王行次如何？曾封於何地乎？方北京之敗，若干歲乎？永王、定王之中一人，則行次應有第三王之次，永王、定王既不能逃出，第三王何計逃出乎？

答：先帝第二子，已早薨，謚曰懷愍，永王行次本第三，以懷愍之故，升爲第二，定王爲第三矣。定王之得生，與永王同，幸邀於賊之手，其賊爲毛貞生，自毛而至葉，其淵源大概如此。

問：方先生初遇蕭山之時，大王年紀多少？

答：是時纔得十一歲。

問：甫十一歲，縱使聰明，未能歷南北之間關，自托於巢縣，奉送者誰人乎？

答：即賊人毛貞生也。自毛而至葉五美先生家，葉亦不能安處，故常携之遠遊，後葉亦遭難，雖不緣此事而敗，然亦大概不出此了。

問：永王當今安否如何？

答：永王流落甚，至爲優以糊口，有舊宫人，爲虜將所掠而爲妻者，一日演戲，宫人能認之，秘而不言，他日俟虜將出征，遣人佯爲戲，招之入内，而問得其詳，宫人贈之千金使他往，而宫人亦縊死。後在湖廣一山中，弟聞之，欲使其兄弟相見，不意適值遭虜手之難。虜稱四王爲永王，主家與人争田一事而敗露，此纔是庚申年中事也。

問：賊已拘諸王，假使毛得負夫，後應搜索遍於天下，雖深山幽谷，應無不到，况於巢湖之逼南京乎？何以得脱其網乎？

答：此是賊人見虜而敗逃之時，自救不暇，何暇爲此盡根之事乎。

問：然則方此時，太子亦何不共逃去哉？

答：李自成令毛貞生看管，想毛亦是一賊將，其良心未盡死絶了。若太子不能與之共逃，則年尚少也。至今弟常問之，則猶如夢也，唯有嗚咽而已，但言曾記得在馬上過日，亦不知何以而至此也，言及此，可勝痛心。

問：太子年小，復應長於第三王，且均是帝子也，毛何置嫡宗而輔庶孽哉？

答：賊何知有嫡庶之分，且定王本屬周后出，當時賊亦不曾理論及此，偶然在身旁，則挾之而逃了。當時永王又不知賴何人而得脱。據毛賊之言，本欲以定王投吴三桂，作反正之計，後見三桂已竭力爲虜用事，始轉而通於葉，通葉之後，毛云欲往陝西，然亦竟不復至矣。

問：太子後遂爲虜所殺否？毛生結局如何，今猶存否？

答：太子之生死，其說不一，未知孰是。一則以南京所稱太子即王之明，以爲倒其文而爲隱語，即遺聞中所載是也。其實是虜之計，至今南京猶能道其詳。一則以爲當時已死於京都。毛貞生去陝西之後，竟不至，亦不知其下落。

問：定王爲買一妾否？及其未衰邁，早求龍種，是爲急計。且問葉李二先生安否何如？

答：葉已遭難，李則卒於正寢。李有三子，俱無恙，葉則止存一幼子，變名姓在外，今亦歸宗矣。我定王已爲娶妻，九年生三子矣，俱聰俊。

問：萬歲萬歲！

問：本邦古今之間，偶遭大變，流離播遷者，必持一重器或世牒去，以爲符驗，勸舉義者，於理揆之，大王亦必有一符驗，不可容僞也。

答：無也。

問：夫賊虜之黠狹（狡），無所不到，安知非毛賊曾將一無賴者去，故欺南人哉？於此時，葉巢湖有何可徵，輒奉之乎？必有所傳，幸示，多罪多罪！諒照惟祈，使臣職分，不能根究不到此極。

答：據輿論，當時之至葉家不一，其人多是宗姓了，不知葉何以奉之獨唯此人，蓋不可問也，但弟曾問一太監，頗與此人所言宮中細小事一二件有相符者，弟所據唯此。

明治十三年十月以德川昭武藏本謄寫

校　合

相關文獻

一　安東守約、安東守直奉和張斐詩據《霞池省庵手簡》輯録。

奉和張先生飛白高韻

安東守約

讀書自識慕中華，誰意得知老作家。飛白品題傳不朽，最歡字飲醉瑯邪。

奉和扇頭高韻

安東守約

嘗聽張公子，文章冠翰垣。潛心探理義，希聖達根原。名播汗青上，字鮮飛白痕。天邊頻極目，目極更無言。

奉送張先生歸中國詩并序

安東守直

張先生賜家父以大作，謬辱稱美之辭。家父盥手拜誦，以爲登狀元，以爲登瀛洲。小子亦不勝感銘，所恨國禁嚴而無繇就見，徒懷狗馬之心耳。聊賦小詩，奉呈董惟下，只恨俚語缶鳴，不堪奏於咸池云門之側矣。從來樗散，豈訝無松柏之材也。伏丐郢斤。

高蹈泛鯤溟，扶摇萬里程。書如鸞鳳舞，詩使鬼神驚。江海不應見，關山無限情。各天阻良覿，鴻鯉約騷盟。

張先生去年留詩而别，今春重來，不堪喜，奉和惠韻，敬呈郢教 安東守約

忠憤去國來海東，後生喜仰起儒風。志慕魯連不帝秦，教愛諄諄及野翁。中原衣冠變豺虎，出身取榮何足數。嘉君隱淪遠屏跡，楚騷托詞吐胸霧。同心相得如金石，去年臨别賜新詩。仄聞重來與春至，待得最歡及花時。

奉和張先生高韻并引 安東守直

前年張先生來崎，贈書於家嚴，奬予其道德之高，且不以守直凡下，辱賜書及佳章。蕞爾鯫生，不意得中華大儒之知者，蓋家嚴高德之餘波也耳。所恨終不得一面，忽爲參商。日月荏苒，今已易四星霜，未嘗一日不往來於懷，不堪仰德之至。聊奉次芳韻，謹抒不忘之情素云。

華人貽嘉藻，厚情銘方寸。飾奬駑蹇姿，方駕駿足健。誘人期遠大，虚己處謙遜。延愛屋烏心，蒙齒牙餘論。善哉彼樛木，能使葛藟蔓。

奉和張先生吟并序

安東守約

予與僧萬瑛結方外之交久矣，嘗習漢音，讀《梁父吟》。霞池先生聞之，忝賜佳詠。謹和高韻，兼呈斤政。

首尾吟，感人心，清歌灑兮滌塵襟。一言教誨重千金。避世蹈海甘陸沈，華夷混雜陽變陰。發憤騷詞詞鋒森，撫琴嘆息少知音。首尾吟，感人心，清歌灑兮滌塵襟。

二　大串元善寄安東省庵書〔一〕

答張先生第一書，「證其非飾詞也」，「其」字當在「非」字上，「況有來書門下處貧之語」當改作「況來書有門下處貧之語」。

上張先生第二書，「感荷無貲」，「貲」當作「資」，蓋謄寫之誤，要改。《朱陸辨》，「溯末探本」，常言多曰「溯源」，未見「溯末」之語，如有來由，請必書示。「其及傳道於魯男子也」，「其」字當在「及」字下。

又與素軒第三書，「鈔録琴譜之中其難解處」，「其」字覺不穩，如改「琴譜之中，鈔録其難解處」則如何？或除去「其」字如何？「通其一曲，亦樂莫大焉」，「其」字當在「通」字下。

右數件隨所見濫書，因皆「者也之乎」之間，不□一篇大意，然而先生眷眷下問之切，如藏不言，則隱昧之中，返不自安，以故及之，幸請海涵。如有來由，必請書示，亦晚生爲文之一助也，勿吝來教。

張先生第二書，「安得餘資分沾惠及？苜蓿馬瘦猶供雀鼠」。此雖未解文意句法，似訓點當如此。

張先生第三書，「無如此間禮數未嫻，往往取罪於人，彷徨道左」。以「如」一字爲如何義，亦有據乎？或其脱字乎？極之於師，尊無加矣。

張先生答尊郎書，「上寢食于《史》、《漢》二書，不當下拾唐宋」。

贈尊郎書，「觀花必自蓓，霖雨始膚寸」。

訓點一方之局，俗不足以議是非，雖然，訓點不當，或終使文義閡隔，亦學者所當講也。

一　非文去年去崎奉贈古詩，通篇皆以七言爲句，唯至第十一句獨爲五言，見先生和韻亦效此體，古人之作亦有如此者否？而善見非文親書此詩所饋今井小四郎扇，作「寒天朔吹今」。如此當再三研究，古無此體，則所贈先生者，偶書而脱誤乎？高和亦當更加二字，第十一句亦作七言也。

一　非文《梁甫吟》古詩有「鈎啄蜚集炎鼎沈」句，是用何事？若知來歷，亦請來教。

十月十有七日　　侍教生大串善

〔一〕輯自徐興慶《朱舜水集補遺》所録《安東氏藏札》，第一三八頁。

三 明遺民張非文傳

青山延光

張斐，字非文，初名宗升，號霞池，明浙江餘姚人。兄宗觀，字用賓，號朗屋，張斐筆語。善樂府歌詩，以王伯之略自許，與朱士稚齊名。士稚遭亂，散千金結客，坐擊獄論死，宗觀號呼於所知，斂重貲賄獄吏，得不死。既而論釋，宗觀聞之，大喜踴躍，夜渡江馳見士稚，未至爲盜所殺。朱彝尊撰《朱士稚墓表》。斐幼孤，年十一遭國變，猶習舉業，父執見而誡之，乃棄舉業，從明遺老李一鱗學。《筆語》。爲人卓犖不羈，所交多賢豪，《莽蒼園集》餘爲鄉黨所推。斐既絕志仕進，《姚江與今井弘濟書》。慨然慕魯仲連之爲人，《筆語》。周遊天下，自號客星山人。《姚江與今井書》。常憤明國淪覆，觸事悲慨，嘗夜讀《楚辭》，聲氣激烈，聞者隕涕。親戚有仕清者，斐以家貧不能絕，然平生多作當時義士傳以寓其意，又不欲以儒自名，與俠客大鐵椎之徒相善。《莽蒼園集》。初，甲申之難，明主諸子爲賊所執，及賊敗，其黨毛貞生挾定王慈炤而逃，欲投吳三桂作反正計，聞三桂降清，乃托之巢縣葉五羑。五羑及盧州李應生悉力調護，五羑恐事漏，攜之遠遊。五羑尋遇害，慈炤轉赴南京依王俊公。俊公子伊其以師弟爲名，事之甚謹。及鄭成功討清不捷，清人索捕明主子孫，伊其給慈炤以路資，至斐家。斐爲卜居於蕭山，是後益事遠遊，陰結有志之士。《筆語》。斐鄉人朱舜水亦嘗潛謀興復，將乞援於本邦，航海來長崎，困苦最甚。我水戶義公感其忠義，厚禮招之，待以賓師。《舜水文集》。舜水既沒，義公諭其孫毓仁及姚江求奇士，江欲以斐應之。一日遇之吳興，語以其事，《姚江與今井書》。斐喜曰：「我朝之興必有藉於日本，今水戶公好義，我舍此而何適乎？」《筆語》。乃奮然就途，不復還家與妻子辭，遂來長崎，《姚江與今井書》。作文祭舜水，時貞享三年也。義公遣儒臣大串元善試其才學，斐作頌獻之，《筆語》。義公愛其爲人，欲延之，會海禁甚嚴，不得聘招，斐悵怏而去，義公亦深惜之。《中村雜記》。明年，斐再來長崎。《莽蒼園集》。是歲義公年六十，斐屬友人湯來賀作壽序以獻，來賀亦明遺老也。《來賀壽序》。斐所著有《莽蒼園集》，莫知其所終。麟按：湯來賀於福王嗣位時爲揚州推官，高傑來攻城，日掠廂邨婦女，來賀與知府馬鳴騄堅守月餘，見《明史·高傑傳》，亦有可稱者。

録自章炳麟編《民報》第十五號（一九〇七年）夏期增刊

四　書刻張非文真跡後

宇佐美充

凡事出意之所不測者，固莫非命矣，而究其所以然故，竟有不可得而知者。如鄭延平稟生於神州，而彰義於西土，朱文恭竭忠於西土，而全節於神州，是也。延平王遇明季壞亂，辭親狗國，身膺招討之任，氣吞朔漠，屬勢不利，據海隅以察變，不幸早歿，不能遂其志。然子孫由其遺烈，奉永曆之號者三世，清主嘉其忠義，歸葬以王者禮。文恭先生以文武全才，丁陽九厄運，流離於海外，數來長崎，其志在控大邦而伸恢復之義，及時勢不可爲也，遂止保明氏衣冠。我義公重其德望，幣聘師事之，其卒也，輯遺文以傳於天下，使文恭之道明於百世之下。然則文恭之與延平，其跡雖異，而至其不朽則一也。而其或往或來，彼此易所而以成其名，豈其初心所得料哉？雖曰命之使然，抑不亦奇乎？

若夫求逸事於當時，則余深有感於張非文之義。非文名斐，號霞池，又稱客星山人，明紹興餘姚人，即與文恭同鄉也。學問該博，不治章句，善詩文，工書，性磊落，有奇節。貞享中，與文恭之孫毓仁及姚江同來長崎，二人薦其學德於義公〔一〕，公乃遣史臣大串子平等見之。非文云：「放廢之夫，非求用於貴國，心中之事，有欲一謁尊王而後决者。」留俟命久之，未得其報而歸。其所謂尊王，即指義公。蓋海外之人，不審我國體，故謬稱耳。明年再來，時國家之制，既已不許納外客，文恭之事，固屬異數，雖以公之好賢，不得再開大禁也。遷延月餘，非文終悵悵而去〔二〕。

初，其在長崎也，子平察其有大志，從容問訊，遂得其實。蓋非文欲再造明室，所奉定王者，崇禎第三子也。北京之陷也，年甫六歲，明氏遺臣勠力調護〔三〕，長於流離播遷之間，既生三子。時清既滅朱氏，剗除强梗，州縣漸定。非文遊覽四方，而陰結有志之士，適慕義公之義，遂航海而來，其志欲藉公之威靈而雪國恥也。其復子平書有言曰：「夏有一成，已賴斟鄩之定亂；楚雖三戶，欲效包胥之乞師。」既而非文使其友前兵部侍郎湯來賀作公六十壽序以呈，來賀亦不食清粟而隱者也。未幾，任邃菴元衡者，又來長崎二次，亦求見於公。乃與子平道其情，遂遺書今井將興云：「值中土世衰，腥淪九鼎，幸白水尚存，爰整一旅，率土皆仇。無他邦之可泣，仰瞻鄰德，思繼絕之可施，是以三涉危波，念舊德之難忘，必欲報以國士。兩受大命，慚爲使之多愆，實難效包胥。」元衡，非文之外姻也。由是觀之，則非文之義足以感其親戚朋友，而其所以各致命於其主者，可知也已。當是之時，義公之名遠播於海外，西土之人多知文恭之見優禮，故來獻詩或文，衒技以求售者，靡靡皆是。至非文則不然，其言曰：「原弟來意，所眷戀而不能忘，唯上公。公能開一面之網，而邀惠於遠人，則留之三四年或五六年，無不可者，然尚有與公并重之人，則又不敢倍也，竟老死於此，則是倍之矣。皇天后土，實鑒此心。」此可以觀其志也。而其至於曰：「幼學春秋，素秉尊攘之教；長虛歲月，徒爲視息之人。將偕隱以入山，嗟無寸土之乾凈；聊抗懷而蹈海，視同尺水之波濤。擊楫而誓澄清，嘆乘流之祖逖；席帽而歷險阻，傷去國之管寧。袖匕而入函關，身脫虎狼之地；提椎而潛下邳，淚濕犬羊之天。」則悲壯激烈忠憤之氣，洋溢於言表，使讀者擊節興起〔四〕，慨然想見其拊膺切齒之狀，豈非古所謂廉頑立懦者耶？

非文既齎志而去，元衡亦不獲命，可勝嘆也哉。元衡之歸也，公厚賜之，且贈非文以白鑞，後無知其消息。公每談及非文之事，愀然不樂，侍臣亦不忍言此，以沒公之世云。近時或傳非文死節，余以爲非文決非徒死者，其言或信。然頑民之稱，周時已有之，況於滿清乎？

若其先死山林乎〔五〕，名固當湮滅，果舉義以殺其身乎，清其必加以賊名。其赤心忠國之志，孰能發揚而傳之？獨義公之德，有以感其景仰之念，而子平之才能盡其情，其然後非文之文得長存於神州，而皜皜名節與延平、文恭俱不朽也。蓋明之將亡，倒戈内向屈膝事仇者，如洪承疇、錢謙益輩，身非不富貴，然乾隆主論謙益，以爲非人類也。則爲之子孫者，將無所容身於天地間也。異時西土或於明氏遺事有志於實録，而得之神州，以旌表朱張之義，則其裔亦將有餘榮也。

嗚呼！自當時而言之，則非文之不幸，固可爲痛恨；自今日而觀之，則其爲不幸之幸也亦大矣。蓋天之所覆，地無東西，苟氣類之相感，各有其人，不應於彼，則必應於此，《易》所謂「鳴鶴在陰，其子和之」者。其事之奇固不足以爲奇，然使非文不困厄而激，則其言之傳，不可得而保也。抑天之降命其意何在，其亦得不謂之奇哉！余偉非文之節，遂愛其書。我彰考館所藏，有非文遺墨三卷及筆語等，其文其詩可傳者甚多矣。元衡亦善書，惜其文不多傳。余嘗欲整釐非文之詩文，刻以繼文恭集之後，未及請之。今茲子有吉君模勒其飛白書及文一篇而公於世，余喜其舉，乃記其來由以贈，且廣其傳。文政辛巳六月，水户宇佐美充書蘋亭之南窗。

錄自愛風書屋本《莽蒼園文稿餘》

〔一〕「二人」，水府森氏抄本作「姚朱」。

〔二〕「悵悵」，水府森氏抄本作「悢悢」。

〔三〕「調」，水府森氏抄本作「保」。

〔四〕水府森氏抄本「興起」下有「慷慨」二字。

〔五〕「先」，水府森氏抄本作「老」。

五 《莽蒼園文稿餘》跋語

章炳麟

右《莽蒼園文稿餘》一冊，日本愛風書屋雕板，余得之館森鴻子漸，逡書一本。是書今日本已鮮存者，故子漸特珍祛之，嘗示德清傅雲龍懋園，傅未之奇也。雕板不精，甚至如告祭舜水二文，目録題舜水，稿中則題楚瑜，究竟原文標題，不可臆知，亦不得不仍其舊。其他，子漸藏本原有校勘語亦間有誤校者，余審定是非，頗有取舍，然其不可解者，亦不敢妄更也。青山延光所作傳，則雕本所無，又子漸手寫附入者。其稱貞享三年，是時當虜康熙二十五年，距甲申已四十二歲，距緬甸之難亦已二十五歲。鄭氏覆祚，三藩亦相繼削平，顛木既萎，寧復芽蘖，而非文拳拳於定王，精禽填海，可哀也已。據宇佐美充書後，則非文尚有詩及筆語，余不得見，而僅録其文餘一冊，亦可哀也。己亥三月，章炳麟枚叔書於臺北旅邸。

又案《明史》諸王傳，定王慈炯，莊烈帝第三子，崇禎十四年九月，封爲定王，十七年，京師陷，不知所終。永王慈炤，莊烈帝第四子，崇禎十五年三月封永王，賊陷京師，不知所終。則名慈炤者是永王，而定王乃名慈烱爾。今青山延光所作傳中引筆語作定王慈炤，不知爵與名孰誤，然宇佐美充謂定王者，崇禎第三子也，則確是慈烱而誤作慈炤矣。然《明史》崇禎十四年諭禮臣：朕第三子年已十齡，敬遵祖制宜加王號，但既受册封，必具冕服，而《會典》開載年十二或十五始行冠禮，十齡受封加冠，二禮可并行乎？於是禮臣奏定，於是歲册封，越二年行冠禮。則明亡時已十三歲，而宇佐美充謂北京之陷，年甫六歲，是果據非文筆語而云然乎，抑宇佐美充偶誤也？據日本水藩國史總裁川口長孺所纂《臺灣鄭氏紀事》云：延寶二年康熙十三年。正月，吴三桂稱擁立崇禎第三子而即帝位，檄曰：將欲反戈北逐，掃蕩腥氛，適值周田二皇親密會太監王奉，抱先皇三太子，年甫三歲，刺股爲記，寄命托孤，宗社是賴，姑飲泣隱忍，未敢輕舉，以故避居窮壤，養晦待時，蓋三十年矣。又云：卜取甲寅年正月元旦寅刻，推奉三太子，郊天祭地，恭登大寶。長孺按：莊烈帝第三子，定王慈烱也，崇禎十七年國變，年既十四，他無三歲皇子者矣。京城陷帝崩時，三桂猶駐山海關，未入京，太監王承恩既殉死於煤山，三桂何得會承恩？檄文所言，係詐僞，非實事也。以上《臺灣鄭氏紀事》。長孺按語最爲近實，然三桂所以必托言定王者，正以是時中外繫望，在此藐孤耳，則慈烱不死，固可證明。此非文所奉，斷爲定王慈烱，非永王慈炤，誤在名，不誤在爵也。至於齒歷長稚，一時誤記，無害事實，此所言六歲，亦非三桂言三歲之故作矯誣者比矣。

又案非文死節，事不可考，宇佐美充謂舉義殺身，清必加以賊名，則信矣。余考朱一貴之起，虜廷稱以寇盜，而《臺灣鄭氏紀事》則云：自鄭氏滅後，享保六年辛丑，明遺民漳人朱一貴稱明室後裔，起兵於臺灣，其年敗死。是一貴實抱博浪之志者，潛德幽光，發於海外，未始非幸。而非文蹤跡，則雖東人亦莫知其所届，悲夫！考延平初奉魯王、盧谿王、寧靖王居金門，凡諸宗室，頗給贍之。及克塽之亡，寧靖王朱術桂知事既去，嘆曰：「予明室宗族，義不可辱！」具冠服拜天地祖宗，與臺人從容别飲，以王印授克塽而自殺，五妾殉焉。皆見《臺灣鄭氏紀事》引鄭成功傳。則鄭氏亡後，明宗室之散處海上者，亦必不少，如一貴蓋亦其人也，而非文之死，庸知非有所擁戴而爲之耶？聽遠音者聞其疾而不聞其舒，祀逾二百，史官區蓋康杍之事，若滅若沒，豈不疚夫！己亥四月，炳麟又識。

録自《民報》本《莽蒼園文稿餘》

六　朱張二先生傳及跋語節録

荀任　鄧實

張斐，字非文，號霞池。少好學，不治章句，卓犖有奇節。國難後，慨慕魯連，周流結客，自號客星山人。常憤禹域蕩淪，□□俶擾，多傳義士，以寓厥恉，然耻以儒自表，與俠客大鐵椎之徒相善。初甲申變作，賊執明氏諸子，及敗，其党毛貞生挾定王慈炯而逸，欲投吴三桂，謀反正，聞已降清，乃托之巢縣葉五美（羑），廬州李應生，殫力調護。五美（羑）恐洩，擁之遠遊。尋五美（羑）遇害，王轉赴南京，依王俊公，其子伊其事之甚謹，相名以師弟。及鄭成功討□不克，□嚴索明氏子孫，伊其懼禍波己，乃贈王以行資，展側至斐家。斐居之於蕭山，自是益力遠遊，潛結志士，欲奉王而圖恢復。頃之，朱毓仁、姚江至自日本，遇於吳興，言水藩好士。斐大喜，曰：「吾國之興必有藉於日本，今水戶侯好義，舍此安適乎？」遂奮不辭家，而航長崎。光國遺使臣大串元善見之，斐曰：「放失之夫，非求用也，欲一謁尊侯而決心事耳。」時幕府修文偃武，憚事遠征，故再至長崎，卒不獲命而去。其在長崎也，嘗閔慕舜水，爲文祭之。交元善至悃款，其復書曰：「幼學春秋，素秉尊攘之教；長虛歲月，徒爲視息之人。將偕隱以入山，嗟無寸土之乾净；聊抗懷而蹈海，視同尺水之波濤。擊楫而誓澄清，嘆乘流之祖逖；席帽而歷險阻，傷去國之管寧。袖匕而入函關，身脱虎狼之地；提椎而潛下邳，淚濕犬羊之天。然符讖未亡，文叔之興可卜；薪膽已竭，勾踐之伯將成。蓋四十載之經營，既多義士；三百年之德澤，尚有曾孫。夏有一成，已賴斟鄩之定亂；楚雖三戶，欲效包胥之乞師。」《莽蒼園文稿餘》節引。是時當□□□康熙二十五年，距甲申已四十二祀，距緬甸之難亦已二十五祀，鄭祚覆斬，三藩削平，而斐拳拳定王，希圖再造，既窮域內，復流海外，艱苦乞援，終不可得，亶可哀哉。任元衡，斐友也，亦至長崎，欲見光國，乃與元善道其意。元衡遺今井將興書曰：「值中土世衰，腥淪九鼎，幸白水尚存，爰整一旅，率土皆仇。無他邦之可泣，仰瞻鄰德，思繼絶之可施，是以三涉危波，念舊德之難忘，必欲報以國士。兩受大命，慚爲使之多愆，實難效於包胥。」光國賢而厚賜之，且贈斐以白鑞。遺著有詩文、《筆語》、《莽蒼園文稿餘》。後卒，莫知其所終。

苟任曰：明季遺民乞師幕朝，皆不得命，識者疚之。夫日本之與華夏，海水相隔，其於吾族，固不能休戚與共者矣。然其優待遺老，發揚秘佚，終始絕通問於□，亦未嘗不爲誼舉也。朱張苦節，有古節烈士風，而姓名不遺私史，苟非日人闡明幽光，祀越二百，其將斬乎？舜水老作賓師，得保衣冠於水藩，而非文蹤跡則雖日人亦莫知其所届，悲夫！

鄧實曰：余讀日本《支那雜志》所載日下寬所撰《朱舜水傳》，其所紀朱張二先生在日本之行事及其學術，有此篇所未備者，姑補綴於後，亦表章節義、發揮幽光者所樂聞也。傳曰：……又有張斐者，慕舜水高義，追踪而至，聞其死，文以祭之，其略曰：「嗚呼！中原陸沈，天傾地折。狂瀾一瀉，九州盡決。既胥溺而莫救，何大海之不可涉。奮一往而輕身，去故鄉以永別。蹇孤蹤而至止，懍剛（綱）常於無缺。况忠信之所孚，又此邦之多傑。咸儼師而敬友，復尊德而樂業。嗚呼！吾獨悲夫夏嗣之猶存，篡羿之未絕。詎斟鄩之遂無其人，遽壽命之忽焉而奪。甘夷餓而非難，辱箕奴而不屑。將忍死而有爲，非逃此而苟活。竟夙志之無成，僅一身之歸潔。目豈瞑而淚潰，心不灰而血結。國隕祚而長悲，家望祭而徒切。悵歸魂於萬里，渺驚波之難越。嗚呼已焉哉，唯浩氣之常存，塞中天而不滅。起後生之頑懦，勵壯夫之名節。慨予生之獨晚，慕前修之餘烈。聞父老之遺言，心每傷而嗚咽。跪陳辭以奠哀，靈飄緲其來接。」斐慷慨好義，與寧都魏禧等締交，或言斐之西歸，奉明遺孽，舉兵不克而遁，莫知其所終，其文稿水藩嘗梓以行世。

節選自《國粹學報》第一年十二號，清光緒三十一年刊

書影手跡

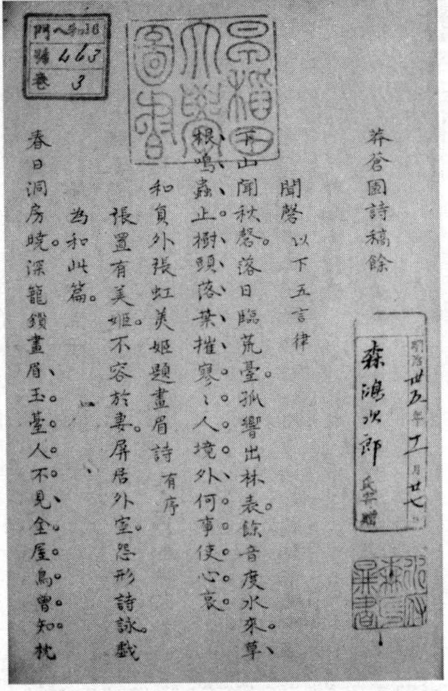

莽蒼園詩稿餘

聞磬 以下五言律

下出聞秋磬。落日臨荒臺。孤響出林表。餘音度水來。草根鳴蟲止。樹頭落葉摧。寥寥人境外。何事使心哀。

和員外張虹美姬題畫眉詩 有序

張置有美姬。不容於妻。屏居外室。恐形詩詠。戲為和此篇。

春日洞房曉。深籠鎖畫眉。玉臺人不見。金屋鳥曾知。枕

早稻田大學圖書館藏水府森氏抄本《莽蒼園稿》

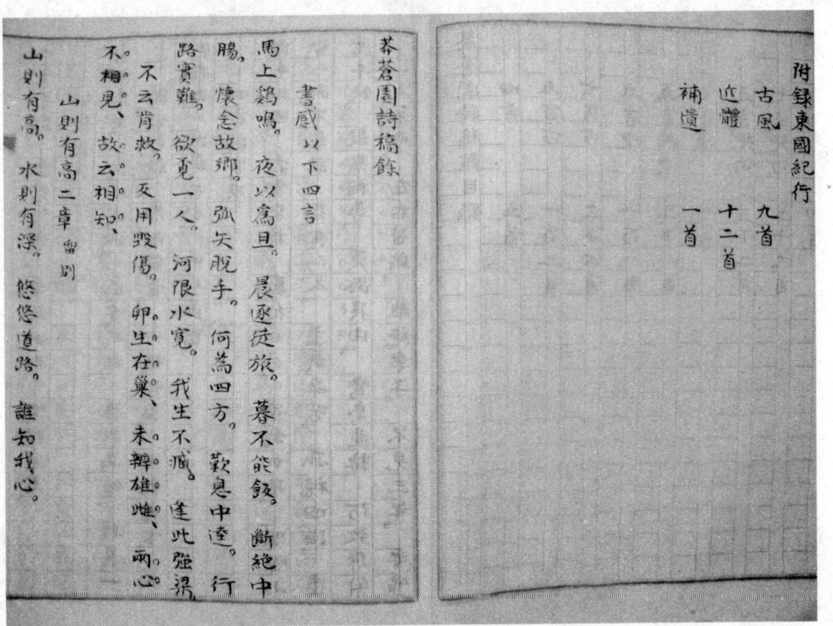
附録東國紀行

古風 九首

近體 十二首

補遺 一首

莽蒼園詩稿餘

書感 以下四言

馬上鷄鳴。夜以爲旦。晨逐徒旅。暮不能飯。斷絶中腸。懷念故鄉。弧矢脱手。何爲四方。歎息中途。行路實難。欲覓一人。河限水寬。我生不憾。逢此强梁。不云肯救。反用毀傷。卵生在巢。未辨雄雌。兩心不相見。故云相知。

山則有高 二章

山則有高。水則有深。悠悠道路。誰知我心。

早稻田大學圖書館藏國書刊行會抄本《莽蒼園稿》

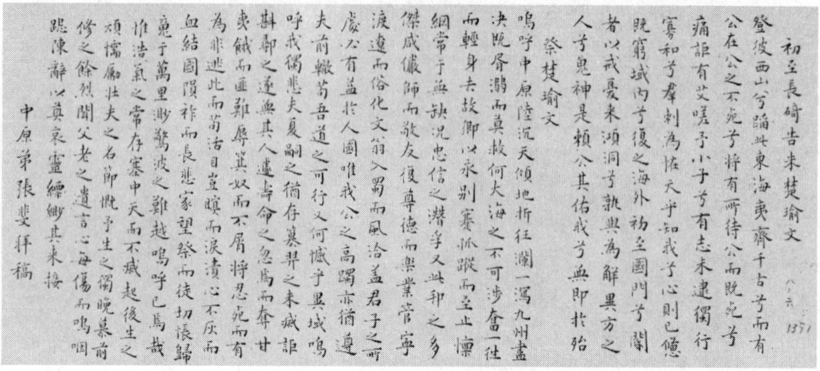

初至長崎吉朱楚瑜文 八六 1351
登彼西山兮踽此東海夷齊千古兮而有
公在公之不死兮將有所待公而既死兮
痛誼有艾嗟予小子兮有志未逮獨行
寡和兮羣刺為佐天乎知我兮予心則已愴
既窮域內兮復之海外初至國門兮闡
者以戒憂未頒洞兮孰與為解異方之
人兮鬼神是賴公其佑我兮無即於殆
祭楚瑜文
嗚呼中原陸沉天傾地折狂瀾一瀉九州盡
決既昏溺而莫救何大海之不可涉奮一往
而輕身去故鄉以永別賽孤蹤而至止慨
綱常于無缺況忠信之潜孚又此邦之多
傑咸儀師而敬友復尊德而樂業常寧
渡遠而俗化文翁入蜀而風洽蓋君子之所
處公有益於人國唯我公之高蹈亦猶遵
夫前轍苟吾道之可行又何憾乎異域嗚
呼我獨悲夫夏嗣之猶存墓羿之未滅誼
斟鄩之逸無其人遑壽命之忽焉而奄甘
夷饑而盡節辱箕奴而不屑將忍死而有
為非逃此而苟活目豈瞑而淚潰心不厭而
血結國隕祚而長悲家望祭而徒切悵歸
魂于萬里渺鷩波之難越嗚呼已焉哉
惟浩氣之常存塞中天而不滅起後生之
頑懦勵壯夫之名節慨予生之獨晚慕前
修之餘烈聞父老之遺言心每傷而嗚咽
跽陳辭以奠哀靈縹緲其來接
中原弟張斐拜稿

柳川古文書館藏張斐文拳稿

明張非文著
莽蒼園文稿
愛風書屋

莽蒼園文稿序
天地正氣充塞兩間而萃於賢豪夫天下賢豪之士
何世無在不在廟堂則在草野其在廟堂正氣萃於
廟堂在草野正氣湮於草野自古使正氣湮草野以
自速危亡者何限是天下之常勢固無足怪矣如明
季外則權臣內則宦寺所謂南衙北司肆其毒螫忠
諫之士無或免於遠竄枉死者遂致九有大亂北京
陷於流賊使滿清得逞蚌鷸之術長驅陷沒州縣一
時賢豪在草野舊紳各藩族奉諸王以謀恢復而

愛風書屋本《莽蒼園文稿》

文獻書影
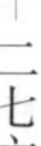

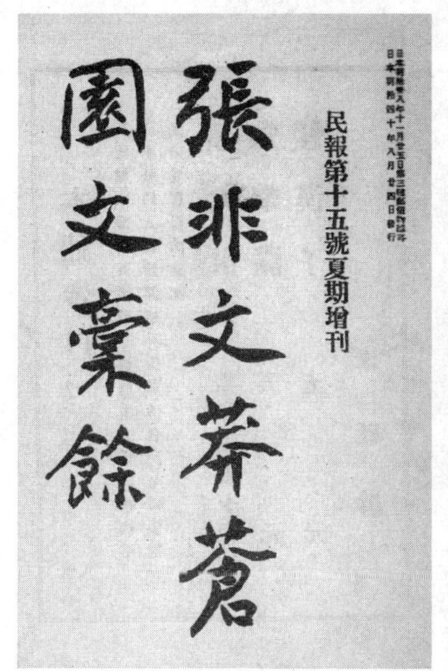

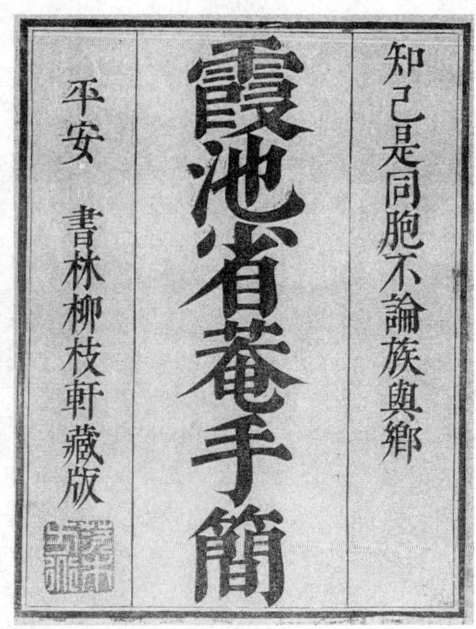

《民報》本《張非文莽蒼園文稿餘》 平安書林柳枝軒本《霞池省庵手簡》

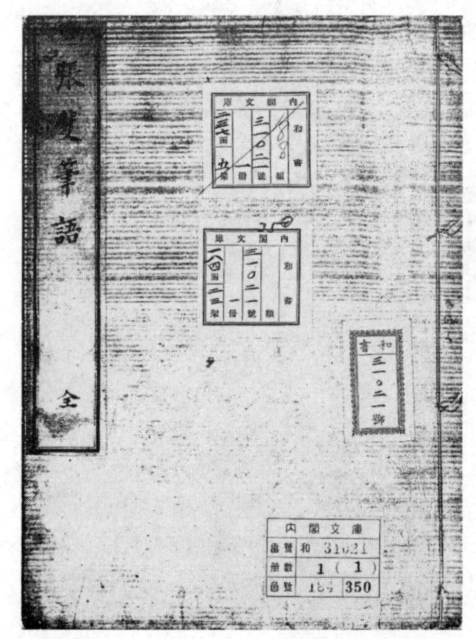

日本國立公文書館藏《張斐筆語》傳抄本

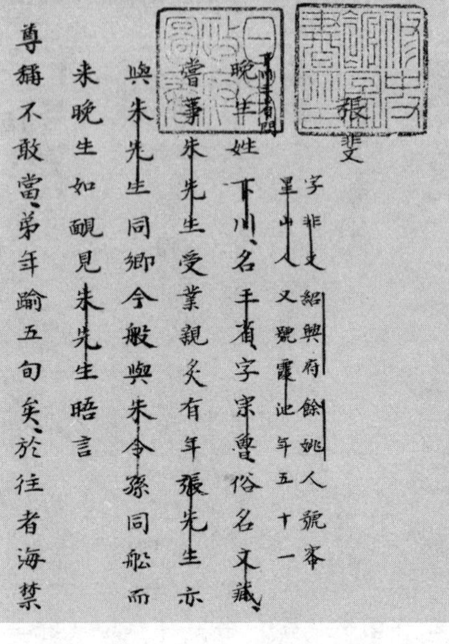

張斐 字非文 紹興府餘姚人 號寀星山人 又號霞池 年五十一

晚生姓下川、名三省、字宗曾、俗名文藏、嘗事朱先生受業親炙有年、張先生亦與朱先生同鄉、今般與朱令孫同船而来、晚生如覿見朱先生晤言

尊稱不敢當、弟年踰五旬矣、於往者海禁

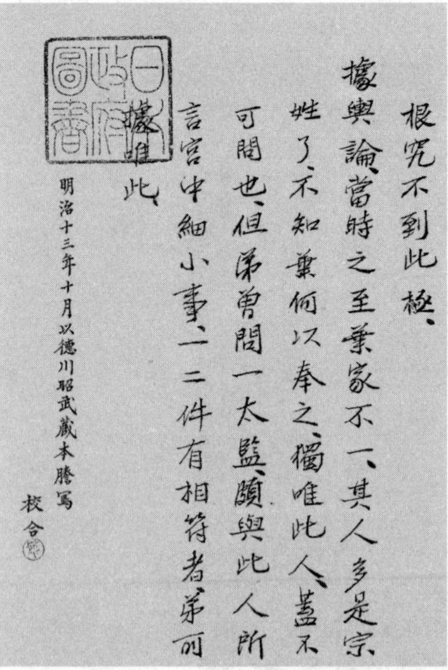

根究不到此極、據與論、當時之至叢家不一、其人多是宗姓了、不知叢何以奉之、獨唯此人、蓋不可問也、但弟曾問一太監、頗與此人所言宮中細小事、一二件有相符者、弟所據唯此、

明治十三年十月以德川昭武藏本謄寫

校合

日本國立公文書館藏《張斐筆語》傳抄本

東遊稿　柳川古文書館藏

忘昧昧君別別晨饒泉門因思
難會面重見氏難情向潤孤舟
去京空笑里程般勤歧路隱
感懷慚愧平生
胡氏情殊番送至上海士氏
示之
曾渡看乘帆如有不言囁嚅
從在口吞恨不能宣老獨憐幼
孤憐哉情信常況青草界
明日各一方辛苦為氏役又非
汝所去點於置之去訪臨發空
進之

汝所去點於置之去訪臨發空
進之
舟泊黄浦
黄歇狂於浦呼嘆楚已亡當
嘆鄭鳳氏獨覺樓興狂色
者何善哭秦歸為激昂興復
如反掌生國益已張治舟古海口
月出波中央照見閣樓六達
千花之凄界燃從子今愈内
傷
生吳淞口
家商樓百貨充紅吞海花

出吴淞口

豪商棧百貨舟車紛沓海茫茫腐去生寒業航遠舶風波如人情無定安危托安飢天宇大不能悍險惡清晨出吴淞情神迴非非四顧遠飛揚飄茫雲中鶴與舟車一任屬秋風動寥廓枝葉菜古樹長年紫紫落下鎖樓之顛另枝挂日角

普陀寺 浣沙溪

榜字留金壓海餘東朝花梵

普陀寺 浣沙溪

榜字留金壓海餘東朝花梵剩題名當年兵火觸慈生 青遍禪悄憐花黯碧餘跡草血猶腥鶴腸分付之潮聲

坐舟山

舟山都坐似屋山萬古千秋浪不見五舟車已銷兵氣未海波也瀰月光寒

潮音洞

共重何不是潮音勤似才來若過依士篤 唐詩潮音偏惜有來言 却度法王臺

潮音洞

忠稟何不是潮音動心來萬迴

俗士焉（唐詩潮音佛懼有求言）却度法王臺

向日澍龍氣青天發霹雷

靜棲如是悟坐久亦悠遊引

宿白蓮庵

劫火燒殘後旃檀初構來白蓮

新吐艷紫竹舊家陰羅剎

聽經石頻迦誦佛禽（山中有鳥名頻迦其鳴如誦佛法）

信步人境外云云夢道生心

鹿徑頭

連山如波濤羣荒遊其上雲兮

鹿徑頭

連山如波濤羣荒遊其上雲兮

紅射々角々來和鸞赤閣荒度

蒐將死力紅壯仁心至義勇

揚滋是之苟（足乎）雜息擲兮羅浮雲

託遐想

麥洞島颶風

回風收絕急劍風帆破急溜云

眠捲龍宮昏黑雷雨吼煙波渡

洞開皎如日月蒲東西急和坐孫

舟魚徑逞我川歷去兮險此境

寧再又

舟自輕遲我川歷幸險此境
寧舟又
渡海逢七夕
海上乘牛女桑槎稍到天邊
匏非洋女看泰似此寫銀
漢塔金環金波燦若無年
之當此夕偏向客中憐
浪
丙寅七月，浮海之日，舟中
望事大觀，爭浪之形狀而
極其變，姑藉以洗吾抑塞
磊落之氣，足若條者株漫
者如缺者墻者者洞崩者
崖瓦者石直者峰槎者木吐

者如缺者墻者者洞崩者
崖瓦者石直者峰槎者木吐
者花沉者玉碎者珠錯者
錦浮者雲畫者電殷者
雷靡者霧泥者霞輕者
烟怒者風飛者雨鬭者
晴者雪陰者凍夜者火熾而
散者星其動者螢躍者
魚駛者獸者羽者禽雜而
立者人凡句者余日來而相驗
歌此詩
我生歷幸險只知川嶽今泛海
今觀物多流海若朝隨潮以歡
若隨潮以落虛空只換却

分紀將分流海若朝隨澥澥以軔
若隨澥以茯康聲消換却
顧可地錯技盪自元之年氣風猶
嘖舊神功以荒昧探之誰能索

初至長碕漫陸志懷三十六韻

何年憑絕島乃陰設長碕東國
比誅最中原無以爲山樓通屋
氣年石盈清龍鶩積水人烟
集枝桑草樹披陽坡茲日近
陰頂詩秋遲風信粗存古人情好
去於常刀嘗示去載菜之摘詞精
會饒吳仿庭(徐)詩多置圖書花石淺祠較楚湄女
方持戶急馬用代畊莘墳盾遺禪
雅(海錯之類皆名者)語啞類竹枝揮金籍

方持戶急馬用代畊莘墳盾遺禪
雅(海錯之類皆名者)語啞類竹枝揮金籍
寡佑傳去近仙娃有貨屢皆聚
三章法可施(音詩普無竺枝刑)雞須憐燕
領途筒惜蛾眉杰足編世曳覽頭
東楮垂語吉譚始曉坐起於方
宜昔見川圖是之經歷名殊
方雅吉態東國異時悲蹈海言
初踐桑梓志未泉淇乘從父執
(予初秋執父執探海)弧矢自懸兒豔之寧傷多
栖之非向私誼堪同多散且逐
淡襄見予仇雜久真好字劃付誰
夢回鐘出寺酒罷月臨墀排悶
詩多積拈括真不解飄風勇

夢回鐘出寺，酒罷月臨墀。排悶
詩多積，招遊興不疲。飄風曾
臘落，巨浪屢心危。耳目超千界，
精神出四陲。鷗情覺云遠，鶴路
行身隨。霽色虹收雨，林香花綻
蘿。雲垂隱薜荔，峰鎖枝嶠。
長嘯添餘響，清歡激漫思。竟歸
假寐候，心死坐忘時。入國先收禁，
出關棄所持。院生多哭蹋，墨子自
悲絲。澤業無離卜，坊崖運來
移。孤雁憑逃空，而不那隔。逢迎吾
道滄洲去，飄飄任所之。

中元

避俗者殊俗，秋云雅客寥。掃
堂喧白露，列炬上青霄。海月隨
潮湧，山雲帶葉飄。那堪聞梵鐘，
空響颯風颻。

贈從慧雲。我杭州人，以詩來贈。

白髮中原去，清秋絕塞邊。海[illegible]
宵見日，而信畫生烟。多病回依
佛，無家已近禪。喜歡於半
愁，絕不出[illegible]。

雨

海晴沉秋雨，林回僵夕風。寒花
款絕峰，歸鳥入深叢。詢沒來殊
域，蹉跎任老翁。極目故國去萬
里，云云濛。

域踐跣任老翁極目故國在茫
里雲烟漾
雨狂
不勝夜雨漸瀝洞山樓寒燈
藏輕篷負告憶敝裘滄浪吾
道老白髮無情休茫事隨天
意仰頭微悵愁(?)

贈樊文玉
與樊宗樓小飲，敬呈贈樊，叙其
世次，本山東人，自其父來長崎，
今三世矣，長崎稍兵右衛門、文
孝才門，蓋皆通稱，文玉其中
國之。

峯峯參差入波法綫壁田沙邊喧
鳥雀極寒生樓其勝似此番客

峯峯參差入波法綫壁田沙邊喧
鳥雀極寒生樓其勝似此番客
愁(?)此時世事杯舞雲箋舊住排
闥想英材土俠(?)兵衛門庭雅
孝才君從西北望海老是登無

中秋
松林逆吐月海色明山樓客心
無茫(?)不見故國秋雨勝鳥
鵲飛西根(?)洞漢(?)閑山渺何在
喬(?)身極東敵露重無家滿法
瀨滿光影浮華時在為魚古國
方看秋來歎胡為(?)栗莊客〇
蕭秋之
可歎

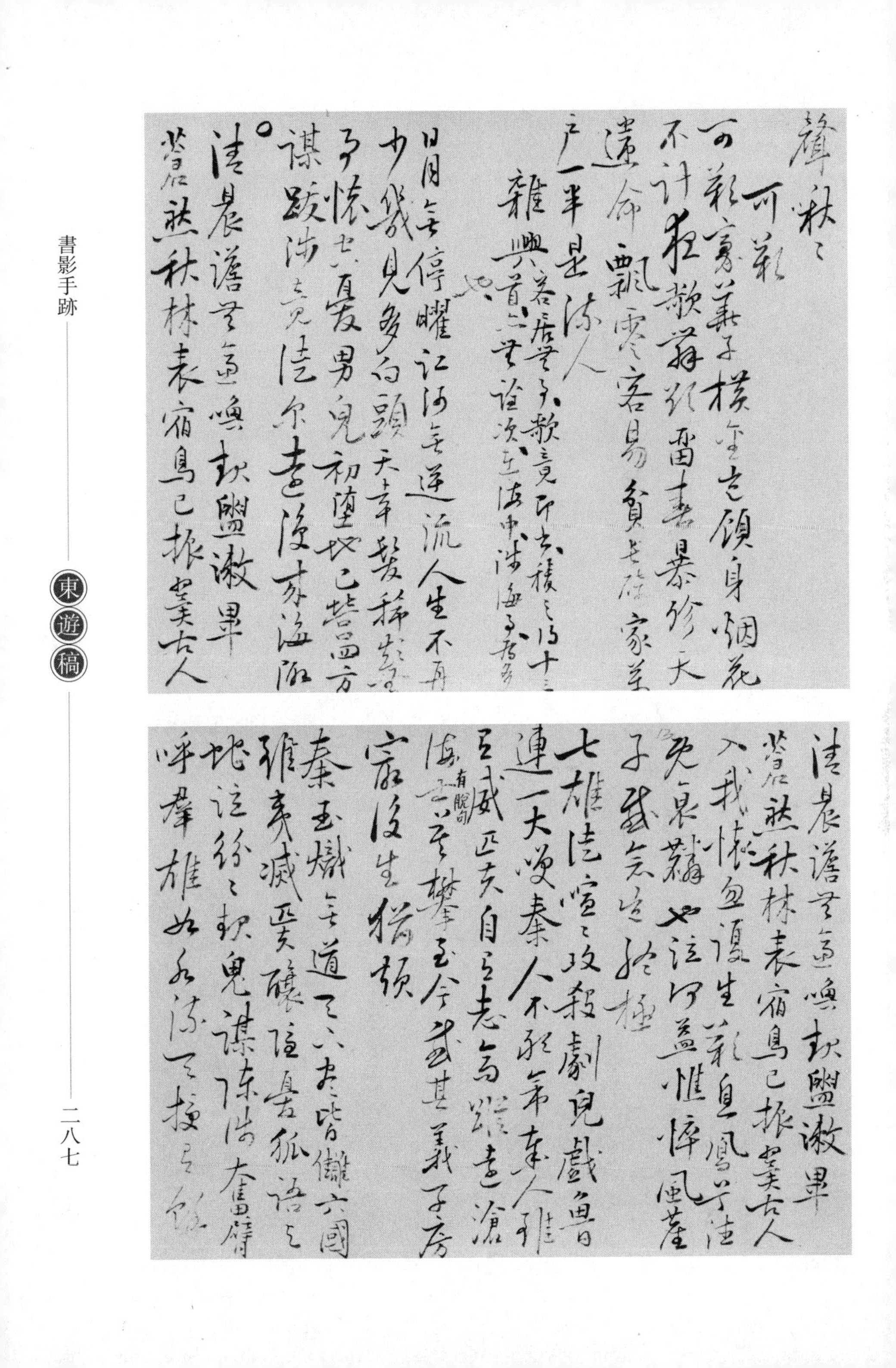

地旋絲絲軌鬼謀陳海大奮碍
呼群雄如雨淚下按足餘
營一戰咸陽收
得主號大廈英風蓋過古今方
為字去時豪傑已朽心豈唯
澄謀群然人能善任遊
責西楚大義以森森
白鶴白玉姿遂孤光皎潔為光
向何處銜書上天劉形天語不
世間六王諸卒卒死者如道風
形影俱滅復何為空生
千秋争名業
前在東林五首僅足耳分鉄龍
井來江合虎溪秋月寒一年

前在東林五首僅足耳分鉄龍
井來江合虎溪秋月寒一年
常留出生之時亦覺却[illegible]
淘淵明芸詞若眉攢近闌骨
已悦懸論在莊嚴端人下永
坐[illegible]生已罷歸
身極東海照山射在國大年
三年元塞鳩鵲海道周頻年熱
魯地日年道若無秋傳道教
彩令文殺此田廣海上降人三年
將來乾魚模為異謀敵推
軀之去賊欽周因饑死兵
於均於京以左
黄園畫花鳥下機入心孔山坐逗

郭均卜次京以右
畫圖畫花鳥之機入心孔山堂返
寒時華桂春風動花可摘之
落骨可取而龍開窓勢紅
花觸處露無主人緣不易
得生之如雨飛手采從四方久川
李一已七六稚昌藏肅園畫行殘失於誰安海東逢之
弟憶別心情之
古之彭澤老仍能博一碎縮紋
既無心桂冠良亦易終歲涼風生
自語華桂皇亡悲柳時風雨悵菊
候冰霜之息出來款荊州凛之
見其義
映天盤身黑跋浪鼓紅顛

見其義
映天盤身黑跋浪鼓紅顛
際晚狂風虎川舟傍雲雷
聲吹入地轉勢接從之四目炫亡
見心死何解之悵至今如夢裏
寬招魂未成
肥前魚王饞雁何必自有貴乃我來受直生言其民
雄風四海飢為儲年少浮嘆之
意新猿的知毛欲賜之也若之
畔之山人

題畫鷺

綠荷綠如烟白鷺白可憐
本山陰人從龍之去
重九送洪西偉

本山陰人復號龍之云
重九送說氏潛西歸
異國嗟余手蒼茫別思前途傾秋
樹閣雁斷夕陽下露蕊雜香草
雲帆海上船不知何日是會何
年
贈大串氏子平六川氏宗魯
把筆通之際論談古今君家御
月色陰御間音書走入三洲島高
懸之妙心語肝膽獨不貴在深
沉海與歸人有光萬萬久負者
我生若似雖遭時傷目肉見人團
園書香渡注麦目是見自海西是
自海東浮雲萬里不未隨飛鴻
一朝來相問萬木先黃秋來之頭

自海東浮雲萬里不未隨飛鴻
一朝來相問萬木先黃秋來之頭
但白紫語不休但圖須臾歡笑
計長守聚離惟笑好歸寧老
勵力若
雷雨書感
澤國常多雨東方復易雷一秋暑
讓退十月氣爭回天地中宵夜色
龍大壑推秋長時鼓寢疲病況堪
衰
鐘聲
古寺相隣暮日夕聞鐘聲出在
近鄉皆繞林有餘清何必更洗耳自
能少俗情夢回見君二字魚時見負

近聞徒林有餘法何必更洗耳自
於少作情高田見君三年直覺眞
平生

韻張老彈箏引（琴曲名）

白髮照金徽鳴琴法畫閒寥寥
太古意直覺在其山坐韻亞峰曉
深林秋已老森揮之不老目送
飛鴻遙

贈友人

抱著御吾於稀寧神來告吾人
去去近白日生田照掉手我時草
悠悠誰何道相逢盡在筆悲風
勵其俌
我昔居江上子胥家海陽江海去

悠悠誰何道相逢盡在筆悲風
勵其俌
我昔居江上子胥家海陽江海去
不近人已老客途寸心不向畫結交
多丈夫附來未可料名願畫比
驅伏櫪馬不言衆中誰是者一日足
歸鬣條若長飈吹朝秣在山草
暮飲昆明池賢達貴自識其
用旁人告

張斐

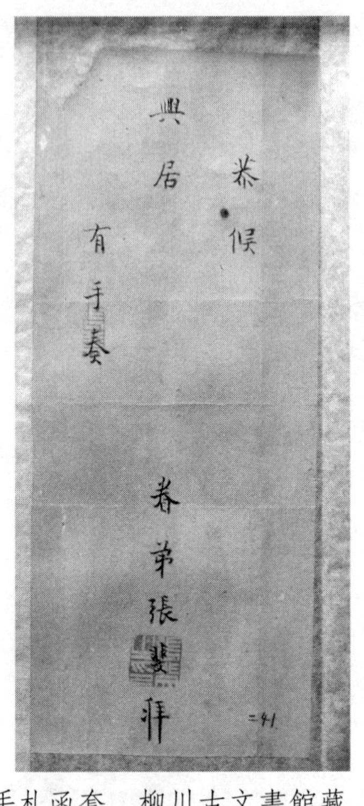
恭候
興居　有手奏
眷弟張斐拜

張斐手札函套　柳川古文書館藏，下同。

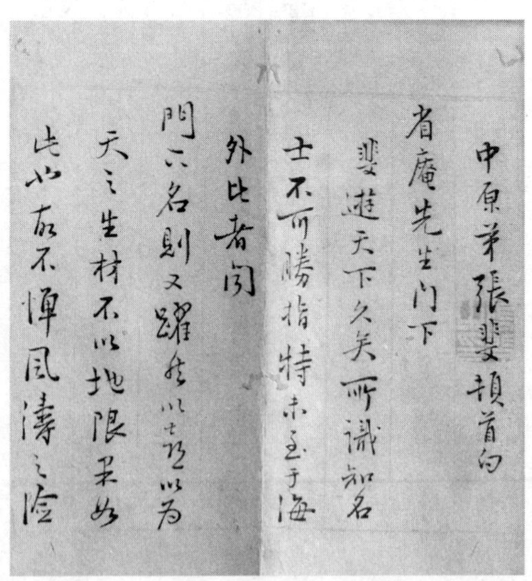
中原弟張斐頓首白
省庵先生門下
斐遊天下久矣所識知名
士不可勝指特未至于海
外比者聞
門下名則又躍然以喜以為
天之生材不以地限果如
此也夫不憚風濤之險

張斐第一書（一）　録文見《霞池省庵手簡》，下同。

張斐第一書(二)

張斐第一書(三)

張斐第一書(四)

張斐第一書(五)

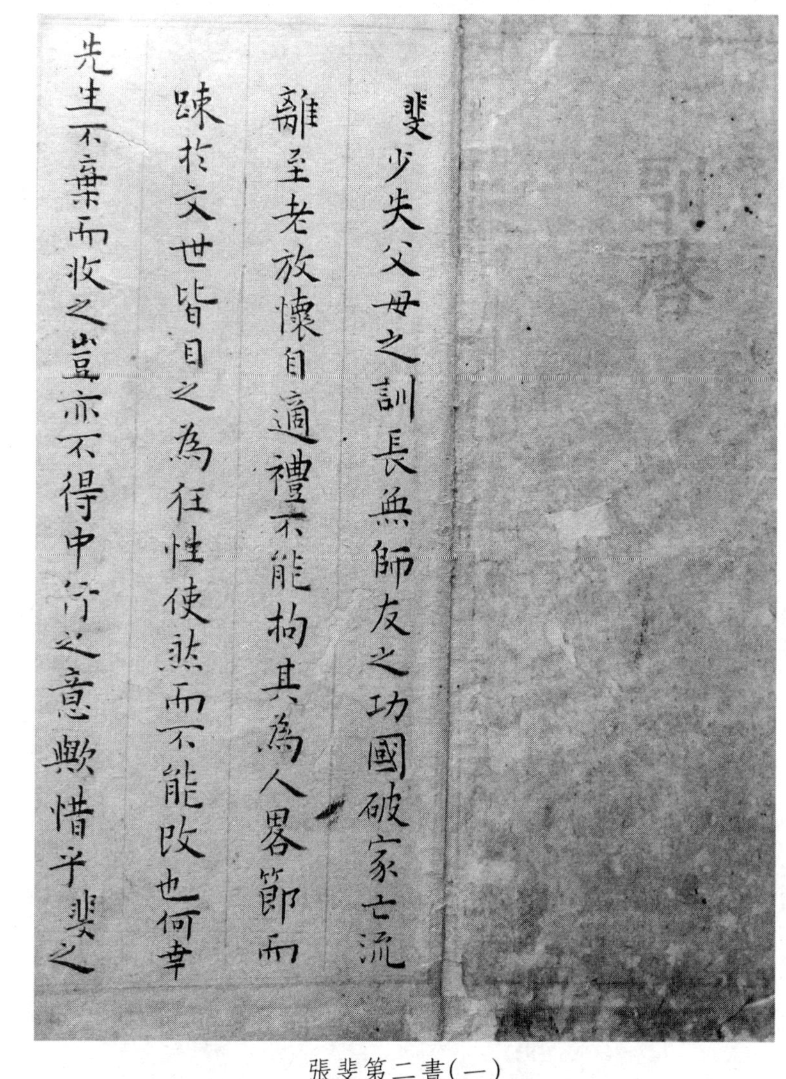

斐
少失父母之訓長無師友之功國破家亡流
離至老放懷自適禮不能拘其為人畧節而
踈於文世皆目之為狂性使然而不能改也何幸
先生不棄而收之豈亦不得中行之意歟惜乎斐之

張斐第二書(一)

既衰而無可進取矣猥承
華簡遠頒復勞　令姪賁臨款反無似
先生齒德並尊可以長者自居而
謙光彌下貶損名稱語莊字楷予以長牘視斐
之寥寥片楮草書寄讀即此敬肆之分已有君
子小人之辨捧誦之餘赧汗浹體伏思
先生之於我未舍親海天萬里契合之情淪於髓
是心喪諸文讀之使我欲淚舍親已逝吾道

張斐第二書(二)

之東舍
先生其誰肩之文有志而子仲之理學文章萃於一
家述作之美行將遠播人文聿盛豈僅
東國一方獨念斐生虧忠孝學問無成浪跡乾坤
塊然一蠢無端至此亦不自意
上公之遠有寵命而疎野性成獲罪通事欲遂遠
遯勢又未能終俟月旬之末行且附船可歸不及
此

張斐第二書(三)

先生面罄，我夙懷耿耿，此衷何待可釋
聖人位號尊無可加而我
高皇親躉典章去王爵而崇
師稱實萬世不易之制謹依此薰沐書呈其手卷則
書近詩數十首并外書稿二篇請
政斐於書法未曾究心惟飛白一體少時習之其餘
皆不足觀勉遵
來命恐濫膺俗實可羞恥稔知

張斐第二書（四）

先生介守舉家食貧安得餘貲分沾
惠及苜蓿馬瘦纔供雀鼠義不容受斟酌而行謹
登佳箋二束
原賜黃金一步仍用奉
璧轉以相敬少盡依慕之情統惟爲道
自愛益弘其力臨風慨想曷可言旣
小弟張斐頓首拜
慎餘

張斐第二書（五）

吾
兄英年而有此妙才，丈人昨言以是
知
尊公先生之集佳句，根柢無窮也。承
直教詩章，猥蒙過譽，不勝幸華。
奉和別去詩句一幅用呈
左右，屬望之私，略見此帋。
一覽之後，不以覆瓿，即以糊壁可
也。弟復不盡
元簡道兄可畏
弟張斐拜手

张斐寄安東守直書

張斐第三書(一)

張斐第三書(二)

張斐第三書(三)

張斐第三書(四)

恨
高賢在望悵伊白露蒹葭之
思而者辱
書名稍退當已刻既字矣
豈不言亦復爾爾是
先生以德法自處君子恥獨為
善將置斐于何等乎 斐於公
即無一日之長受之且自愧而
先生不肯俯就斐之獲罪無
進無嗣後凡有大問倘蒙
不棄以年當計之置於兄弟之
列已不勝榮幸之至 斐七年

五十二以前多見之道固當如
此五禱之
聖人徒號稱
明太祖作宮善之稱雖貴於足等
分極之下
法尊無加無故而莫是不易之視
所
向并及近作之前杜任無此耶
寄
汶之寒伏祈
善爲善保不宣
朱天生謝帖附 名單具

張斐第三書（五）

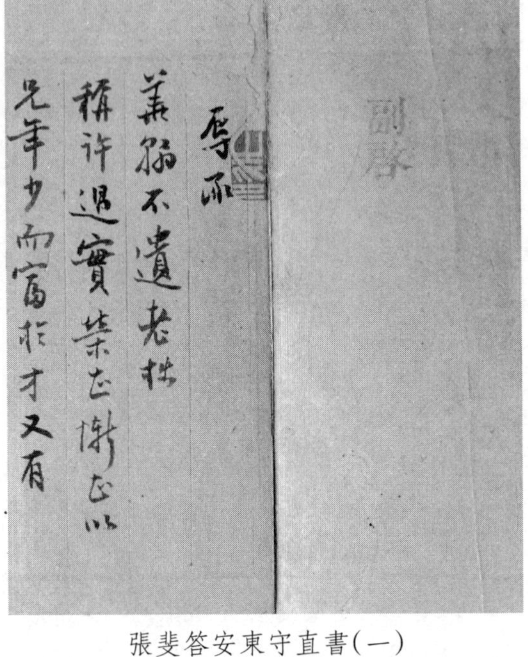

副啓

辱承

義翰不遺老拙

稱許過實榮甚慚甚以

兄年少而富於才又有

張斐答安東守直書(一)

尊公大人爲之模範父子之承

無以讓平子之美真人生

不易有之事即如斐先生

已不能仰冀萬分之一

垂細誦

高文無骨道上寢食於史

漢之士不當以拾唐宋斐

已衰傀且志不逮於此之

張斐答安東守直書(二)

左右中原有班馬異同一書不
審此間賈客向嘗携來否
玩是書華端自生迴别
寫云云
先家學淵源以道爲重則冀
以讀又可掃去粃糠也詩
一首奉陪以報高日
瓊瑤之賜幸乞左邊鑒

張斐答安東守直書(三)

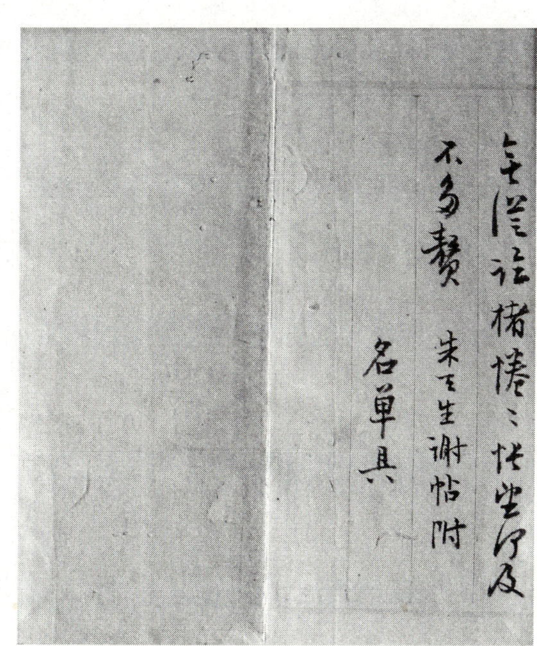
金經註楷捲之性空何及
不多贅　朱先生謝帖附
名單具

張斐答安東守直書(四)

張斐第五書(一)

張斐第五書（二）

斐頓首斐正月抵碕即有專書奉候而
來札不及想未到也
先生謙德之至卑以自牧則善矣亦宜審人
之可交君子恥獨爲善不嘗於此屢承
書問而屢貽其稱署以教下夫以斐之不類
宜執贄以從學者而教之以
先生之至德宜爲師而亦之抑以友處之甚也
均處覆載之內生雖異域同於一筆足
弟呼之誼以加親而
先生不能遽棄絕我也且斐雖無暢於肆志
獨不能肆志於有道之人況
先生又斐所傾倒而心服者也今且與決倫
先生固執前說則是終不肯以弟畜我也
斐亦自此不復敢以一字通

張斐第六書(一)

張斐第六書(二)

弟決意作歸計矣獨於
尊前者廬先生不得一面辛苦而去後為終
身之恨
兄可致書問之勢難來此否請
國王駕回 先生得給假的日未可知也千萬
素軒道兄　弟張斐拜

附　張斐寄武岡素軒書

張斐文獻涉及的日本文士簡介

稻畑耕一郎　编撰

今井弘濟（一六五二—一六八九）

水戶藩儒臣。名弘濟，字將興，號魯齋，通稱小四郎。父照將，兄弘潤（字可汲，號桐軒）均司職水戶藩府。弘濟少有詩文之才，十三歲撰寫《雪賦》，爲水戶藩第二世藩主德川光圀所賞識。後奉德川光圀之命，從朱舜水修經史之學，兼習漢語。《舜水朱氏談綺》一書所涉名物稱謂幾乎全是應答弘濟詢問。弘濟通曉漢語，可以擔當翻譯。爲人豪放磊落，頗具義氣。朱舜水長孫朱毓仁至長崎，然未獲允至江戶探望舜水。弘濟奉德川光圀之命，赴長崎會見朱毓仁，傳達問候及朱舜水起居消息。弘濟享年三十八歲，著有《魯齋稿》、《病餘援筆》、《朱舜水先生行實》（與安積覺合作）等。

大串元善（一六五八—一六九六）

水戶藩儒臣。原籍京都人。名元善，字子平。號雪蘭，通稱平五郎。父姓平野氏，京都商賈。爲祖母大串氏所養大，因以爲姓。元善幼而聰明，博聞强記。十三歲到江戶，獲得藩主德川光圀賞識，入江戶彰考館（修史機構）從人見傳（號懋齋）習中國古典。元善爲人敦厚，才學出衆，有青出於藍而勝於藍之譽。又因精研日本典籍，爲朋輩所器重。貞享三年（一六八六)八月,年二十九,奉藩主光圀之命,作爲特使赴長崎,與下川三省會晤張斐。回到江戶之後,元禄元年(一六八八)四月,赴京都等地搜集各種古文獻資料,對編修《大日本史》貢獻良多。曾編纂彰考館藏書目録,頗有見地,深爲光圀所讚揚。後爲彰考館總裁,元禄九年(一六九六)逝世,享年三十九歲。著有《石和見聞志》、《記者小傳》、《雪藺雜録》、《續南行雜録》等。

下川三省(生卒年不詳)

肥前小城(佐賀小城市)人。小城藩主鍋島氏家臣。字宗魯,號夢梅,俗稱文藏。出身寒微,然才華秀逸。第二世藩主鍋島直能頗愛其才,特別給予資助,遣其至朱舜水門下受教。三省有志於學,受業數年,潛心攻讀,且與朱舜水關係密切,情同父子。張斐到長崎,三省與大串元善共同會見張斐,交誼篤厚。

安東守約(一六二二—一七〇一)

築後柳川藩(福岡縣柳川市)儒臣。初名守正,後改守約。字魯默、一字子牧。號省庵,又號耻齋,通稱助四郎、市之進。守約年二十八,遊學京都,從松永尺五受業。承應三年(一六五四)遊長崎,與明人醫者陳明德(日名潁川入德)相識,交誼甚篤。萬治二年(一六五九)返柳川後,任藩主侍讀。時已有文名,有「關西巨儒」之稱。朱舜水至長崎,兩人頗有交往。守約傾慕舜水學問道德,尊其爲師,舜水亦引爲知己。時值海禁鎖國,唯有舜水在守約的多方努力之下,得以留駐長崎。舜水受聘江戶之前,在長崎生活困頓,守約分出俸禄之半予以救濟,自身則甘於清貧。守約年届不惑之後三年,方在舜水勸導之下,娶妻成家。著有《初學心法》、《霞池省庵手簡》、《耻齋漫録》、《省庵先生遺集》等。

安東守直(一六六七—一七〇二)

築後柳川藩(福岡縣柳川市)儒臣。字元簡,號侗庵,通稱之進。安東守約之子。善繼父業,喜好文學,文名騈馳,然未及强仕而卒。著有《侗庵先生遺集》。

武岡素軒(?—一七四〇)

長崎人。唐通事(翻譯)。原姓武岡,本名三右衛門,號素軒,以號行。後因娶彭城氏女,改姓彭城。長崎彭城氏世代爲唐通事。一世劉一水,福建福州府長樂縣人,名有恒,字希恒,通稱八官,以彭城爲姓。明萬曆末年,渡海到日本,定居長崎,娶日本妻子,以翻譯爲業。一水與同鄉渡海高僧隱元有密切交往，隱元爲日本黄蘗宗開山祖師。一水之子仁左衛門，名宣義，字耀哲，能繼父業。素軒娶宣義女，入贅繼業。元禄六年（一六九三），素軒始爲翻譯實習生，此前與張斐交往甚密。元禄八年（一七〇三），司職大通事（正翻譯）；正德三年（一七一三）改姓名爲彭城仁右衛門。素軒少通曉漢語，又能作詩，著有《劉素軒集》，部分律詩絶句録在《長崎名勝圖繪》一書。元文五年（一七四〇），因病逝世，享年不詳。

宇佐美充（一七八一—一八二六）

水戶藩儒臣。字公實，號蘋亭，齋名蓬蒿園。通稱久五郎。文化二年（一八〇五），任水戶彰考館館員。享年四十六。著有《蓬蒿園詩集》。

會澤安（一七八二—一八六三）

水戶藩儒臣。名安，字伯民，號正志齋，以號行。晚號憩齋。幼名市五郎，通稱恒藏。父會澤恭敬，奉職水戶藩，有廉吏之名。幼即好學，十歲入學，從藤田幽谷習經史。寬政十一年（一七九九），任彰考館館員，參與編纂《大日本史》。文化四年（一八〇八），出任藩主世子侍讀。文化九年（一八一二），任水戶彰考館代理總裁。天保二年（一八三一），任水戶彰考館總釋義》、《退食閒話》、《下學邇言》、《正志齋遺書》、《正志齋詩稿》等。

主任教授。所著《新論》，討論國體，在江戶末期頗有影響。著有《孝經考》、《讀周官》、《中庸

裁。提議創辦藩校弘道館，天保十二年（一八四一），建成開學。嘉永六年（一八五三），出任

青山延光（一八〇七—一八七一）

水戶藩儒臣。名延光，字伯卿，號佩弦，又號晚翠，通稱量太郎。生於書香門第，曾祖青山一溪，名興道，祖父瑤溪，名延彝，父拙齋，名延于，世代以學問仕於水戶藩府。延光爲拙齋長子，自幼愛讀書，不喜嬉戲。文政七年（一八二四），年十八，撰《赤穗四十七士傳》，廣爲時人所知。延光擔任江戶彰考館館員期間，參與編撰《東藩文獻志》。後歷仕水戶彰考館代理總裁、弘道館主任教授等職。延光長於詩文，兼通史學；爲人寬厚敦實，不與人争，衆人聚坐，沉默若不能言者；人有過，未嘗語之他人。天保十二年（一八四一），任弘道館總裁。弘化三年（一八四六），任水戶彰考館國史編修主任，出版《大日本史》，負責校勘。又兼任第九世藩主德川齊昭侍讀，代理撰寫《大日本史本紀列傳跋》。後出仕明治政府，任大學中博士。卒於明治三年（一八七一），享年六十四。著作等身，蜚聲文壇，計有四十餘種、一百五十卷之多，主要有《國史紀事本末》、《野史纂略》、《佩弦齋文集》等。

後記

稻畑耕一郎

人們常用「一衣帶水」一詞來形容中國與日本間的緊密關係。誠然，橫亘在日本與中國間的廣闊海洋，決不如「一衣帶水」一般狹窄。但回顧歷史，甚至早於史料記載之先，即已有不少人不顧海洋險阻，往來於兩地之間。儘管這些人不見得都能名垂青史，但正是無數名不見經傳的人物在大洋間的穿梭，成爲了兩地之間文化交流的强大推動力。不論政治、經濟還是文化，沒有「人」的相互往來，就不可能有交流；沒有交流，就不可能期待從相互砥礪中産生進步。無論任何時代，大海都無法阻擋兩地的交流往來。

明末清初，中國陷入動蕩的戰亂之中，爲數衆多的中國人渡海前往日本，其中最爲人所熟知的，無疑應屬朱舜水。朱舜水在明朝滅亡前後，爲了抵抗清軍，曾多次請求日本派兵援助；爲了實現這個目的，最後甚至隻身親渡日本。其後，朱舜水接受常陸國水戶藩藩主德川光圀之邀，入居江戶，講授漢學。在日本學界，繼承其精神氣象的學問被稱爲「水戶學」，在整個江戶時代對衆多學者産生了深遠的影響。

張斐，浙江餘姚人，朱舜水同鄉，明遺民。經朱舜水嫡孫朱毓仁的推薦，滿懷反清復明的希望，在康熙二十五年（一六八六）的秋天，登上了開往長崎的商船。當時，長崎是日本官方唯一允許開放的對外商埠口岸。而此時清廷業已平息了三藩之亂，統治也日趨安定。從客觀形勢分析，張斐復興明朝的願望已經没有實現的可能。一直密切關注中國局勢的德川幕府，實際也早已清楚地認識到了這一點。

但和官方的態度不同的是，日本民間傾向於把戰敗的政權視爲中華文明的正統，同情明朝的聲音不絶於耳。其中最廣爲人知的，就是鄭成功反清復明的事跡。鄭成功的父親爲明代海商，母親則是日本人。日本人不僅因爲鄭成功的身世背景，更因爲他不忘前朝的忠義精神，而對他贊譽有加。正因如此，日後一位名爲近松門左衛門的劇作家以鄭成功的事跡爲主綫，創作了戲曲《國性（姓）爺合戰》。甫一上演（一七一五年首演），就在民衆間引起了極大的反響，公演持續了十七個月，足見其民間的影響之大。這反映了民間對鄭成功事跡的認識角度、評判標準與官方迥然不同。直到現在這齣戲仍是歌舞伎及人形浄琉璃（日本傳統傀儡戲）裏的經典劇目。

張斐就是在這樣的社會情勢下來到長崎的，他虽然稱不上具有代表性的大學者，然而其人其學頗有不可窺全貌之勢，其思慕前朝之情則痛切之至。在滯留長崎的數月間，他與日本文士以詩文、書簡等形式魚雁往返，探討中國局勢，并瞭解日本社會狀況。他們交誼之深厚，我們至今仍可從保存下來的其中幾封書信中窺知一二。日本的文士一方面景仰其學問道德，另一方面則稱頌其反清復明的崇高之志。

隨著時間的推移，張斐和日本文士交流的這段佳話，其後卻湮沒於歷史的洪流之中，久不爲人所知。中國方面最初發現上述事跡，使其重見天日并加以彰表的，是戊戌政變後逃往臺灣的章炳麟。清光緒四年（一八九九），章炳麟在臺灣通過日本友人館森袖海，見到了張氏所著《莽蒼園文稿餘》。他看到的是由愛風書屋發行、有寬永四年（一八五一）序文的本子。由本書在江戶末年依然得到出版刊行的情况看來，還有不少日本知識分子瞭解張斐與日本文士交往的這段歷史。

章炳麟讀畢此書，知道兩百多年以前居然就有人爲了抵抗清朝而遠渡日本，因而大受感動，并爲之作跋文。更何况章也是浙江餘姚人，使他對張斐又多了一份特殊的感情。在寫完這篇跋文後的第二年，章炳麟接受梁啓超等人的邀請東渡日本，并得與孫中山會面。不久，他反清、支持革命派的立場愈加鮮明。如前文所述，在清初，德川政府并未支援過反清勢力。但到了清代末年，日本已成爲反清勢力的重要根據地之一。而支援反清運動的并非明治政府，而是當時民間的勢力。

張斐的事跡爲清末的革命家們所發現，雖純屬偶然，但革命家們憂國憂民、被迫流亡海外的境遇和張斐何其相似，而正是這樣的共同境遇促成了他們對張斐有關文獻的發現。其後，在由革命派建立的學術團體「國學保存會」所發行的刊物《國粹學報》第一年十二號（光緒三十一年，一九〇五年）上，時任總編輯的鄧實與苟任聯名，發表了《朱張二先生傳及跋語》一文，對朱舜水與張斐的事跡加以表彰。

然而在此之後，由於時局動蕩，不論在日本還是在中國，張斐其人其事幾乎都被人們遺忘。轉眼間又過去了一個世紀。再度對這段歷史加以發掘的，是北京大學的劉玉才教授。二〇〇四年秋，早稻田大學中國古籍文化研究所作爲日本的文部科學省（教育部）二十一世紀 COE 項目「亞洲地域文化 ENHANCING 研究中心」的執行單位，爲了推行共同研究，我們聘請劉教授至本單位工作半年。當時，劉教授主要在進行明清文人學術活動方面的研究。他在早稻田大學圖書館發現了《莽蒼園稿》的兩種抄本，其中不僅收録了張斐的文，還有過去未被注意的詩。劉教授即以此爲綫索，爬梳整理，并展開研究。當時，我僅爲劉教授在日本的研究提供了力所能及的幫助。後來，我有幸得與劉教授同行，前往張斐留下足跡的長崎進行調研。我們一同造訪了當時唯一的外籍人士居留地——出島、港灣以及與華人有淵源的寺廟和墓地，留下美好的回憶。

其後，我在撰寫曾與張斐有過交遊的日本文士傳略時，得知張斐的一部分詩文稿保存於福岡縣柳川市的九州歷史資料館分館——柳川古文書館中。我前往當地進行調查，并有幸將這些文稿都攝影下來。當我親眼見到這一系列的詩文稿時，真有如在大海裏撈到了綉花針一般喜出望外。如能以這些一手資料的介紹，爲本書錦上添花，則感幸甚！

今天之所以有這樣振奮人心的發現，都要歸功於和張斐有過交流的安東省庵的子孫們，經年累月小心謹慎地保存了先人的斷簡零墨，最後并將它們捐贈給公家的資料館。如果張斐在九泉之下得知此事，他生前的復明壯志雖未能酬，我相信他應該也「可以瞑目矣」！

像這樣一位爲日中交流竭盡心力，但却被歷史遺忘的人物，今天由日中兩國學者共同合作對他進行研究，我認爲是極富意義的一個學術課題。雖然我們所做的工作微不足道，但是能將日中文化交流史上留下鮮明一筆的人物及其事跡重新發掘，并加以抉發闡微，使這些事跡得以重見天日，不至埋沒於歷史洪流之中，我們感到無比的榮幸。如果以我們這些微不足道的成果爲契機，推動對現有的張斐研究成果加以補充、修正，我想這些工作也就達到了我們的預期目標。

此外，本項研究工作得到了住友財團二〇〇七年度「亞洲各國日本相關研究獎助」項目的支援，本書即爲其成果的一部分。筆者在調研時，獲早稻田大學圖書館、國立公文書館、國立國會圖書館、柳川古文書館等單位鼎力襄助。另外在調查相關資料的過程中，又得到早稻田大學文學學術院中文系助手紺野達也、博士研究生原田信兩位的幫助。今一并附記於此，并對上述單位、個人表示由衷的感謝。

二〇〇九年七月於日本早稻田大學中國古籍文化研究所